馬踏天下

卷2 最後一擊

槍手一號 著

目錄
CONTENTS

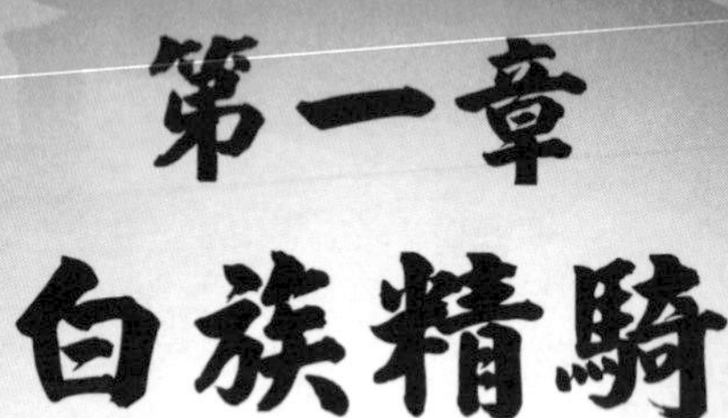

第一章 白族精騎

呂大兵瞇著眼睛看向遠處，陣陣煙塵滾滾而來，蠻族的援軍來了。他心中驀地一陣興奮，騎兵，老子的確不是你的對手，但以步破騎，從來都是我們定州軍的強項，來吧，讓我會會名震草原的白族精騎。

「為什麼不一樣？現在的蠻族還沒有準備好，不可能在這個時候進攻。」

清風點頭道：「本來應該是這樣，想必巴雅爾也是這麼命令完顏不魯的，但將軍別忘了，完顏不魯與我們有滅族之恨，殺子之仇，他統率上萬精兵，駐紮上林里，與撫遠要塞相距不過兩百里，朝發夕至，將軍，您認為完顏不魯率著比他以前部落強大得多的兵力，又胸懷著滔天的仇恨，會乖乖地待在上林里不動嗎？」

李清的神色鄭重了起來，「你是說，他會騷擾撫遠要塞？」

「我認為這是肯定的，他一定會這麼做，而且說不定，他會在不斷地騷擾之中，突然由佯攻變為實攻，拿下撫遠。」

李清搖搖頭：「撫遠要塞雖然是重建的，但只要準備充分，一萬兵圍攻由選鋒營三千士兵駐紮的要塞是打不下來的。」

清風臉現憂色，「這正是我擔心的。」

李清奇怪地道：「你在擔心什麼？」

「將軍，要是在完顏不魯不停地打擊下，撫遠要塞的選鋒營損傷日日增加，而我們現在卻是離撫遠最近的一支軍隊，蕭大帥會怎麼做？」

李清霍地站了起來，腦中一聲巨響，「我明白了，蕭遠山也知道完顏不魯是佯攻，他完全不用擔心這時對方一定要拿下要塞，那麼這個時候，說不定就是收

拾我的時候了。」

清風點頭，「不錯，我也這麼認為，蕭大帥會命令我們去輪換，在不停的戰鬥中消耗我們的實力。」

李清承認完全有這個可能，崇縣常勝營的很多舉動都瞞不過定州，但軍營裡的事情一直是高度保密的，不論是軍事水準、裝備，還是擴軍等舉動，都不可能讓外界知曉，蕭遠山一定認為自己即便擴充常勝營為滿編，那大量的士兵也不過還是一群農夫，連選鋒營那種由老卒組成的軍隊都損失很重的話，那自己這些新兵蛋子上去，豈不是名正言順的炮灰。

李清的神色鄭重起來，「請尚先生過來。」

尚海波急匆匆地來到李清的書房，李清不作聲，只是將手裡的那份情報遞給他，便默不作聲地坐下。

一邊的清風有些不安，尚海波是李清手下第一謀士，足智多謀，看事情往往是剝皮剔骨，一語便入木三分，卻不知他是如何看待這件事情。

一目十行流覽完這份不到百字的情報，尚海波的眉頭皺了起來，看了看穩如泰山的李清，聲音有些沉重地道：「將軍，您也看出來了？」

李清有些驚訝，清風日夜沉浸在這些情報之中，作出剛剛的那份論斷想必是

深思熟慮之後才說，但尚海波這才看了一眼，便瞧出了端倪，自己的這個謀士還真不一般呢！

「尚先生怎麼說？」清風迫不及待地問道。

尚海波哂然一笑，「蠻兵將要寇邊，撫遠有難，蕭大帥將施**借刀殺人**之計矣！」

李清雙手一拍，「果然如此，既然尚先生也如是說，那便不會有錯了，倒是與清風英雄所見略同。」

是清風分析出來的？尚海波有些詫異，轉頭瞧向一旁略顯得有些靦腆的女子，臉上的驚訝之色不用掩飾，一眼便看出來了。

這個女子，平日倒是有些小瞧她了，只道是將軍喜歡她的美色，這才將如此重要的部門交給她，自己還準備找個洽當的時機勸勸將軍呢，現在看來，倒是有些多餘了，能從這短短的百餘字情報中分析出如此的東西，沒有才智是斷斷不行的，尚海波自忖，只怕便是老路路一鳴，也看不出這分情報中的殺機。

「清風姑娘真是聰慧！」十分難得的，尚海波表揚了人一句，在聰明才智上，除了李清，尚海波一向是目無餘子。

「先生謬讚，清風只是瞎猜而已，哪裡像先生一語中的。」清風羞紅了臉，

低聲道。

尚海波淡淡一笑，轉向李清：「將軍何如？」

李清冷笑道：「哪有這麼容易？」

「但蕭遠山有大把的正大光明、不容拒絕的理由。」尚海波道：「將軍，硬拒是不明智的，雖然將軍不懼蕭遠山，硬是不去，他倒也無可奈何，畢竟還有李氏站在將軍背後，但一個懼戰畏敵的帽子卻足以毀了將軍的名聲。」

「先生如是說，是準備讓我常勝營去了？」李清有些奇怪，這麼明顯的陷阱，怎麼能一腳踩進去？

「去，當然要去，將軍，我們謀奪撫遠的時候到了！」

尚海波哈哈一笑，拉過地圖，手指頭重重地戳在撫遠，道：「撫遠，地域是我崇縣倍餘，土地肥沃，出產豐饒，人口眾多，更何況，這裡還有我們急需要的東西，這東西可是有錢也難買到啊！」

手指在撫遠地域上慢慢滑過，落在一個地方。

「宜陵鐵礦！」李清眼睛一亮，但旋即搖搖頭：「這與虎口奪食又有何異？」

「不然！」尚海波搖頭，「**這是一個機會**，將軍曾說過三年取定州，現在已是第一年，那麼奪得撫遠便是今年要完成的任務。」

看著尚海波胸有成竹，李清心知對方必是已有了算計，當下笑道：「先生有辦法便說出來，李清知道先生足智多謀，就不用賣關子了。」

尚海波大笑，不再說廢話，道：「蕭遠山的借刀殺人之計雖然巧妙，讓人無話可說，是正大光明的陽謀，**但卻是建立在不知我常勝營底細的基礎之上，這一點錯了，便可讓他滿盤皆輸。**」

「將軍，如果你率三千常勝營獨守撫遠，你能堅守多久？」尚海波問道。

李清在心中略微盤算一下，「如果後勤無虞的話，完顏不魯的一萬騎兵永無可能攻下我守的撫遠。」

「那傷亡呢？如果傷亡太重，我們會得不償失，到時別說撫遠，便是連崇縣也岌岌可危了。」尚海波步步近逼。

李清傲然道：「我可以將傷亡控制在可接受範圍之內。或許還可以借機重創完顏不魯，給巴雅爾一個驚喜。」

「這便對了！」尚海波道：「估計完顏不魯的襲擾會在五月間開始，那麼在六七月間，蕭遠山便會對我們下手了。」

李清笑道：「那時我們便欣然從命，笑嘻嘻地踏進這個陷阱。」

尚海波搖搖頭，「將軍，你可錯了。」

「錯了，剛剛你不是這麼說的麼？」

尚海波臉上露出狡猾的光芒，「將軍，這麼好的**敲竹槓機會**，你會放棄麼？」

李清猛的醒悟，不由指著尚海波，哈哈大笑，「好你個尚先生，以後真相大白，只怕蕭遠山要氣得吐血。」

「他吐他的血，關我等何事！」尚海波眉飛色舞，「說不定以後他會經常吐血，吐久了也就習慣了！」

陡地聽到這話，李清不由爆出一陣狂笑，差點笑得連腰也直不起來。

一邊的清風不解地看著兩個狂笑的男人，心道這有什麼好笑的？

好不容易兩人笑罷，李清站直腰身，「尚先生，要不動聲色地做到這一切，計將安出？」

尚海波整整衣衫，道：「撫遠戰事一起，我們要做的第一件事便是**修塞**。」

「修塞？」清風詫異地問道。

「對，修塞！」尚海波指著地圖，「這裡，軍門塞，這是撫遠通向我們崇縣的要道，我們在這裡築塞，擺出一副死不出去的架勢，如果寇兵攻破撫遠，憑軍門要塞，我們也可以安然無恙。」

「既要出去，又何必修要塞，我們現在不是缺錢麼？」清風小聲道。

「我們可以慢慢修啊，說不定等到我們出擊撫遠時，軍門塞還差得很遠呢！」李清解釋道。

「對！」尚海波讚道，「我們這麼做，蕭遠山不會看不到，他一定會急著催我們去輪換選鋒營的。他一急，我們敲竹槓就順利多了。」

「對極了！」李清擊節叫好，「餉銀我要，兵器我要，衣甲我要，糧食我要，凡是用得著的東西我們都要，而且要弄到手。」

「等東西到手，我們便去撫遠，給完顏不魯、蕭遠山等一個大大的驚喜！」尚海波冷笑道：「要我們去撫遠容易，但想讓我們出來，哼哼，那就不容易了！」

李清微笑，「什麼不容易，那簡直就是不可能！」

「那將軍，既已下了決心，軍隊的備戰就要開始了。」

李清點頭：「你去安排吧，匠作營加緊打造戰車等器械出來，將過山風調回來，雞鳴澤那裡暫時不會有什麼問題，留一個哨在那裡就可以了。」

「清風，知會定州茗煙，從現在起，盯緊蕭遠山。」

完顏不魯率萬餘白部精銳進駐上林里，並沒有在定州軍中引起太大的反應，收到消息後的蕭遠山，例行公事的向撫遠呂大兵發出了提高警戒的公文，便又把

心思轉向了定州軍的編練上。

年前的軍改將定州軍三協拆得七零八落，戰力急劇下降，反而是呂大兵的選鋒營因為蕭遠山要給呂大臨一點補償，沒有將其軍中老卒調走，戰鬥力在定州軍中已是高居首位。

重建後的撫遠要塞比以前要更堅固更雄偉，選鋒營三千士兵駐紮在要塞及周圍的兩座碉堡裡。

蕭遠山知道白部精銳此次前來，不過是為了秋後的大舉入侵打前哨，所以也並不著急，現在的定州軍尚不能一戰，他只能加緊編練，爭取在秋後形成初步的戰力，到時雖然不能出城與蠻軍野戰，但倚仗著堅城，守境倒也問題不大。

呂大兵本人是定州軍中的一員悍將，馬上步下功夫盡皆了得，以前一直在哥哥手下做事，勇力在定州軍中素有所聞，駐紮撫遠以後，已被架空的呂大臨擔心自己這個有勇無謀的弟弟衝動壞事，特地將自己以前的一個謀士馮簡派給了呂大兵，幫呂大兵參贊軍機，出謀劃策。

接到定州軍報，呂大兵不以為然，蠻兵入寇還在秋後，眼下不會有什麼大的戰事，將斥候放出去後，撫遠並沒有作出太多的戒備。

五月上旬，撫遠要塞仍然同往常一樣，懶洋洋的士兵百無聊賴，要塞外的田

野上，三三兩兩的農夫正在田間忙碌，由於戰略的需要，要塞前方數里之內的樹木都被砍得一乾二淨，站在要塞頂部，可以望出去極遠。

撫遠要塞很大，雖然稱之為要塞，實際上，更應當稱之為是一座城池，整個要塞長數里，寬約里許，除了軍隊之外，還有很多的居民在要塞內從事各種行業。

與撫遠相隔數百米的前方，一左一右矗立著兩座衛城，每個衛城可駐紮約五百名士兵，與要塞互為犄角。在防守上可謂是無懈可擊，沒有十倍的兵力，想要輕易拿下這樣防衛森嚴的要塞，基本是不可能的。

選鋒營裡大都是在上次大敗後收攏的老軍，經過整訓之後，戰力相當可觀，這些士兵大都有與蠻族交鋒的經驗，知道如與蠻族野戰，以步軍為主的選鋒營要吃虧，但論起守城，則是絲毫不懼，甚至都憋足了勁要給蠻族一點苦頭吃。

要塞頂部，懶洋洋的哨兵忽地站直了身子，手搭涼棚在眼上，緊張地向遠處看去，在目力的盡頭，一道烽火燃了起來，筆直的狼煙扶搖直上。

那是佈置在遠處的烽火臺。緊跟著，一道接一道的烽火燃了起來，在哨兵的視野裡，幾匹戰馬正急速地向這邊馳來，在他們身後遠處，大股的煙塵遮天蔽日。

「敵襲！」哨兵一路小跑，到了戍台，一時之間，淒厲的號角聲在撫無要塞上空迴盪起來，經久不絕。

尚在野外勞作的撫遠百姓早已習慣了敵襲的號角，聽到號角聲，眺望著遠處的狼煙，急匆匆地收拾起農具，便向要塞內奔來。

要塞頂上，一隊隊士兵全副武裝，弩弓從城樓裡一架架推出來，弩兵們緊張地搖起弓臂，將粗如兒臂的八牛弩裝上弩弓，在斥候縱馬而來的時候，要塞頂上已準備妥當，一排排士兵佇立在城樓上，緊張地望著遠處正滾滾逼近的大股騎兵。

隨著斥候奔進要塞大門，厚重的大門緊緊關閉，粗大的圓木一根根被裝在大門後的鐵環中，將大門幾乎擋得嚴嚴實實。

呂大兵身著一身黑色的鐵甲，一手將頭盔抱在懷裡，另一隻手按著垛堞，目不轉睛地看著漸漸逼近的蠻兵，他的身邊，一個頭髮花白的老者眉頭緊皺，臉上盡是憂色。

「馮先生，蠻兵約有三千人，全是騎兵。」呂大兵眼中露出輕蔑之色，「就憑這些人便想攻下我撫遠要塞麼？太小瞧我們了吧？」

馮簡搖搖頭：「將軍，來的是白族的大帳兵，白族戰士是蠻族中最為精銳，

最為敢戰的，看旗幟，統兵的大將是原安骨部的完顏不魯。此人是與我們打老了仗的蠻人，深知我軍戰法，不大可能以騎兵攻城。」

「先生的意思是？」

「我猜他們此次來只不過是向我們炫耀軍威，試探虛實；另外，就怕完顏不魯繞過撫遠，分兵襲擊各地，讓我們首尾難以相顧。」馮簡憂道。

「分兵內襲？不大會吧。撫遠要塞在我們手中，他敢分兵，就不怕我們截他後路麼？」呂大兵道。

馮簡苦笑道：「將軍，完顏不魯只需留下兩千騎兵在此，便足以將我們牽制在此，他大可從容分兵，蠻兵來去如風，以我們選鋒營數百騎軍，出城攔截那是送羊入虎口。」

呂大兵動容道：「如果真是這樣的話，我們必須馬上上報定州，請蕭大帥派騎兵攔截。」

「定州各營去年傷筋動骨，整軍後尚未形成有效戰力，人來得太多，蠻兵早已遠遁；來得太少，便會被蠻兵各個擊破，我猜蕭大帥定會將各軍駐紮在要塞堅城中，不會出城野戰。」

呂大兵有些急了，「如果這樣，我撫遠各鄉豈不是又要淪為蠻兵劫掠的

對象？」

「這是沒辦法的事！」馮簡面色凝重道：「力保要塞不失，便能讓蠻族不能肆無忌憚地縱兵劫掠，這也是儘量減輕損失的辦法了。」

呂大兵恨恨地一捶城牆，「當真是讓人鱉氣，真想出城與這些蠻子大殺一番。」

「將軍萬萬不可！」馮簡趕緊勸道：「將軍，力保撫遠要塞才是將軍的當務之急，至於各鄉的損失，也是莫可奈何之事，我們只能通知各鄉迅速向定州城等地後撤。」

兩人商議間，要塞外白部精銳已滾滾而來，在數百步外，一聲號角響起，齊齊勒馬，數千騎兵居然在極短的時間內勒馬而停，稍稍混亂之後，已排成嚴整的軍陣，數千騎兵安靜地看著不遠處的撫遠要塞，除了馬嘶之聲，竟是渾然無聲。

看著蠻族的軍勢，要塞之上的選鋒營官兵齊齊變色，這些老卒都與蠻兵見過仗，但如此強勢之兵卻也是首次碰上。

「白族大帳兵果然名不虛傳！」呂大兵喃喃地道。

完顏不魯靜靜地看著在他面前的撫遠要塞，眼中雖然閃著仇恨的光芒，但神

情卻異常平靜，他的仇人便在那座要塞的裡面，他完全相信巴雅爾的話，英明的大單于沒有任何理由欺騙他，那些大楚人在慕蘭節上襲擊了他的部落，將他的部落殺得雞犬不留。

現在，輪到他了。

完顏不魯是巴雅爾的忠實追隨者，跟大楚人打了一輩子的仗，對對面的大楚人有著相當的瞭解，大楚是一個龐然大物，但現在，正如巴雅爾說得那樣，**這個龐然大物睡著了，現在正是草原的好機會**，錯過這個機會，一旦這個龐然大物醒來，便又會像數百年前剛剛立朝的大楚那樣，將草原人打得毫無還手之力。

但是，雖然這個龐然大物還沒有醒來，也不能掉以輕心，自己不能失敗，一旦失敗，安骨將丟掉他最後復興的種子。

完顏不魯作為一個活了六十餘年，並能在弱肉強食的草原上生存下來的老狐狸，從來就不乏冷靜，哪怕他被仇恨完全包圍的時候，他也竭力維持著一顆冰冷的心。

身邊的完顏吉台還是年輕了些啊！看著身邊雙眼充血，兩腿緊夾馬腹，拉著馬韁的手青筋突出的兒子，完顏不魯微不可聞地嘆了一口氣，想要報仇，首先便要冷靜。

「左校王，撫遠要塞堅固雄偉，我們三千騎兵不可能打得下來啊！」另一側的千夫長諾其阿有些奇怪地問完顏不魯。

諾其阿是巴雅爾手下難得的勇將，追隨著巴雅爾南征北戰，經驗豐富，看了一眼重建後的撫遠，便知道己方即便是全軍皆來，以萬餘人馬攻擊也很難得手，就算得手，只怕也是傷亡慘重，此智者所不為也。

他生怕完顏不魯被仇恨蒙蔽了雙眼，讓白族的戰士白白上去送死。畢竟現在的完顏不魯是白族的左校王，如果真下了命令，作為白族忠心的戰士，他也不得不勉力為之。

完顏不魯笑道：「勇敢的諾其阿，你放心，這等自取滅亡之舉，我怎麼會去做？我還要留著有用之身，親自割下我的仇人的首級，製成飾品，掛在我的帳中呢！」

諾其阿一聽便放心了，完顏不魯不愧是身經百戰的老將，將局勢看得極為清楚，自己倒是多心了，當下微感抱歉地一抱拳：「左校王睿智。」

完顏不魯道：「勇敢的諾其阿，我們全軍到此，也不能在這撫遠要塞下擺開軍陣看看便走吧，殺殺他們的銳氣，長長我軍志氣，如何？」

諾其阿大笑道：「左校王這是要考校我麼？」

完顏不魯哈哈大笑：「久聞諾其阿是大單于帳下第一猛將，今日便讓勇士們見識見識如何？」

被完顏不魯一捧，諾其阿不由咧開大嘴，樂不可支地道：「第一不敢當，我白族第一勇士乃是虎赫大人，不過這第二麼，我倒是有心爭一下，來人啊，取我大旗來。」

諾其阿是巴雅爾手下第一大將，與虎赫這種衝鋒陷陣的勇將不同，他可是智勇雙全。

手執大旗，諾其阿一夾馬腹，戰馬長嘶一聲，越陣而出，在白族戰士的吶喊聲中，直奔撫遠要塞。

「他要幹什麼？」馮簡有些奇怪地看著對方一員大將手執大旗，呼嘯而來。

「挑戰麼？」

呂大兵拳頭慢慢握緊，臉上泛起奇怪的青紫色，**這不是挑戰，這是赤裸裸的侮辱**，久在邊關的他自然知道對方要幹什麼。

「取我弓來！」他沉聲道，身後的親兵趕緊遞上呂大兵的十石強弓。

呂大兵吸了口氣，弓開滿月，一支箭搭上弓弦，另外兩支扣在尾指和拇指間，箭尖抬起，緩緩向下瞄準。

隨著諾其阿越來越接近撫遠要塞，兩邊鼓噪的士兵都安靜了下來，數千雙眼睛一齊盯著那奔騰而來，迎風招展的白族大旗。

諾其阿要將這面大旗插在城上箭矢可及範圍之內，距城越近，則榮耀越大，當然，危險也成倍增加。

隨著距離接近，諾其阿全身的肌肉都繃緊了，所有的注意力都集中到有可能襲來的弓箭之上，此時的他，雙手執著旗桿，完全靠雙腿控制馬匹。

嗡的一聲，箭矢破空之聲，不用去看，只憑經驗，諾其阿便知道這一箭是衝著自己面門而來，聽到箭矢撕破空氣的炸響，心中不由一凜，好快的箭。他將大旗一揮，啪的一聲，已將來襲箭支捲飛，與此同時，雙臂一麻，對方這箭好大的力道，怕不是十石強弓。

心念剛剛轉動，空氣中又傳來嘯聲，居然是連珠箭，諾其阿不由提高了警惕。能用十石強弓射出連珠箭，對方是一個弓箭好手，不敢再向前衝，兩腿一夾馬腹，朝夕相伴的戰馬心意相通，陡地減速轉向，然後加速右衝，只是簡單的一個動作，瞬息之間，諾其阿已是一個翻身，半身掛在馬側，將手中的大旗重重地戳進地面。

接著翻身上馬，插在腰裡的長刀出鞘，噹噹兩聲，格飛了箭支，往回馳去。

回奔的瞬間，他甚至還回過身來，向著城上豎起大拇指，然後重重向下一翻。在白族士兵如雷的歡呼，城樓上選鋒營的咒罵聲中，得意洋洋的一騎絕塵，回歸本陣。

白族戰士歡聲如雷，剛剛諾其阿這簡單的一個動作看似容易，但縱觀整個部隊，能在高速行進的戰馬上做出這樣無視慣性的動作來，需要何等的馬術與力量？更何況剛剛城樓上射下的三箭快如閃電，支支直奔要害，光是聽那箭矢破空之聲，便可知道厲害。

城樓上，呂大兵臉上泛著黑氣，劈手扔下手中長弓，頭也不回地走下城樓。

「諾其阿千夫長，果然有萬夫不擋之勇。」完顏不魯笑嘻嘻地在馬上伸手挽住諾其阿，「插旗奪志，對方軍心失矣。」

諾其阿輕鬆地笑笑，「此乃小技，不敢言勇。」

「好，對方受此辱仍不肯出城作戰，看來是打定主意死守要塞了，完顏吉台，你率一千戰士去劫掠周圍鄉村，諾其阿，你率一千士兵隨時接應，我率剩下的士兵在這裡監視撫遠要塞。」完顏不魯果斷地下達了命令。

你不出城，我便去搶東西，你若出城與我野戰，當真是正中下懷，完顏不魯撫鬚微笑，大楚人，該你們嘗嘗厲害了。

烽煙四起，哀殍遍地，整個撫遠籠罩在濃濃的恐懼的氛圍之中，去年剛剛來過的蠻族又來了。所過之處，濃煙滾滾，剛剛建好的村莊在一片火花中化為烏有，本就可憐的一點財物在寇兵過後，點滴無存。

更讓撫遠人肝膽俱裂的是，這一次寇兵不再擄掠人口為目的，而是以殺死所見到的每一個人為最終結果，馬蹄所過之處，再無人煙。

一份接一份的急報擺上了定州軍大帥蕭遠山的案頭，他緊皺眉頭，「蠻族這是在幹什麼？人丁不是他們一直以來劫掠的最重要的目標麼，怎麼這一次所過之處雞犬不留？」

沈明臣拿起急報，道：「大帥，這一次蠻兵的統兵將領是安骨部落的完顏不魯。」

蕭遠山恍然道：「就是在去年冬天莫名其妙被滅了族的安骨部落？」

沈明臣點頭：「正是，不知是誰滅了安骨部落，將老弱婦孺殺得是一個不剩，巴雅爾誓師會盟，聲明是我們定州軍所為，這一次完顏不魯是來報仇了。」

蕭遠山沒好氣地道：「他們自己窩裡反，卻栽贓到我們頭上，這個完顏不魯真正是個蠢蛋，這莫名的怨氣移到我們定州頭上，卻是讓我們遭了殃。」

撫遠傷亡慘重，要是以往，被人擄去還可安慰總有一天能將這些失落的同胞救回來，但這一次沒了腦袋，可也就沒了藉口，蕭遠山已經感受到了重重的壓力，作為定州主帥，治下出了這樣大的亂子，他不能不負起責任來。

「明臣，看來我們必須得出兵援助撫遠，阻止完顏不魯的亂殺，否則這樣下去，撫遠將成鬼域。」蕭遠山無奈地道。

「將軍，萬萬不可。」沈明臣連連擺手，「將軍知道，我們定州軍剛剛經歷改制，軍中充斥著大量的新兵，這戰力不可能與往日相比，更何況您看完顏不魯此舉，雖則有洩憤的成分，但何嘗不是想誘使我軍按捺不住，出城與其野戰，您貿然派出援助，只怕正中對方下懷。」

蕭遠山無可奈何地道：「總不能眼睜睜地看著他將撫遠殺得一乾二淨。」

「完顏不魯不強攻撫遠，正是揚長避短，如我軍出戰，則是揚短避長，我斷言，只要我軍出城野戰則必敗，那時，大帥好不容易積聚起來的實力又將消耗殆盡，那麼秋後巴雅爾大部來襲時，我們將如何應對？」沈明臣正色道。

「那撫遠？」蕭遠山遲疑地道。

「沒辦法，為了定州的全域，為了整個定州百萬生靈，撫遠不得不作出犧牲。」

蕭遠山心裡實在也作此想，但由沈明臣說出來，他心裡卻感覺輕鬆不少，「如果這樣，那只能委屈撫遠百姓了。呂大兵這次倒是知機，沒有出城浪戰，他手下都是老兵，如是做無謂犧牲，頗為不值。」

沈明臣笑道：「這個大帥倒是放心，呂大臨不放心他這個兄弟，派了手下謀士馮簡去相助，以馮簡的見識，應當能看破這個局，阻止呂大兵出城。」

「既然如此，我們定州軍的編練也應當加緊了，看蠻族這架勢，只怕秋後的規模更勝去年。」蕭遠山道：「要其他三座要塞加強戒備，防止蠻族移兵偷襲。」

「戴徹也是久經沙場的老將，當會小心戒備。」沈明臣笑道。

兩人說到這裡，已經基本決定了撫遠百姓的歸宿，蕭遠山忽地想起一人，不由問道：「明臣，你可知李清現在在幹什麼？想必撫遠遇襲他也得到消息，崇縣與撫遠接壤，你說寇兵會不會侵入崇縣？」

沈明臣在心裡小小地鄙視了一下蕭遠山，這李清可也是你手下的大將之一，雖然你不待見他，但也不至於將他丟到腦後不管啊，作為一個謀士，蕭遠山可以不理會這個李清，但他卻不得不關注。

老實說，李清在崇縣的所作所為他都有所耳聞，也曾派人專門去關注過，只打聽到在李氏的資助下，李清過得著實不錯。

「李清一聽到撫遠遇襲的消息，便動員了民夫修建軍門塞，看來他也怕寇兵襲擊崇縣啊！」沈明臣微笑道。

「這小子年紀不大，但卻油滑得緊，這明哲保身倒是用得爐火純青，明臣，你說我要是派李清出兵，掃清撫遠境內蠻兵的游騎，怎麼樣？」蕭遠山冷哼道。

沈明臣失笑：「大帥，李清手下不過千多兵卒，聽聞年後他才擴軍，即便將常勝營滿編，手下也只怕是一群拿著刀槍的農夫，這樣的軍隊去與寇兵對陣，不是以卵擊石麼？李清斷然不肯的。」

蕭遠山嘿嘿一笑：「我知道他肯定不肯，但我要的只是他一個態度，他若不肯，我便有理由處置他，哈哈哈，這官司便是打到御前，我也占著理啊，不服上司調遣，畏敵怯戰，他便有李氏撐腰，又能怎樣？正好讓他灰溜溜地滾出定州。」

「要是李清奉命出征了呢？」

「那不是正好麼？讓寇兵給他一點苦頭吃吃，他手裡那點兵馬，只怕給對方塞牙縫也不夠。」

「那要是他奉命出戰，去游而不擊，那又如何？」沈明臣給出另一種可能，「如果這樣，大帥也說不了什麼，更何況在朝中，李氏勢力極大，到那時，大帥白白地得罪了李氏，給蕭家結了仇敵，卻又沒有損到李清分毫，豈不偷雞不著蝕

把米。」

蕭遠山微微點頭，「你說得有道理，這事要從長計議。」

這邊商量著如何對付李清，身在撫遠要塞的呂大兵卻已是坐立不安了，「馮先生，我們就坐看對方如此肆虐百姓麼？」

眼見著寇兵將無數的百姓首級帶來，層層地丟在撫遠城下，城上的士兵都紅了眼。

「將軍，小不忍則亂大謀，」馮簡道：「寇兵為什麼這麼做，就是要激怒將軍出城啊，將軍若出城作戰，正中對方下懷，我軍坐堅城而不出，保存實力，準備迎接秋後寇兵的大襲啊，蕭大帥要我們堅守不出，正是此理啊！」

呂大兵拍案而起：「我不是什麼心懷仁義之輩，也不是什麼道德之士，我只是一介武夫，但我知道，將兵便要護民安境，先生，你也是飽讀詩書之輩，看敵軍如此虐我百姓，怎麼心安如斯，**我決定了，我要出城**。」

馮簡大驚，「將軍，衝動不得啊！」

呂大兵搖搖頭，「先生，我看完顏不魯只在城下留了千多人馬，另外兩股人馬卻分兵而去，顯然是料定我們不敢出城，哼，我偏偏不如他意，我帶兩千人馬

出城，選鋒營留下千多精壯士卒，再加上城內青壯，由先生主持守城，他也無隙可乘，我選其一股而擊之，以兩千部眾擊對方千餘人馬，雖不敢說勝，但料想也不會敗，至少可以阻敵再如此放肆。」

「將軍……」

馮簡還想勸阻，但呂大兵斷然阻止了他的話，「先生，我知你是為我好，但我是朝廷將軍，不能眼見百姓如此遭難卻視而不見，即使馬革裹屍，我也是要出城一戰的，否則這樣拖下去，我撫遠便完了，士氣也將不復存，這樣到了秋後寇兵來襲，只怕也是不堪一戰，將軍，我們兄弟二人都是從小兵做起來的，我知道士氣可鼓而不可洩。」

說完，頭也不回地走了出去，馮簡呆了片刻，百髮蒼蒼的頭無力地垂了下來。

雙方的第一次接觸，戰以呂大兵的完勝而告終，短暫而又激烈，數十名白族精銳在猝然遭遇兩千選鋒營士兵後，來不及撤退，當下大部返身衝殺，餘下幾騎打馬飛逃而去。

呂大兵帶出城來的，僅有五百騎兵，但這些騎兵在騎術上，與這些馬背上長大的白族人有著很大的距離，追之不及，只能返身圍住殺回來的幾十騎白族

士兵。

在宜興的這一戰，讓呂大兵高興之餘也提高了警惕，這些白族蠻子的精銳程度超出了他的預感，一旦發現無法逃脫，他們便果然地拋棄了搶來的財物，掩護同伴脫逃報信，在明知無倖的情況下毫不猶豫地殺向死地，只想為同伴爭取一點時間，這種戰鬥意志讓呂大兵感到可怕。

幾十騎蠻族士兵被選鋒營騎兵的幾次往返衝殺之後，便再無一人倖存，看著觸目驚心的戰損比，呂大兵剛剛的一點高興便煙消雲散，五百人圍殺數十騎兵，居然折損率達到了二比一，其中一次還被這幾十名蠻兵鑿穿了陣形，如果不是自己的步兵早已在遠處佈陣，這些騎兵便會逃走了。

瞇著眼睛看向遠處，陣陣煙塵滾滾而來，蠻族的援軍來了。呂大兵心中驀地一陣興奮，騎兵，老子的確不是你的對手，但**以步破騎，從來都是我們定州軍的強項**，來吧，讓我會會名震草原的白族精騎。

「收拾戰場，將死傷者運回要塞，餘部列陣，準備迎敵！」呂大兵下令。

二千選鋒營迅速行動起來，不愧是久經陣仗的老卒，一陣兵器的碰撞之後，一千五百步兵便迅速擺成了五個三百人的方陣，每個士兵之間僅有尺餘距離，以便揮臂刺出手中的長槍，後排士兵的長槍又從前排士兵的空隙之中伸出去，五座

槍林瞬間便組成。

剩下的四百多騎兵經過剛剛的衝殺，馬力已略現疲乏，現在他們在步兵方陣的背後，騎士們都躍下馬來，盡可能地讓馬力得到恢復。

遠處的蠻族馬速極快，不到一炷香時間，便已出現在呂大兵的視野中，一聲號角，狂奔的洪流停下，騎兵們齊齊下馬，只有數十騎士兵擁著一名銀甲將領突出約百步，觀察著呂大兵的佈陣。

這個銀甲將領很眼熟，呂大兵只掃了一眼，便認出此人正是在要塞下插旗的那人。心中不由冒出一陣怒火，幾乎便想躍馬而出，與他再決雌雄。手抬起又放下，終於咬著牙放棄了這個念頭，現在他是統兵將領，不是江湖匹夫。

對方不是莽夫，與以往蠻族將領不同，在遇敵之初不是猛衝猛殺，竟然也知道節省馬力，顯然已將自己看做了同等的對手，對這樣的人，不得不小心。

現在他只能靜立不動，等著敵人來攻，一旦自己搶攻，行進中隊列必然鬆散，那對步兵來說是致命的，讓對方的馬匹衝起來撞入陣中，自己的步兵就會成為羔羊。

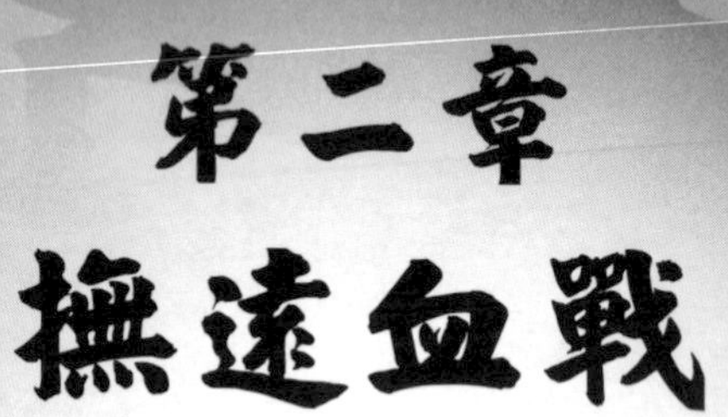

第二章
撫遠血戰

撫遠血戰爆發之時，李清已將王啟國與姜奎秘密調到了軍門塞附近，軍門塞徵集了萬餘民夫夜以繼日的趕工，一座要塞的輪廓已基本顯現。李清也作好了隨時去撫遠的準備。但他萬萬沒有想到，局勢一下子惡化到如此地步。

呂大兵在觀察蠻族的時候，諾其阿也正在打量著對面的軍陣，看著那五座前二後三的槍林嚴整之極，肅穆而立，閃著寒光的槍尖斜斜向上，不由嘆道：

「難怪以我族鐵騎之利，這麼多年來始終不能完全占據定州，大楚以步破騎之術，的確有他獨到之處。」

身後一名將領笑道：「千夫長大人，只要我們能衝進去，鑿穿他們的陣形，引起他們的混亂，讓他們不能列成整齊的隊形，那他們就與豬羊也沒什麼區別。」

諾其阿搖頭道：「要做到這一點，我們要付出極大的代價，大楚幅員遼闊，人口眾多，有充足的兵員，他們一個步兵只需要一年左右便能成為一個合格的戰士，而我們精銳的騎士可是經過十年二十年才能成長起來，我們拼不起。」

那將領冷笑：「話雖這麼說，但現在的大楚，像眼前這種精銳的步卒只怕也不多見吧！」

諾其阿笑道：「那倒不錯，像眼前的選鋒營都是由上次大戰後殘存的士兵組成，打過仗，見過血，這種部隊最為難纏，定州其餘部隊嘛，只怕是遠遠不如。」

「千夫長，我們要打麼？還是這樣與他們對峙下去？」

諾其阿微笑道：「打，當然要打，不要怎麼能拖住他們?!左校王定下計策，不就是為了這一刻麼？**我們不求打勝，但求將他們拖在這裡，拖的時間越長，對**

械左校王那邊越有利。」

身後的將領不滿地道：「大人，我們在這裡啃骨頭，左校王卻在哪裡吃香喝辣，真是讓人憋氣，撫遠要塞只剩了千餘人，左校王近萬部眾，還不是手到擒來。」

諾其阿揚手便是一鞭，「混帳，左校王此策甚好，這樣我們能以最小的代價奪取撫遠，撫遠要塞裡軍械糧草極多，對我們是極大的補充，左校王派我們來，是對我們的信任，也只有我們能咬出這呂大兵，你以為左校王不派他兒子來是因為私心麼，如果在這裡的是完顏吉台，只怕早已揮兵狂攻，那必是必敗之局。」

挨了一鞭的將領忍著痛，「是，千夫長大人，是我錯了。」

諾其阿冷冷地道：「你記住了，安骨已不存在，完顏不魯現在是我白族的左校王，與我白族一榮俱榮，一損俱損，左校王是何等人物，豈會不明白這麼淺顯的道理，這樣的渾話讓我再聽到一次，我斫了你的頭。」

「全軍上馬！」諾其阿教訓完部將，霍地轉身，手中的狼牙棒高高舉起，身後千餘精銳一聲吆喝，同時翻身上馬。

「福臨，你作第一波試探性攻擊，記著，減輕傷亡是我們的目的，但又要讓對方明白我們不惜死戰的決心。」

對方身上。

「遵命，千夫長大人。」挨了一鞭的福臨一肚子的邪火，他要把這把火燒到

「喲喝！」一聲怪叫，福臨縱馬而出，在他身後，數百騎兵呼嘯而出。

咚咚咚！看到蠻族攻擊，呂大兵的中軍所在響起了有節奏的鼓聲，隨著鼓聲，最前面兩座方陣第一排的士兵將長槍伸出，槍尖朝上，槍尾深深地扎進身後的泥土中，第二排的士兵伸腳壓住槍尾，將自己的槍也探出去，後排亦然。長達九尺的長槍全都伸將出來，此時的兩個方陣，赫然變成了兩個刺蝟。

福臨帶領的兩百騎兵躍出己陣之後，便迅速飛散開來，在與定州軍長期的交鋒中，他們早知定州軍中有一種隨軍攜帶的強弩，只要兩名士兵便可拉開，射程達到千步，對騎兵能有效地形成殺傷，在己方衝到對方面前時，這種弩可以射出多達五輪，如果隊形過於密集，便成了活靶子，但只要分散隊形，這種弩瞄準不易，命中率不高，可有效地避免傷亡。

空氣中響起尖銳的嘯聲，果然是這種強弩。但很顯然，呂大兵軍中這種強弩攜帶不多，聽著空氣中的嘯聲，福臨心中大定，不過二三十具強弩而已，對自己形不成威脅。

士兵靈活地操縱戰馬，避開弩弓，直撲敵陣。尚隔著百部距離時，白族士兵

便引弓射箭，數百支箭便帶著呼嘯射向對方密集的軍陣。

論起射術，定州軍自然不能與這些馬上長大，從小便開弓射箭的白族精銳相比，更何況定州軍陣形密集，根本就不需瞄準，一個呼吸之間，一般的士兵已射出兩箭，技藝高超者更是射出了三至五支。

選鋒營士兵不為所動，看到漫天箭雨，只是低頭護住面門，陣形不曾有絲毫鬆動，一陣叮噹亂響，無數箭支傾瀉而下，射在眾人的鐵甲上，有的滑開，有的掛在士兵身上，只有極少數不幸的傢伙被箭射在身上鐵甲的接縫處，流出血來。

第一輪交鋒，雙方的對射都是徒勞無功，定州軍強弩少，命中率低，而白族的箭射得倒挺準，但對於選鋒營這種渾身著甲的鋼鐵怪物亦是無可奈何。有的選鋒營士兵身上掛滿了箭支，活像一隻刺蝟，卻絲毫不影響他作戰。

撫遠要塞下，一片平靜，無論是城上還是城下，都**陷入了一種奇怪的安靜**，完顏不魯似乎無意攻城，只是陳兵塞下，而留守在要塞內的馮簡，直感到度日如年，整日心驚肉跳，**總是感到有大事要發生**。

呂大兵走後，他不敢有絲毫的懈怠，甚至搬到了城樓上居住。

馮簡並不是一個不識兵事的書生，在跟著呂大臨的數年時間裡，他也曾多次

為呂大臨出謀畫策，甚至隨著他踏上戰場。但現在他覺得太詭異了。

「將軍什麼時候能返回？」一天來，他已問了這個問題無數次。

留守的振武校尉孫國慶搖搖頭，兩人透過暮色，看著遠處完顏不魯營中那明亮的燈火，馮簡忽地問道：「孫校尉，你說完顏不魯會攻城麼？」

孫國慶笑道：「馮先生，你太多慮了，完顏不魯現在營中也只有千多人，如何攻城？他那點人馬，給我們塞牙縫也不夠。」

馮簡無聲地嘆了口氣，要是呂大兵不走，那撫遠要塞自是穩若泰山，但眼下？如果完顏不魯增兵了呢？

「完顏不魯如果增兵了呢？」馮簡問出心中的疑問。

「不可能！」孫國慶斷然否決，「我們的哨探一直放在外邊，如果對方大規模增兵，我們不可能不知道。」

「不管如何，一定要讓將軍儘快回來。」馮簡總是心中不安，對孫國慶道：「派探子出去，找到將軍的人馬，要將軍馬上回來。」

完顏不魯營中。

雖然已是深夜，但完顏不魯仍然精神極好，端坐在營帳中，看著完顏吉台，

問道：「怎麼樣了，明天午時都能準時趕到嗎？」

完顏吉台點頭道：「父親放心，我們駐紮在上林里的兵馬，我又調了三千過來，同時徵召了附近的數個部落，攜帶一些簡易的攻城器械，明天午時同時趕到。」

完顏不魯欣慰地說：「那就好，明天早上，開始清除對方的哨探，儘量延遲對方知道的時間，只要我方人馬趕到，哼，撫遠將是我的囊中之物。」

「父親高明！」完顏吉台眼中閃著兇狠的光芒。

這一次完顏不魯策畫了很久，目的就是要拿下撫遠要塞，其一是要為自己部族報仇，其二，他也要向巴雅爾展現自己的能力，以赫赫戰功來壓制白部對自己升左校王的不滿。

他先以三千部屬示威撫遠，威嚇對方不敢出戰，再分兵劫掠，燒光殺光搶光，以激怒對方主將，如果對方是呂大臨，那他斷然不會作此無用功，但呂大兵則不同，這兄弟兩人都是定州軍中悍將，蠻族對他們二人都有很深的研究。

誘試呂大兵出戰之後，將其牢牢牽制住，能不能消滅倒在其次，主要便是要**堵住他返回撫遠的路**，最後，他暗調兵馬，徵調附近的小部落，爭取能**以雷霆一擊，拿下撫遠要塞，為秋後的大征掃清一個障礙。**

他將自己的計畫報給巴雅爾後，巴雅爾只批覆了五個字，「你是左校王。」這意思很明顯，你是左校王，你有權做出你職權範圍內的決定，但是，你也要負起萬一失敗的責任來。

完顏不魯沒有猶豫，**他決定賭一把**，他沒有什麼可失去的，現在看來，一切順利，他要在定州蕭遠山反應過來之前拿下撫遠，並堅守到秋後。

宜興，雙方從第一次交手到現在，已過去了十數個時辰。

呂大兵從最初的**興奮**，到而後的焦躁，直到現在的**疑惑**，蠻兵並沒有想要硬攻他的步軍方陣，每一次都是淺嘗即止，卻又不離去，總是與他保持在隨時可以接戰的範圍內。

戰場主動權完全掌握在對方手中，這讓他感到無比窩火，要是自己也有一支千人騎軍就好了，那驅逐這群蠻子便只是舉手之勞，但現實沒有如果，經過一天的接觸戰，他的騎兵又損失了數十人，現在基本只能在步卒的衛護下進行側翼的游擊。

對方到底要幹什麼？呂大兵陷入沉思，看著已顯得有些疲乏的士兵席地而坐，機械地嚼著乾糧，飲著泉水。對面的蠻兵也好不到那裡去，雙方都是疲憊不

堪，但卻都不得不保持著高度的戒備。

這支蠻子為什麼要這樣死纏爛打？這不符合蠻族一貫來去如風的作戰風格啊！而且與對面的將領通過這幾次的交手，可以明顯感到他也是一個極為知機的人物，**為什麼會選擇這樣一種說起來對蠻族極不利的打法呢？他想幹什麼？他的目的何在？**

呂大兵煩燥地站起來，眼光不由轉向撫遠。

撫遠！呂大兵的身上猛的冒起一層冷汗，遍體生寒。

對方想謀撫遠，這支偏師的目的就是要**將自己的主力拖在這裡**，完顏不魯絕對不只三千人馬，他一定暗伏有兵馬，趁自己遠離要塞之機奪取要塞。

要塞裡只有一千餘士兵，剩下的都是百姓。呂大兵揮手扇了自己一記耳光，這一清脆的聲音立時將周圍士兵的目光吸引了過來，奇怪地看著自己的將軍，心道將軍這是發的什麼邪火啊！

「全軍整隊，回撫遠！」呂大兵聲嘶力竭地吼道。

諾其阿看到了對方軍隊的異動，心知自己的拖延戰術被看破，接下來將是一場苦戰了。左校王，希望你的計畫成功，否則我手裡的兒郎們可就死得太不值了。

「上馬！」諾其阿大聲下令。

馬蹄翻飛，白族戰士不再是繞陣而過，而是兇狠地縱馬撞向刺蝟一般的槍陣，戰馬嘶鳴，被騎士強勒著衝向死亡，巨大的戰馬撞在槍尖上，馬上的騎士高高飛起，在落在矛尖上的瞬間，將手裡的武器投擲出去，只求能傷到一個敵人。更有僥倖者落在縫隙之間，根本來不及爬起，就這樣倒在地上，揮舞武器。

如同一把錐子般刺進方陣的諾其阿並沒有衝出多遠，便被步兵糾纏上，失去了速度的騎兵便立即成了離開水的魚兒，長槍翻飛，一波接著一波，將一個個騎士刺落馬下，與此同時，一個個的選鋒營士兵也被對方砍落馬下。

臨死的慘叫，受傷的哀號，急如雨點的鼓聲，兵器交接的脆響，匯成了這一曲戰場死亡交響樂。

一波攻擊結束，諾其阿旋轉馬頭，清點著彙集在自己身邊的戰士，便是剛剛這一輪衝擊，便有數十健兒永遠地留在了對方的方陣中，他不由一陣心疼。

對面，頂在最前面的兩個方陣緩緩後退，一直退到後面的三個方陣之後，開始重新整理隊形，排成嚴密的方陣。

諾其阿苦笑一聲，開始集合自己的部隊，只要對方有後退的意圖，他便又將展開下一次攻擊，這是一場不死不休的局面。

夜幕降臨，雙方一連進行了數次惡戰，每方都丟下數十上百的性命在戰場上，選鋒營也向撫遠方向後退了十里左右。雙方都不得不停下來休息，積蓄力量，準備下一次的應對。

呂大兵雙眼血紅，眼中已是佈滿血絲，前面的三次惡鬥驚心動魄，最後一次他更是親自上陣，才將對手的進攻打退，對方傷亡慘重，但自己也不好過，雙方的戰損比始終維持在二比一，按照這個速度，對方死光，自己也將不復存在了。

看著夜色，呂大兵作了一個艱難地決定。

他召來了自己的騎兵校尉。看著這個渾身血跡的校尉，呂大兵的眼中露出一絲歉意。

「對不起，兄弟！我需要你，選鋒營需要你，撫遠需要你！」

撫遠要塞上，遠處滾起的煙塵和陸續出現在視野中的部隊，讓馮簡肝膽俱裂，那裡，不僅有騎兵，更讓他害怕的是，還有大隊的部卒以及他們拱衛著的一些大型攻城器械。

馮簡絕望地閉上了眼，看對方的人馬，怕不有二三萬之眾。

終於還是落入了完顏不魯的算計中，馮簡轉向宜興方向，他知道，此時的呂

大兵應該在那個方向，將軍啊將軍，你可知道你已墜入對方的陷阱中嗎？如果此戰過後你還能活下來，也許以後你可以成為一個真正的將軍。

絕望的馮簡睜開眼時，從他眼裡便再也看不到任何的負面情緒，取而代之的是一片絕然。

身邊的振武校尉孫國慶卻還沒有從震撼中恢復過來，呆呆地看著城下不斷湧來的敵人，兩手下意識地抓著城磚，指甲在堅硬的城磚上劃得滋滋作響。

「孫校尉，準備戰鬥吧，敵人要攻城了！」

馮簡隨手拔起身邊器械架上的一支長矛。城上的士兵也都被突如其來出現在城下的敵人驚呆了，城上死一般的寂靜。

馮簡大怒，幾步奔到城樓邊，拿起鼓捶，拼命地擂起戰鼓。

「戰士們，敵人來了，準備戰鬥吧！」

他揮臂擊鼓，白髮飄揚，城上的戰士被鼓聲驚醒，回望城樓上馮簡鬚髮勃張，白鬚白髮在風中飄揚，胸中驀地激起一股激昂之氣。

「殺敵！」

「殺敵！」

眾人一齊高呼起來。

「戰士們，撫遠要塞城高險峻，別說是兩三萬敵人，便是五萬敵人又能怎樣，咱們照樣讓他灰頭土臉，呂將軍正在趕回來，蕭大帥的援兵也在途中，只要我們堅持一天，就能獲得勝利！」馮簡爬上城樓，振臂高呼。

孫國慶有些羞慚，自己一個武將，居然還不如一個白髮蒼蒼的書生有勇氣，一路小跑到馮簡的身邊，低聲道：

「馮先生，我們要把碉堡裡的人撤出來，兩個碉堡裡人手嚴重不足，都只有百多人，放在哪裡只是送死，撤回來還可以幫助守住主塞。」

馮簡沒有說話，眼光看向不遠處的兩座碉堡，眼中滿是悲哀之色。

「不能撤，兩座碉堡是我們的有力屏障，如果讓蠻族佔據碉堡，則可以從碉堡上壓制我們左右兩翼，以蠻族的弓馬水準，我們左右兩翼必將損失慘重。更何況，兩座碉堡裡，人可以撤出來，但八牛弩是撤不出來的，你想想，要是對方用八牛弩射擊我們，你怎麼辦？」

孫國慶當然知道碉堡對主塞的作用，但那裡面都是他的兄弟，是他的直系屬下，將他們放在那裡，用不了多久便會成為一座孤島，那是直接將他們送下了地獄。

「我們就看著他們去死嗎？」他大聲道。

馮簡閉上眼，「告訴碉堡的弟兄，他們堅持的時間越長，我們獲得勝利的希望就越大，**請為國家，為撫遠的百姓死戰吧！**」

孫國慶臉若死灰。

「來人啊！」馮簡大聲喊道，一名士兵應聲跑來，「去通知撫遠縣令，公告撫遠要塞裡所有百姓，如果不想被敵人殺進城來，剁下他們的腦袋像城外的那些人一樣築成京觀，那就人不分男女老幼，都準備上城殺敵吧！」

「派出人手，向將軍，向周邊各友軍，向定州求援，蠻族大軍來襲啦！」

完顏不魯站在要塞下，看著這座雄偉堅固的要塞，心裡不禁一陣得意，**撫遠，就要是他的了！**

在短短的時間裡，他徵召了附近的多羅部，葉赫部，飛羽部等十數個小部落，組成了三萬大軍，加上他統率的白族五千精銳，拿下千餘人留守的撫遠，豈在話下?!

「拿下撫遠，首先便要拿下這兩座碉堡，這兩座碉堡現在各自只有定州軍百多人，哪位首領欲拿這頭功？」完顏不魯環視著周圍的部落頭人。

「左校王，我部願往！」兩位部落頭人站了出來，是牛頭部與飛羽部，他們

都是白族的鐵桿追隨者。

「好！」完顏不魯大喜，「拿下碉堡，便是首功，攻下撫遠要塞後，所有戰利品你們各得兩份。」完顏不魯慷慨地道。

其餘的部落頭人臉上不由露出懊悔之色，以一部之力攻擊一個百多人駐守的碉堡，還不是手到擒來，自己慢了一步，讓這兩個傢伙搶了先了。

牛頭部頭人哈勒努特與飛羽部頭人阿古占得意洋洋地奔向自己的族人，片刻之後，這兩部人馬蜂湧而出。

因為是仰攻碉堡，戰馬已失去了作用，牛頭部與飛羽部都下馬步戰，執著兵器，扛著雲梯，嗷嗷叫著奔向碉堡。而完顏不魯的大部則緩緩向前壓進，阻止主塞有可能對碉堡的援助。

兩座碉堡的士兵在看到主塞上的旗語之後，已是抱了必死之心，左衛哨長李春笑顧左右。

「弟兄們，我們就要死了，在我們死前，多拉幾個墊背的吧！」

百多人一齊嗥叫起來，臉上露出猙獰之色，左右是個死，便在死前多找幾個伴兒吧。與此同時，右衛也在發生著相同的故事。抱著必死之心的士兵湧向碉堡各處，眼露凶光，緊緊地盯著逼上來的蠻族。

八牛弩那特有的嘯聲打破了戰前的寧靜，強力弩弓射入人群，牛頭部密集的人群立時便被射出一條胡同，粗如兒臂，長約四尺的八牛弩箭串葫蘆般地串起數人，餘力未盡，將他們身後的人撞倒一大片。

「好！」碉堡裡的士兵大叫起來，數人合力，又將八牛弩重新上弦。每架碉堡上都配有兩架八牛弩，射程約有千步，在這個距離上，蠻族便只有挨打的份。

兩部中各有數十騎飛騎而出，騎兵速度快，八牛弩一旦固定，很難改變角度，索性便不理會奔來的騎兵，騎兵飛奔到碉堡數十步距離，開弓引箭，對堡上進行壓制射擊，箭嘯聲聲。

這些蠻族個個箭術精良，極有準頭，堡上士兵稍不留意，便會中箭，雖然有盔甲遮擋，但若被射中面門要害，那也會一擊斃命，堡上開始出現了受傷的士兵。

八牛弩威力雖大，但射速卻慢，兩座碉堡上只射出約兩支弩箭，狂奔而來的攻城者便湧到了碉堡之下，雲梯被搭了起來，兩族士兵如同螞蟻一般開始順著雲梯向上爬來。

「放擂木！」

守堡士兵猛拉繩索，吊在碉堡垛堞之上的擂木呼地一聲落將下去，秋風掃落

葉一般將雲梯上的敵人打將下去，被擂木直接打下去的人自是筋斷骨裂，死得不能再死了，便是僥倖避過擂木，但從高約十數米的地方跌下去，也難免斷手斷腳，轉眼之間，碉堡之下便多了一層屍體和一群慘叫的傷兵。

「準備石頭！」李春大吼。「給我砸！」

堡下敵人太多，不需要看，只要將石頭扔下去便能砸中敵人。一群士兵抱起石頭，蜂湧衝上。

「弓箭手，給我壓制對方的騎兵！」

一陣狂攻之後，牛頭部與飛羽部銳氣盡失，別說拿下碉堡，便是連碉堡的牆頭也沒有爬上去。

看到敵人潮水般的退去，李春長出一口氣，一屁股坐在地上，這還只是剛剛開始，接下來會有更大的苦戰。環視手下的士兵，已是有十數人永遠也站不起來了，他們大都是被城下的弓箭直接射中面門而亡的。

「狗日的蠻子，箭射得真準。」李春從垛堞裡小心地探出頭，敵人又開始集結了，這一次他們以大盾打頭陣，「狗日的，來得真快！」

牛部和飛羽部剛剛太過於輕敵，以為百多人守衛的碉堡還不是一個衝鋒就拿下來了，殊不知這些要塞碉堡，大楚都摸索了上百年，對於所有的攻城手段都有

預防，像他們這樣憑一時血氣之勇，除了送死，當真是沒別的什麼路走。

看到碉堡輕鬆擊退敵人的第一次攻擊，主寨這邊爆發出一陣陣的歡呼，但馮簡與孫國慶知道，**第一波只不過是試探性地攻擊，接下來才是真正的苦戰**，但士氣卻是可鼓而不可洩的。

「大家瞧見沒有，碉堡只有百多名弟兄，便能讓敵人無法可施，我們這裡有上千人，還有數千百姓為後援，想要攻下撫遠，門兒都沒有！」馮簡激昂地大喊道。

諾其阿遇到了麻煩，他萬萬沒有想到呂大兵膽大如斯，更決絕如此，居然派了他手下不足四百人的騎隊反衝自己的營地。

本來入夜之後，伸手不見五指，讓他已沒了夜戰的心思，如果對方不跑的話，在這樣的夜晚，沒有哪個將軍敢冒這樣的險，這樣的戰場，極易引起部隊的崩潰。

為了防止呂大兵夜遁，他將哨探放得離呂大兵部極近，只要對方一動，便會發出信號，但他萬萬沒有想到，哨探的信號真的發出來了，但對方卻不是逃走，而是用所有的騎兵進行孤注一擲的反衝。

選鋒營的騎兵幾乎是尾隨著諾其阿的哨探衝了進來，本來準備追擊對方的諾其阿部一下子便被蜂湧而來的敵騎衝亂陣腳，一片混亂中，已經分不清是友是敵。

在黑暗裡，騎士們揮動手中的長矛大刀亂砍亂劈，這個時候，沒有人敢，也沒有人有時間去分辨是友是敵，眾人只知道殺光身周的人，自己才能安全。

遠處，呂大兵看到自己僅有的騎兵衝進了敵陣，眼中不由淚水長流，他知道，自己的騎兵將再也不會回來了。

「我們走！」一千五百部卒含淚拔營，飛快地踏上歸途，而身後，激戰尚在繼續。

諾其阿又驚又怒，此時，他也不知道該如何收攏部眾了。

選鋒營騎兵已經不準備再活著了，為了大部隊順利返回撫遠，他們必須盡可能地將諾其阿部拖在這裡，這樣的夜晚，這樣的混戰，對他們而言，實在是再好不過了。悶不作聲地揮刀狂砍，直到自己墜馬落地。

有的士兵衝出了混亂的戰場，但又義無反顧地策馬奔將回來，重新將自己投入戰場，反正敵人比自己多得多，揮刀亂砍，砍中敵人的機率比砍中自己人的機率大多了。

費盡千辛萬苦的諾其阿在約一個時辰後，才將自己的部隊重新集結，親衛們

點燃了數十根火把，甚至連他的旗幟也點燃，使之成為一個巨大的火炬，這才讓他的士兵們慢慢地彙聚到了火光下的諾其阿身邊。

諾其阿眼中冒著綠火，真是氣得七竅生煙，自己低估了呂大兵的勇氣。看著聚攏在身邊的七百多騎兵，無話可說，白天一天的激戰，自己也不過損失了不到二百騎，這一個時辰的混戰，自己就折了百多人，這可都是白部的精銳啊，而那天殺的選鋒營騎軍，居然還有二百騎擋在自己的面前。

此時，諾其阿部點起越來越多的火把，將戰場罩得通亮。

對面的騎兵首領高高地舉起了戰刀，盯著對面的諾其阿，諾其阿也在看著他，他想記住這個以身飼虎的好漢。

「選鋒營，前進！」對面的騎士高喊，二百多騎成一個錐形，以那騎兵首領為錐尖，狠狠地扎向諾其阿。

「殺光他們！」諾其阿一聲怒吼，一馬當先衝出，迎上那騎兵首領，一擋一格，兩馬交錯，諾其阿在馬上風車般地扭轉身子，手中長刀閃電般削出，騎兵首領腦袋立時便飛上半空，一蓬熱血灑下，無頭的屍身被戰馬馱著又奔了數十米，方才轟然倒下。

兩支騎軍狠狠地對砸在一起。

又是半個時辰過去，諾其阿的對面再也沒有了對手，只餘下失去主人的戰馬在戰場上逡巡，諾其阿臉色難看之極，看了一眼呂大兵消失的方向，大喊道：

「追！」

中午時分，諾其阿終於追上了呂大兵的部隊，但只是其中一部約五百人，這五百人臉上寫著絕然之色，槍陣如林，一名校尉挺立營中，冷眼看著諾其阿。

諾其阿身上一陣陣發寒，呂大兵率餘部他去，只留下這支部隊來阻擊自己，等自己殺光了這支人馬，是要一個時辰，還是兩個時辰，只怕那時呂大兵已去得遠了吧？

諾其阿自嘲地搖搖頭，忽地覺得巴雅爾的判斷有誤，**大楚真的已從根子上爛了嗎？為什麼自己碰到的這些人居然如此決絕，絲毫不顧生死的前赴後繼？**

左校王，我已為你爭取了一天半的時間，你以三萬之眾攻千餘人守衛的要塞，應當已拔下了吧？漢人的軍書中不是說過圍城之敵，十倍則攻之，你可是有三十倍啊！

諾其阿心中一陣意興闌珊，胸中再也湧不起絲毫戰意，身上的銀甲上濺滿了血跡，變得花一塊白一塊。

「監視他們，只要他們不發動攻擊，我們也不主動攻擊。」諾其阿道，不管如何，呂大兵肯定是趕回撫遠了，希望完顏不魯那裡已經得手。

完顏不魯還沒有得手，此時撫遠兩座碉堡早已失陷，兩百多選鋒士兵已全部戰死，但左衛李春在陷落前作了最後一件事，就是將八牛弩的弓弦和一些必要的組件一刀兩斷，讓左衛的這兩架八牛弩再也不能威脅到主塞。

牛頭部與飛羽部各付出數百條生命才將兩座碉堡拿下，心裡氣得要死，疼得要命，數百精銳之士，對於他們這樣的小部落來說，那可是一小半的家當了，拿下碉堡，兩部便死活不再參與攻擊主塞的攻擊，只是佔據了碉堡，在堡上向主塞進行壓制射擊，希望拿下撫遠後能在戰利品上有所補償。

此時兩部頭人真是欲哭無淚，誰能想到區區百人衛戍的小堡能有如此戰力！

碉堡失陷，主塞便立即遭受到圍攻，千餘士卒根本不可能守住所有的城牆，此時，撫遠縣令組織的青壯們拿著刀槍衝上了城頭，馮簡只是簡單地分配給他們一些老兵，作為臨時的果長指揮，便全部派上了一線。

「把石頭砸下去，把滾油倒下去，把擂木推下去，把爬上來的敵人砍下去，如此而已！」老兵很簡單地告訴青壯。

城頭的鮮血，城下堆集的屍體，空中密如飛蝗的羽箭，讓這些不久前或是拿

著鋤把，或是握著算盤，或是捧著書本的年輕人臉色煞白，雙腿發抖，幾乎邁不動步子。

老兵不耐煩了，拖著他們來到城牆邊，指著城下堆積如山的人頭：

「看到了嗎？守不住城，你我的腦袋都會堆到那裡去。」

又扒著他們的頭轉向碉堡，「看那裡，那裡剛剛有兩百個弟兄死了，但你看看堡下，有千多個蠻子給他們陪葬，值不值，太值了。」

年輕人幾乎將苦膽也吐出來，吐完，站起來，雖然臉色還是那樣白，腿還在發抖，但眼神卻堅決多了。

老兵很滿意，只要這些人砍出第一刀，戳出第一槍，他們就會忘記所有的恐懼，雖然是些菜鳥，但這畢竟是守城，有堅城可倚仗。

撫遠全城男女老幼齊上陣準備抵抗蠻族，此時的定州也炸開了鍋，以前一直判斷蠻族不會大舉攻城，但現在看來錯了，完顏不魯聚集了數萬蠻兵猛攻撫遠，**這是要取之而後快的架勢**，一旦讓他得手，等於是為巴雅爾即將到來的秋狩打開大門，定州門戶將被戳開一條大縫。

特別是撫遠剛剛送來的急報讓蕭遠山險些昏倒，呂大兵居然率軍出城野戰，至今未能返回要塞，現在的撫遠居然是馮簡和一個振武校尉領著千多士兵在守。

而這份軍情，已是一天以前的了。

「這個王八蛋！」呂大臨當場便掀了桌子，他怎麼也想不到，自己派了馮箭去，這狗東西還是那副德性。

「大帥，給我一個營，我去撫遠！」呂大臨當庭跪下，「大人，我去撫遠，不是因為大兵是我弟弟，這個混帳我饒不了他，撫遠如破，定州門戶大開，威遠、震遠等要塞就有被抄斷後路，成為孤城的危險，大帥，巴雅爾一定會注意到這一點，他一定會馬上東來，不會給我們時間奪回撫遠的。」

蕭遠山扶起呂大臨，「大臨，你從定州集合人馬出去，等你到撫遠，即便是日夜不休，也要四五天，那時撫遠還在嗎？」

「大人，即使撫遠已失，我也可趁完顏不魯立足不穩之際，將他趕出去。」呂大臨大聲道。

蕭遠山搖搖頭，「不，撫遠不能丟！」在屋裡轉了幾個圈子，猛的大喊道：「明臣，八百里急令，崇山李清全營出擊，務必在一天內趕到撫遠，援助呂大兵。」

「大人，李清手下千多士卒，怎麼能擔此重任啊？」呂大臨大叫道：「還是從震遠調兵吧！」

蕭遠山回過頭來，「從震遠調兵，最快也要兩天，撫遠守得住嗎？李清的常勝營已滿編了，三千人馬只要一天能趕到，便能守住撫遠。」

「大人，李清即便將常勝營擴編，可那只是一群農夫啊，怎麼上得了戰場？」呂大臨搖頭。

蕭遠山深吁了口氣，「明臣，傳令吧，告訴李清，他要什麼，我給什麼，只要他能在一天之內趕到撫遠，守住撫遠。」

「是，大人！」沈明臣匆匆而去。

蕭遠山頭一陣暈眩，呂大兵，你這個成事不足，敗事有餘的東西！此時的蕭遠山想得更多，如果完顏不魯奪取了撫遠，那麼巴雅爾必然提前東征，自己的定州軍目前尚不堪一戰，如果真是那樣，定州危矣，自己也危矣。

撫遠，撫遠！蕭遠山心裡默默地念叨著。

撫遠血戰爆發之時，李清已將左翼王啟國與騎翼姜奎部秘密調到了軍門塞附近，軍門塞已徵集了萬餘民夫夜以繼日的趕工，一座要塞的輪廓已基本顯現，李清也作好了蕭遠山隨時調他去撫遠的準備。

但他萬萬沒有想到，局勢一下子會惡化到如此地步，呂大兵居然出城而戰，

被完顏不魯抓住了機會，三萬部眾攻擊千多人守衛的要塞，捧著統計調查司剛剛上報的情報，李清神情無比沉重。

「尚先生，看來我們要提前出兵了，我擔心撫遠將會失守。」李清憂心地道。

「大人，如果沒有得到蕭遠山的命令，我們私自出兵是犯了軍紀的，到時只怕蕭遠山會抓住這個事情為難大人。」尚海波提醒道。

「蕭遠山肯定會命令我們出擊的。」李清斷然道：「不會超過明天，撫遠千餘人已經守了整整一天，今天是第二天，我們趕到撫遠要一天，也就是說，撫遠要撐過三天，海波，你有信心他們能守得住嗎？」

尚海波搖搖頭，「沒信心。」

「不錯！」李清點頭：「我們慢慢走，我想蕭遠山的命令最遲今天就會到。對了，可以先令姜奎的騎兵出擊，至少可以牽制部分攻城兵力，我不想撫遠失守，如果真是這樣，那麼我們崇縣就直接暴露在蠻兵的攻擊之下，而且我們先前的一切計畫都要落空了。」

「只能這樣了！」尚海波無奈道：「可惜了這麼一個敲竹槓的機會。」

李清笑道：「敲竹槓的機會以後還會有的，現在顧不得這麼多了，救兵如救火。我這就去安排出兵，將馮國與過山風都調來吧，崇縣交給許縣令和老路。」

軍門塞頓時忙碌起來，士兵們紛紛開始打點裝備，準備上路。

部隊集結完畢，李清正準備下令出發的當口，一陣急驟的馬蹄聲伴著一個聲嘶力竭的聲音傳來：「大帥八百里加急命令，常勝營李清參將立即出兵撫遠。」

一個傳令兵一人雙馬直奔而來，看到李清的將旗，翻身下馬，將命令交到李清手中，便一個倒翻，栽倒在地，口吐白沫。

李清趕緊讓人將這個飛奔了近一天的傳令兵扶下去，打開軍令，略略掃了一眼，便道：「尚先生，敲竹槓的機會還在，你在這裡負責敲竹槓，我領兵先去了。」

尚海波接過軍令，看了看大笑道：「山窮水復疑無路，柳暗花明又一村。哈哈哈，將軍放心的去，我隨後便押運大批軍械趕來。」

撫遠要塞的血戰尚在繼續，完顏不魯的攻城大軍已數次攻上了城頭，但總是不能立住腳，馬上便被眾志成城的守軍趕下來，完顏不魯的眉頭也越皺越緊。

對碉堡和主塞的攻擊已經持續了一天半，光是兩個碉堡便花去了半天功夫，這讓他大為意外，昨夜想了半宿，今天剛開始攻城便派上了白族精銳協助功城，但也只是攻上城頭便被打了下來。

他可不想讓精銳的白族騎兵被當作攻城的炮灰使用，只能驅趕著各部落加緊攻城，首次攻上城頭讓這些部族頭人精神大振，各自振奮精神，但也只是又數次攻上城頭而已，每當這個時候，守城的士兵便爆發出駭人的能量，將好不容易站到城頭的部落勇士兵打下來。

看看日頭，又是已近黃昏，呂大兵不是笨蛋，此時肯定已察覺到了不對，只是不知諾其阿能拖住他多少兵力。

……

看著又一波攻擊被打退，馮簡無力地坐倒在血泊中，他的身上已中了數箭，所幸受傷不重，但也是血跡斑斑，四周盡是倒斃在地的戰士屍體，現在究竟死了多少人，他已沒有心思去關注了，老卒的傷亡還好一點，恐怕也只剩下三五百人了吧，至於青壯，馮簡無力地苦笑一下，數千青壯還有多少？他不敢去想。

城牆下又湧上一群人，馮簡勉力睜開疲乏的眼睛，看到身上也是染滿血跡的撫遠縣領又帶著一群人走上了城頭，可城裡還有青壯麼？晃晃頭，身體不由一震，跟著撫遠縣令走上來的都是白髮蒼蒼的老頭，老婦，還有荊釵布裙的婦女。

「你胡鬧什麼，他們來不是送死麼？」看到這群人默默地撿起刀槍，走到城垛旁，馮簡跺著腳問縣令。

腦袋上被箭撕去一塊的縣令，頭上亂七八糟地纏著一條布帶，血卂自從布帶下流出來，他伸手抹了把血跡，渾然沒有了平時的斯文。

「馮公，皮之不存，毛將焉附，這些人都是自願來的，我可沒有逼他們。再說了，馮公不也是白髮蒼蒼麼？」

馮簡搖搖頭，一肚子的話，卻沒有說什麼，城下鼓聲又響了起來，本已累得站都站不穩的士兵不知從哪裡來的力氣，一下子躍了起來。八牛弩又響起了令人齒酸的吱吱聲。

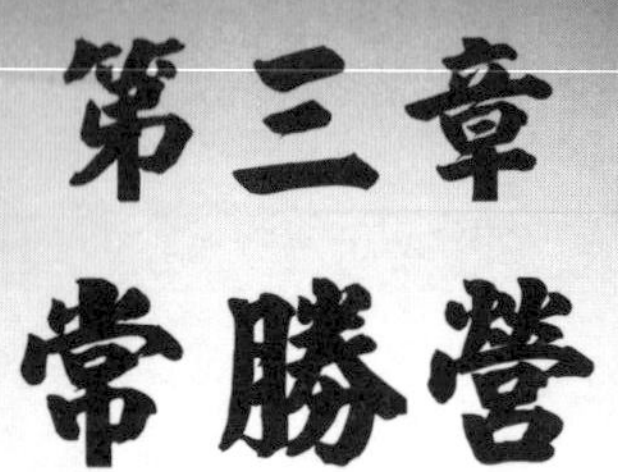

第三章
常勝營

完顏不魯失聲道：「定州援軍怎麼這麼快？」

「是常勝營！我看到了他們的軍旗。」諾其阿道。

「常勝營？就是那個在草甸被打得全軍覆滅後重組的軍隊嗎？」完顏不魯冷笑一聲，這樣一支完全重募的軍隊能有什麼戰鬥力？

多羅部的勇士羅絡再一次跨上了城頭，上一次他也曾站到這裡，但被數名士兵合力打了下去，要不是城下已墊了厚厚的一堆屍體，他此時已經去長生天那裡報到了，休息了半日，才緩過氣來，不服氣的他再一次參與了攻城，又一次站到了先前跌下來的地方，不過這一次他面對的士兵可少多了。

大笑著揮動手裡的板斧，砍斷數根戳向自己的長矛，縱身躍下城垛，板斧舞得風車一般，便向四周殺去。

又是一群人圍了上來，羅絡有些不相信自己的眼睛，圍上來的都是些什麼人啊？老頭子，老婆子，還有幾個女人，是的，是女人，他確信自己沒有看錯，白髮蒼蒼的老頭子老婆子們大手大腳地撲上來，他揮動大斧砍向這些人，看到白頭飛舞，但有更多的人撲上來，終於，有一個老頭子撲到了他的腳下，大驚之下，他揮斧向下，砍進這個老頭的背部，但便是這稍稍的耽誤，更多的人便撲到了他的身上。

是幾個女人，但此時的他絲毫沒有感到歡快，有的只的恐懼，因為他感到有一個銳利的東西從他的下腹穿過，一股溫熱的感覺迅速地從那裡湧將出來。

他眼睛突出，渾身的力氣慢慢消失，我，羅多部的第一勇士，居然是死在這樣一群人手中！羅絡忽地想笑，意識模糊中，他看到殺了他的這群女人又跳了起

來，飛奔向另一個地方，他長長地吐了一口氣，頭一歪，死不瞑目。

馮簡覺得守不住了，越來越多的蠻族跳上城頭，雖然他帶著一群老弱在城頭四處救火，但仍是防不勝防，眼看著撫遠縣令在他身邊不遠處被一個蠻族一刀劈去了半個腦袋，校尉孫國慶被砍去了一條膀子，但他無能為力。

就要完了嗎？他的意識開始模糊起來。

迷糊中，一陣巨大的歡呼聲傳來，他聽到了急促的腳步聲，「將軍回來了！」城樓上響起陣陣歡呼，呂大兵，他回來了。

「殺呀！」他聽到了熟悉的聲音，神志一鬆，徹底地昏了過去。

呂大兵終於在城池即將失守的瞬間，帶著他的一千士兵趕了回來。

城下，完顏不魯臉色鐵青，有一瞬間，他甚至以為城已被攻破了，但這想法轉瞬便被擊得粉碎，呂大兵的將旗在城樓上高高地豎了起來。

「暫停攻城！」從牙縫裡擠出幾個字，他一撥馬頭，向後走去，身後，是潮水般退下的各族士兵，每個人回頭的眼神中，都帶著極大的不甘。

一點點，就差那麼一點點啊！每個人都是這麼想。

一天的血戰之後，撫遠要塞陷入了平靜之中，無論是要塞裡還是外面的蠻軍，他們都需要時間來消化或準備明天將會迎來的新的戰鬥。

沒有時間悲傷，城上抓緊時間清理城頭，戰友的屍體被一具具抬下去，迅速被火化，只留下一個小小的木盒子，木盒的頂端刻著這個死者的名字。天氣漸漸熱了起來，不可能將他們屍體留到戰後安葬，只能火化掉。至於敵人的屍體，自然是毫不客氣地掀到城下。

完顏不魯也派出了一支軍隊來收取自己士兵的屍體，如果任由己方戰士的屍首曝屍荒野，會給活著的其他人造成強烈的視覺衝擊，對軍心造成直接的打擊。所幸城上並沒有對這些收屍隊採取打擊手段，這讓完顏不魯稍稍感慨了一番。

「雖然呂大兵回來了，但觀其陣容，回到城中的也不過只有千餘人，看來諾將軍對他的打擊非常成功，只是不知為什麼諾將軍還沒有回來？」完顏不魯有些欣慰，也有些疑惑。

完顏吉台道：「很可能呂大兵在宜興還留有一隊人馬遲滯諾其阿，父親，我們應當加大力度，不能再這樣下去，否則定州的援軍會趕過來的。」

完顏不魯點頭稱是，「你說得不錯，以我估算，最多後天，定州的援軍便可

能趕過來，所以我們還有一天的時間，明天先以各部為主攻，攻擊一次，下午還不能拿下來的話，便讓我們的人上吧！」

「父親，各部傷亡都很大，像牛頭部與飛羽部損失尤其嚴重，這些頭人們只怕不會盡力！」

完顏不魯沉默片刻，道：「吉台，現在我們安骨部落已沒了，你父親是白族的左校王，既然已投了白族，父親便要為白族的興衰考慮，這於我們是一榮俱榮，一損俱損的局面，你知道嗎？」

完顏吉台不語。

「巴雅爾大汗有一統草原的雄心，但草原各部各懷心思，各有靠山，像青部便一直不甘屈服，這一次我召來的這些部落中，有很多便是依附青部的，明天讓他們先上，他們死傷越重，巴雅爾大汗會很高興的。」

完顏吉台低聲道：「父親，這些人都是草原上的好漢。」

完顏不魯瞧著有些執拗的兒子，恨鐵不成鋼地道：

「你好糊塗，草原各部分崩離析，各懷異心，怎麼能成大事，現在巴雅爾大汗要一統草原，肯定要清洗一批人，我們安骨本身就是大汗的爪牙，現在更是成了直系屬下，但還有其他的部落呢，只有讓他們實力大損，才會對大汗有利，這

些部落實力受損，以青部頭人的胸襟，自然會冷落他們，這個時候大汗出面招攬，豈不是事半功倍。」

「我倒是希望明天呂大兵的抵抗再激烈一點，到了下午，我們五千部下養精蓄銳已久，當可一舉拿下。」

完顏不魯的希望沒有落空，第二天呂大兵的抵抗不是激烈，而是爆烈，儘管十多個小部落拼盡全力，便連牛頭部與飛羽部也投入了部分兵力，但是整個上午，他們連城頭都沒有登上，看起來搖搖欲墜的撫遠依然屹立不倒，各部頭人瞧著死傷狼藉的部下，真是連死的心都有了。

「左校王，我實在是派不出人了！」郭羅部頭人咬著嘴唇，死死地盯著完顏不魯，「請左校王給我們郭羅人留一點種子吧。」

其他各部頭人都是一臉痛苦，異口同聲地哀求著完顏不魯。

瞇著眼看著城頭，完顏不魯盤算著此時呂大兵手中還能有多少兵力可用？

昨天呂大兵帶回來約一千人，經過這一上午的猛攻，應當只剩下數百，城中擂木基本已盡，石料也不多了，這從他們投擲下來的石頭從最初的圓形，到後來變成了砌房子的條石便可清楚，城裡已在拆房子了。

讓攻城部隊最害怕的滾油等物從今天開始便沒有再出現，說明也已用罄，該

是給他最後一擊的時候了。

正準備下令時，一騎人馬出現在左側，完顏不魯詫異地回頭，他看到那是諾其阿，只不過諾其阿臉上略帶驚慌，完顏不魯舉起的手立即放了下來，他知道，諾其阿不是一個大驚小怪的人，一定出什麼問題了。

諾其阿的確是遇到了麻煩，準確地說，他在與呂大兵留下的數百殘兵對峙中，發現了大量的騎兵正滾滾而來。起初還以為是己方部隊，但稍近一些，便清楚地看到大楚軍旗和常勝營的營旗，看對方規模，怕不只有上千騎兵。

這一下諾其阿可謂魂飛魄散，自己現在手裡不到五百騎卒，大多帶傷，人人疲憊不堪，此時碰上如此生力軍還不逃走的話，那可真是要上天無路，入地無門了，當下立即撥轉馬頭，狂奔而去，心中只在祈禱完顏不魯已拿下了撫遠。

但讓他失望的是，當他狂奔到撫遠要塞下，要塞上高高飄揚的旗幟仍然是大楚。

「定州軍的援軍到了。」諾其阿大聲道，諸部頭人立時臉上變色。

完顏不魯失聲道：「怎麼可能，定州援軍怎麼這麼快？」

「是常勝營！我看到了他們的軍旗。」諾其阿道。

「常勝營？就是那個在草甸被打得全軍覆滅後重組的軍隊嗎？」完顏不魯冷

笑一聲，這樣一支完全重募的軍隊能有什麼戰鬥力？李清與定州軍蕭遠山之間的矛盾，像他這樣的高層人物自是瞭解得很清楚。

「大人，不要輕敵！」諾其阿輕聲提醒：「我觀其軍容，甚是嚴整，不像烏合之眾。」

完顏不魯沒有回答他，轉身對完顏吉台道：「你率一千鐵騎去阻擋援軍，我這邊立即攻城。」

完顏吉台大聲答應一聲，率部離去，完顏不魯拔出腰間戰刀，大聲吼道：「將士們，能不能拿下撫遠，再次一舉，衝鋒！」

他手下尚餘的四千白族精銳怪叫著衝上前去，一部策馬沿著城樓奔跑，開弓引箭壓制城樓，另一部奔到城下，立時翻身上馬，豎起被掀翻的雲梯，螞蟻一般地向上爬來。

其他各部此時也不敢怠慢了，各自抬著雲梯，推著衝城車，舉著撞木蜂湧而上。

「將軍，我們援兵來了。」城樓上，馮簡吃力地對呂大兵說。

他受傷頗重，此時只能半躺在椅子上，「你看，對方有一千精銳鐵騎離開，

顯然是去阻擊援軍，而完顏不魯此時押上所有部隊，是想一舉拿下要塞，將軍，**生死存亡，在此一舉**，只要擋住對方這一波攻擊，撫遠便保住了。」

呂大兵抹抹臉上的血跡，「先生放心吧，完顏不魯肯定攻不上城來，我們一定能守住，只是不知來援的是哪路人馬，怎麼如此快？」

馮簡指指崇山，「只有那裡，只有他們才能這麼快過來。」

「李清？」呂大兵輕聲念道。

完顏吉台碰上的不只是千多名騎兵，還有李清親自統率緊隨其後的王啟年的左翼，經過擴軍，現在李清的騎翼與左翼都各有一千五百名士兵，比一般的定州軍的編制足足多出了二分之一的人馬，李清只帶了兩個翼，但實力卻可比一般的營頭。

前方煙塵起處，早有放在前方的哨探將情報傳了回來，常勝營原地紮住陣腳，擺好陣勢，今天是重組後的常勝營與敵第一戰，萬萬輕忽不得。

姜奎的騎兵雖然數量上比對方要多，但李清卻對騎翼沒有什麼信心，白族精銳都是馬背上生，馬背上長大的，與他們比騎兵，李清可沒這麼蠢，也許經過一段時間的錘煉之後尚可一戰，但現在，這批戰場菜鳥還是讓他們在一邊押陣吧。

王啟年卻興奮不已，常勝營與蠻族的首戰，這榮譽是他的了，這麼長時間以來，他除了練兵，便是去尚海波那裡學習兵法，現在倒也說起來頭頭是道了。

兩百輛戰車迅速被推到了最前方，車上的蠍子弩炮昂起了頭，一排排的士兵執槍而立，在他們的身後，另一排士兵左手執大盾，右手執方口刀，第三排又是一排槍手，依次而立，排列的整整齊齊，不論你橫看豎看斜看，李清的部隊都是一條直線。除去五百名車兵，弩兵，剩下的士兵排成了整齊的三個方陣。

李清和他的兩百名親衛便在這三個方陣的後方，大旗飄揚，獨眼龍唐虎興奮地執著鼓捶，只等李清一聲令下，便要猛敲進攻的戰鼓。

一千步，八百步，五百步。王啟年默默在心裡數著對方與自己的距離，到了四百步時，王啟年猛一揮手，「炮！」

二百輛戰車上的蠍子弩同時格的一聲響，兩百個打磨好的石彈帶著風聲飛了起來，狠狠地砸向完顏吉台的衝鋒大隊。

完顏吉台沒有將對面的軍陣看在眼裡，雖然他也多次碰到過定州軍的這種以步迎騎的軍陣，但那時他率領的部隊無論是精銳程度，還是敢戰的心理，都遠遠不如現在的白族精騎，即便是這樣，他也曾多次擊穿過對方的軍陣，所以，他率部而來，發現對方以後，便立即變陣為錐形攻擊陣形。

在狂奔的戰馬上變換戰陣，這讓觀戰的李清讚不絕口，自己的騎兵還真是比對方差得遠啊，你看這些白族人，只是稍稍混亂一下，便完成了陣形的變換，了不得！這仗有得打了。

石彈重重地落下，錐形的攻擊陣形中央立時激起一陣浪花，這些石彈都重約數斤，從天空落下來，每個只怕都有數十斤的力道。

白族人不怕一般的弓箭，一般的弓箭根本射不穿他們身上的鐵甲，但這種石彈卻不同，挨上一下，就會被直接打下馬來，在這種形勢下，落下馬，你就被等著踩成肉泥吧。

第一波攻擊，數十騎人落馬，瞬間便消失無蹤。

「炮！」王啟年再次大喝，又一波石彈射出，敵騎只剩下兩百多了。

「架槍！」刷地一聲響，一排排長槍整齊地架了起來。

「炮！」王啟年最後喊出這個字，戰車上的弩炮兵射出這最後一輪弩炮後，俐落地翻身下車，從身後的人群縫隙中穿了出去，一個個拔出腰刀，成了最後一排槍兵的衛護。

完顏吉台非常憤怒，這種戰車的攻擊他是第一次碰上，缺乏應對手段，三波炮擊，他損失了約百人，卻連敵人的身邊都沒摸上去。

近了，近了，終於靠近，第一排的戰馬嘶鳴著，猛的自動轉向，戰車上那明晃晃的矛尖讓這些頗通靈性的戰馬自動規避，馬上的騎士們靈活地彎弓搭箭，將一支支利箭射向車後，箭雨襲來，排得整整齊齊的士兵無法規避，他們能做的只是低頭，保護自己的面門。

但距離實在太近，雖然有盾兵們高高舉起的盾牌，槍兵們也舉起長槍在空中揮舞，但仍有箭支突破層層防禦，常勝營終於出現了傷亡。倒下的士兵們立即被刀兵拖走，身後馬上有新的槍兵補充上來，使陣形依舊保持著緊密。

前面的戰馬可以避開，但後面的戰馬被擋住視線，轉向不及，重重地撞向了戰車，被刺得肚破腸流，馬上的騎士被高高拋起，落向車後，立時便在空中被數根長矛迎上，扎成了篩子。

戰車受這巨力一擊，便翻倒在地，馬術精良的白族騎兵縱馬飛躍，直衝而來。

「刺！」哨長們聲嘶力竭地叫喊，整排整排的士兵不假思索，同時挺起長槍，向前疾刺，至於已衝到陣中的對手，自然有盾兵和刀兵料理。

撞入陣中的白族士兵翻身而起，卻發現在他的四周，黑壓壓的盾牌擠了上來，盾牌的空隙處，是一柄柄閃著寒光的長刀，絕望地大喊，猛力地劈出手中的戰刀，雖然將那些木製的盾牌砍為兩段，但同時，他的身上也出現了幾個窟窿。

完顏吉台發現這車陣根本令他無法可施，第一波的攻擊令他又失去了數十名騎士，對方的軍陣卻巍然不動，在戰場上斜斜掠了一個圈子，他再一次率部猛撲上來。而此時，他的對面，聽到李清戰鼓聲的王啟年也是悍然變陣，戰車被推了起來，一排排地向前撲來，身後，黑壓壓的槍兵一排排跟上。

「找死！」完顏吉台大喜，果然還是一些菜鳥啊，你要是列陣不動，我還真沒有什麼好辦法，但只要你動起來，隊列間便會出現空檔，便能讓我的戰馬奔騰起來，那這些步兵不是豬羊一般麼？

「衝鋒！」他大吼道。

前排的戰車一輛接一輛地被撞飛，戰車兵們飛到空中，再重重地落下地來，但他們卻成功地將戰馬的速度延緩了下來，身後的步兵們在哨長們尖厲的口哨聲中，一排排整齊地挺進。

「刺！」刷地一聲，一排排長槍整齊畫一的刺了過來。

「第二排，刺！」又是一排。

「第三排，刺！」

槍林似乎永不止盡，一排接著一排，此時王啟年的三個方陣已聚集到了一起，匯成一個巨大的方陣，每一排之間約有一步距離，前排挺槍刺完，收槍的瞬

間，後一排已是插上，連刺十數槍後，更後面的槍兵便在果長的調配，哨長的口哨聲中快奔向前，替換下已手臂酸軟的前排士兵。

完顏吉台感覺自己陷進了無窮的槍林之中，對方的陣形向前推進了這麼久，居然仍是排列得整整齊齊，沒有給他絲毫的空間可尋。他和他的士兵們疲於應付那波浪般湧來的矛尖。

他的隊形完全給打散了，有的士兵陷入槍林之後，只是轉眼間，便被幾支槍同時刺中抛將出來，更多的卻是數十騎被槍林逼在一個狹小的範圍之內，連轉身都困難，更遑論提起速來了。

「殺出去，殺出去！」他揮刀砍斷刺過來的幾根長矛，大聲喊道。

僅僅半個時辰，一千白族精銳便在王啟年的槍林之下潰散，李清嘴角露出一絲笑意，看到幾百騎白族士兵突圍而出，李清轉身對身邊的楊一刀說：

「給姜奎下令，輪到他出場了。」

看到令旗的姜奎拉著臉，抽出腰刀，沒好氣地道：「兄弟們，打落水狗啊！」一馬當先，衝了出去。

撫遠要塞下，完顏不魯已經打出了真火，手裡精銳的白族鐵騎大都已被他當

作了步卒使用，沿著雲梯蟻附而上，城上城下，箭如飛蝗。

看到已部的士兵一個接一個地從城頭摔下，諾其阿心疼不已，但他不能出聲，因為現在士兵已登上了城頭，與城上開始了肉搏戰，只差最後一擊了。

諾其阿輕叩戰馬，走到完顏不魯身邊，「左校王，諾其阿請命出戰！」

完顏不魯點頭，諾其阿是員難得的猛將，有他率隊登城，當可打開一個橋頭堡。

城上，呂大兵狀如瘋虎，頭盔已不知去了哪裡，雙手挺著已砍出缺口的長刀，四處遊走，看到哪裡出了危險便撲上去，他的親衛已只剩下十多人，緊緊地簇擁在他周圍。

城樓上，馮簡孤零零地半躺在椅上，手裡拄著一把刀。

「勇士們，我們……」

諾其阿正準備帶著自己的部下給撫遠要塞最後一擊的時候，他的聲音戛然而止，兩眼發直地看著不遠處，完顏吉台狼狽而來，出去時帶著的一千鐵騎此時跟在他身後的，不過數十騎人馬，而他身後，滾滾煙塵中也不知來了多少人馬。

「吉台！」完顏不魯失聲驚叫。

城上城下一片譁然，城上是狂喜，呂大兵披頭散髮，仰天狂笑：「弟兄們，援兵到了，殺敵啊！」

已經精疲力竭的士兵們不知從哪裡生出一股力氣，一個個猛虎下山般地撲向面前的敵人。

城下各部頭人大驚失色，眼見完顏吉台率白族精銳而出，竟然全軍覆滅而回，也不知到底來了多少援軍，才能將他打得如此之慘。

遠處如雷的馬蹄聲，喊殺聲愈來愈近，尚在城下的郭羅部率先打馬飛逃，緊接著，一個接著一個的小部落聚起本部人馬，惶惶然開始脫離戰場。

部落聯軍剛剛登上城頭便遭此打擊，眼見後援無人，登上城頭的聯軍軍心立死，雲梯上的慌忙向下滑落，有的等不及便縱身跳下，反正城下墊著厚厚的屍體，摔傷有可能，卻絕不會摔死。

只是苦了已登上城頭的一批精銳，向前不得，向後不能，被鼓起餘勇的選鋒營士兵和城內百姓一一格殺在城頭。

姜奎窩了一肚子的火追殺完顏吉台而來，一路上殺得完顏吉台魂飛魄散，追到城下時，正值城下部落聯軍一片混亂，有的還想上前，有的卻已轉身向後，整

個部隊完全失去了控制，不由心中大喜，立即命令全軍攻擊。

此時的白族精銳尚在城下攻城來不及轉回，而部落聯軍軍心全無，姜奎這一千五百多虎狼之師立時便如一柄鋒利的小刀切進豆腐一般，深深地扎了進去，輕而易舉地鑿穿了敵陣，衝出敵陣後，一個漂亮的側擊，又從另一頭扎了進來。

此時完顏不魯已完全失去了對聯軍的控制，剛剛撤回來的白族精銳跨上戰馬，還沒來得及形成隊形，姜奎已是率隊又衝了回來，一陣砍瓜切菜之後，將聯軍殺得七零八落。

完顏不魯失魂落魄，**從天堂到地獄真是只有一步之遙**，剛剛還意氣風發，勝利已幾乎攥到手中，但轉瞬過後，便兩手空空，還被毆得一身是傷。

「殺敵，殺敵！」他下意識地喊道。

諾其阿一看不好，左校王有些瘋迷了，當機立斷，對完顏吉台說：「你馬上率人保護左校王後撤，我來斷後。」

此時的白族精銳，也只有他手下數百兒郎還沒有散。

姜奎第三次衝殺時，終於碰上了對手，諾其阿率領數百騎迎頭與他撞了上來，這是姜奎今天第一次遇到真正意義的騎兵對戰。

數千騎絞到了一起，不管你是誰，只來得及砍出一刀，你便會從你的對手身邊一掠而過，根本沒時間去看看你的戰果，不管你願不願意；如果你沒有被砍死，那麼恭喜你，馬上準備砍第二刀吧，如果你挨了砍，抑或是被撞下馬來，那麼只能為你默哀了。

諾其阿的奮勇反擊為部落聯軍爭取到了時間，完顏吉台護著完顏不魯，惶惶然地撒開四蹄狂奔，而高高豎起的左校王旗幟，如同黑夜裡的一盞燈，指引著四散奔逃的各部向那面旗下會合。

眼見完顏不魯已脫離險境，諾其阿哪裡還有戰意，眼前的騎兵足足是他的數倍，而且正是戰意高昂之時，「殺出去，跟我殺出去！」他大喊著，一馬當先，強行向外衝擊。

諾其阿的個人武勇著實沒話說，以他為箭頭的白族騎兵一個反衝，居然就從姜奎重重包圍中殺出了一條縫隙，一溜煙地去了，只不過出戰時的數百騎也就只有百多人逃出了生天。

遠處，鼓聲隆隆，王啟年的步卒排著整齊的隊列，在哨長們尖厲的哨聲伴隨下，一一地出現在撫遠要塞上眾人的視野中，李清的李字旗和常勝營營旗在風中

獵獵作響。

城上，呂大兵一屁股坐在血地上，身體靠著城牆，全身筋酸骨軟，再也沒有絲毫力氣，而其他人比他更是不如，很多人更是直接躺在地上。

一天的血戰，他們沒有一刻的休息，此時大敵已去，撫遠安全了，那股血勇頓時消失得一乾二淨。

勝利了，我們堅持住了，呂大兵心裡泛起一股苦澀。城樓上，白髮蒼蒼的馮簡滿意地笑了，而後閉上了雙眼，重重地垂下了那顆血跡斑斑的頭顱。

「將軍，馮先生死了，馮先生死了！」親衛帶著哭腔的聲音讓呂大兵直跳了起來，幾步躍到城樓上。

馮簡一直在呂大兵回來前主持撫遠防守戰，幾日幾夜不曾休息片刻，後來更是親自上陣，等呂大兵回來後，不放心地他仍是坐在城樓觀戰，心弦一直緊緊地綳著，此刻大勢已定，心神一鬆的他再也堅持不住，含笑而逝。

「馮先生，你醒醒啊！我們贏了，援軍來了！」呂大兵將馮簡白髮蒼蒼的頭擁在懷裡，放聲痛哭，「是我害死了你啊，馮先生，要是我不出城，就不會這樣了。馮先生！」

呂大兵大聲宣洩著自己的痛苦，如果自己聽馮簡的話，哪會有今天這樣的慘

局，可以說，這城上數千生命的逝去，都是他執意出城的結果。

「將軍，節哀吧，常勝營李參將已到了城外，我們應當去迎接他們！」一個僥倖活下來的振武校尉低聲對呂大兵道。

將馮簡小心在椅上放好，那把一直握在手中的帶血長刀也放在他的手側，呂大兵站了起來，對那校尉說：「讓人抬著馮先生，我要和他一起出城迎接援軍！」

撫遠要塞裡殘存的數百士兵被集合了起來，傷輕的扶著傷重的，再加上那些一齊上陣殺敵的百姓，整個撫遠要塞裡也不到兩千人眾。

要塞大門用了半個時辰方才打開，呂大兵回來後的第一件事，便是將要塞大門堵死，此時要打開卻也大費周章。

李清已到了要塞下，當看到大門打開，一隊隊的選鋒營士兵列隊而出，以及尾隨著他們出城的要塞百姓，即便是久經陣仗，他也被震撼了。

幾乎沒有一個人是完好的，每個人身上都帶著傷，**那些白髮蒼蒼的老者，手裡還提著長矛的女人，就是他們守住了撫遠要塞麼？**

李清忽然對呂大兵非常佩服，這個人或許不是一個好的將軍，但絕對是個忠勇之士，以前自己小看他了。

看看血糊糊站在自己面前的呂大兵，他突然明白，活在這個世上真的是很不

容易啊！每個人心中都有自己的底線不可逾越。

「選鋒營參將呂大兵率全營三千士兵感謝李將軍來援！」呂大兵抱拳深深一揖。

李清一躍下馬，他沒有上前去扶起呂大兵，而是高高地舉起手，大聲道：「常勝營聽令，全軍伏旗，息兵，向選鋒營及要塞所有的勇士們致禮！」

傳令兵一路高聲傳達著李清的命令，隨著傳令官的命令，常勝營所有的旗幟都放平執在手中，士兵們手中的刀槍也統統向下，騎兵們拔出長刀，高高舉起，然後統一向下。

這是大楚軍中最高禮節。

呂大兵熱淚盈眶，所有殘存的選鋒營戰士熱淚盈眶。

選鋒營不是被打殘了，而是幾乎被打沒了，一個三千多人的整編營，到現在不足千人，而且幾乎人人帶傷，完好無損的屈指可數。

在得到李清與呂大兵的聯名上報軍情後，定州雖然放下了提著的心，也將整兵出援這事放了下來，但選鋒營不得不重新整編，撫遠暫時由常勝營駐防。

「這次回到定州後，只怕這選鋒營的參將就要換人了！」呂大兵悶悶不樂地道：「我真應該聽馮先生的話，那撫遠就不會有這麼大的損失，而我也害死了馮

先生。」

對於呂大兵說到的馮先生，來到撫遠後，李清已聽了太多關於他的事情，對於這個白髮蒼蒼的老頭，李清的心裡充滿欽佩。

「將軍百戰死，壯士十年歸。馮先生在軍中多年，如此結局，想必他在九泉之下也會安慰，這比老死在床上有意義多了。」李清拍拍呂大兵的肩膀，安慰他：「呂將軍不必自責，如果換作是我在你的位置上，我也會出兵的。」

呂大兵苦笑道：「想不到李將軍也會如此寬解人。」

李清搖頭：「不是寬解，而是真心話。我們當兵為什麼，不就是為了保境安民嘛，看到治下百姓被虎狼殘殺，只要是條漢子都會拔刀而起。你是條漢子，我佩服你。」

「可我不能僅僅是條漢子，我還是一名將軍，因為我的緣故，死了更多的人。」呂大兵在經過此役之後，成長了許多。「馮先生跟我說慈不掌兵，今天我算是真正體會到了這句話。」

李清長嘆了一口氣，這是一句大實話，更是從古到今顛撲不破的真理，如果換作自己在撫遠，自己會出兵嗎？李清不敢打包票。

「放心吧呂兄，你也不會有事，選鋒營會重建，你也會待在選鋒營的參將位子

上的。」李清道。

「為什麼？我損兵折將，撫遠所轄境內更是狼煙四起，縣令、縣尉盡皆戰死，屬下三個振武校尉死的只剩了一個，蕭大帥豈會饒我？」呂大兵不解地道。

李清嘿嘿一笑，「誰說撫遠之戰是大敗，**這是一場大勝**，撫遠城下，蠻族損兵折將，左校王三萬精兵折戟沉沙，大敗而回，說不定你還會升官呢！」李清笑道。

他可以肯定，蕭遠山的奏摺鐵定會這麼寫。兵沒了，可以再募，只要撫遠要塞仍在手中便行；更何況，從另一個意義上說，撫遠的確是勝了。這也可以挽回定州軍上一次大敗所失去的面子。

「功勞什麼就不想了，就算蕭大帥肯饒我，家兄這一次恐怕也會打得我下不了床。」呂大兵想起兄長，不由打了個寒顫，對於這個長自己十來歲的兄長，他一直很害怕。

這是家事家法，李清可就管不了了。

「呂兄明日就要啟程麼？」李清問。

「嗯！」呂大兵點頭，「所有事務都已交接清楚，這撫遠要塞就靠李兄你了，我想完顏不魯肯定會再來的，我在這裡也幫不上什麼忙了，還是趕緊回定州

抓緊重組選鋒營吧，也許還能趕上秋後的大戰！」

「那好，明日我替呂兄送行。」

次日，選鋒營上路，場景極是淒慘，不足千人的隊伍，躺在車上的傷兵占了三萬，剩餘的都是裹著傷，馮簡的棺木打頭，緩緩向定州方向而去。

「呂兄，期望與你再次並肩戰鬥！」李清握著呂大兵的手，誠摯地道。

「肯定的。」呂大兵用力點點頭，「與蠻族還有得打，我很快會回來。」

看到呂大兵的人馬消失在視野中，李清快步返回到撫遠要塞原呂大兵的參將府。此時的參將府已不成了樣子，被拆得七零八落，連門板都被扛上了城牆。

「我還真是個收爛攤子的命！」看著烏七八糟的參將府，李清苦笑道。幸好參將府的官廳還完好無損，李清便在這裡召集諸將議事。

此時的常勝營將領只有王啟年、姜奎二人，尚海波押運著從蕭遠山那裡敲來的竹槓還沒有到，而馮國、過山風二人調集了右翼兵馬後，也還在趕來的途中。

「撫遠的城牆，碉堡都要重修。」李清道：「這事必須馬上著手，那完顏不魯肯定賊心不死，說不定什麼時候就又會回來了。」

「將軍放心，這事我馬上就會著手，現在撫遠是我們的了，可得好好地修飭

一下。」王啟年一抹鬍子，拍著桌子道。

李清笑道：「誰說撫遠便是我們的了，你沒看到蕭大帥的軍令嗎，只是暫時駐防！」

王啟年哈哈大笑，「將軍又來矇我這粗人，吃進將軍嘴裡的東西，我不信將軍還會吐出來。」

「哼，」李清佯怒，「將你家將軍說得如此不堪，看我不揍你個半死！」

廳內三人都是大笑。

正在開心之際，門外傳來一個清亮的聲音，「什麼事笑得如此開心啊？」

「尚先生？」

屋內三人都站了起來，大門邊，尚海波摸著他那修得整整齊齊的小鬍子笑問。

「不負將軍所託，這一次，我可將蕭大帥的軍械庫搬走了三分之一！」尚海波喜滋滋地說。

現在常勝營對於軍械的需求是一日增過一日，不提新增的軍隊，便是日常的損耗也是一個很大的數字，現在崇縣的民壯訓練還大都手執竹槍木刀呢！自己的匠作營尚不成氣候，加上生鐵奇缺，根本不可能供應軍隊的需求，所以這次能得

到補充，不由得在座各人都喜氣洋洋。

「很好，撫遠還有部分軍械，這一次又從蠻子那裡繳了一些，足夠我們應付一場戰爭了。」李清笑道。

尚海波坐下，接過楊一刀奉的茶，喝了一口，道：「對了，將軍剛才很高興，不知在笑什麼？」

一邊的姜奎笑道：「剛剛王大鬍子笑將軍吃進嘴裡的東西是絕不會吐出來的，將軍正要痛毆鬍子，可巧您就來了，讓鬍子躲過一劫。」

這幾天姜奎可是心情很好，撫遠要塞下，他時機抓得好，一舉以千餘騎兵擊潰了數萬蠻兵，戰後被李清誇得魂靈幾乎飛上了半空，每日都是笑容滿面，看誰都是樂呵呵的。

尚海波笑道：「鬍子說得不錯，蕭遠山現在不得不倚仗我們，在民事上，撫遠的縣衙系統被一掃而空，這對我們來說實在是太好了，將軍，我們的運氣不錯。」

李清點點頭，「不得不說，這撫遠的縣令縣尉等人都是好漢子，但他們死了，於我們而言的確是件好事，否則我們還得另外想辦法。」

「首先，我們要搶在定州反應過來前，先行任命新的縣令，縣尉，組成新的

班子。」尚海波道。

「撫遠縣令？誰來當？」李清問道。

「可由老路來擔任。」尚海波笑道。

路一鳴現在完全將精力轉移到民政上，心甘情願地為常勝營經營後勤，投桃報李，尚海波自然也不會忘了他。

「老路這段時間變化極大，與許雲峰相處甚好，於民政一事已是得心應手，由他來主持撫遠民政，可將撫遠牢牢地抓住。」

李清點頭，路一鳴的確是個可以放心的人。

「老路上任後的第一件事，便是清算田畝，將軍的策略便是以土地為核心，我們應效仿在崇縣成功的策略，將其完全移植到撫遠來。」尚海波言簡意賅。

李清質疑，「撫遠不比崇縣，這裡大戶甚多，恐怕會有反彈之聲。」

尚海波不以為意地道：「撫遠經過兩次扣邊，所受的傷害比崇縣有過之而無不及，只不過撫遠富饒，人丁眾多，不那麼顯眼罷了。我們只是清查田畝，將那些無主之物收歸官中，那些大戶只要有地契，我們暫時也不去動他們，但他們如果有侵佔的土地，這一次就要吐出來。」

李清點頭道：「這樣才算穩妥，飯要一口一口的吃，路要一步一步的走，我

們剛來，還是不要惹毛了這些傢伙，不然弄出亂子來，於我等不利。」

「將軍放心，這個老路肯定有法子。」尚海波笑道：「我算定那完顏不魯肯定還要再來，只要將軍再一次擊敗他，那將軍在撫遠便算站穩了。」

以軍事為後盾，再次擊敗對手之後，便算是立威了。

「站住腳跟之後，我們便要拿下宜陵鐵礦。」尚海波雙手一合，眼露凶光，「眼在武器已成了我們的短板，必須掌控宜陵鐵礦，否則我們終要受制於蕭遠山。」

「軍事民政兩手都要抓，兩手都要硬，將軍，接下來我們有得忙了。」尚海波道。

「你說得不錯，崇縣已穩定，我們的重心要轉移到撫遠來，重要部門都給我移到撫遠。」李清厲聲道：「各位，能不能站穩撫遠，打下我們常勝營牢不可破的基礎，就看我們自己的努力了。」

屋內眾人都站了起來，「願為將軍效力！」

撫遠戰事暫歇，但無論是李清還是尚海波，都判斷完顏不魯肯定會在短時間裡再來，因此撫遠反而顯得更加忙碌，要塞要重新修繕。

這一次雖然完顏不魯沒有攜帶重型的攻城器具，但仍然對要塞形成了不小的破壞，特別是兩個碉堡，部落聯軍臨走時一把火幾乎將其燒成了白地，等於需要重建，能廢物利用的，便只有它堅實的地基和燒不爛的青磚條石了。

要塞內已幾成廢墟，守城能用得著的東西基本拆完，有的家裡連房屋頂上的磚瓦都拆了下來，人員傷亡太多，這幾日城內總是飄蕩著淒慘的哭聲，有的家幾乎死絕了。

重建，撫恤，這一連串的事情在路一鳴走馬上任後，終於得到了極大的緩解，這些在崇縣基本都發生過，此時在撫遠只不過照搬崇縣那邊現成的做法，省力不少，短時間內便平息了下來。

馮國帶著他的右翼一千五百名士兵趕到撫遠後，便隨著王啟年一起投入到了要塞的重建工作中，過山風手下的幾百斥候都遠遠地灑了出去，力求能在最短的時間內摸清完顏不魯接下來的佈署。

傷兵員、匠師營，以及清風統率的統計調查司一股腦地搬到了撫遠要塞內。現在的傷兵員人滿為患，不僅有常勝營在此次作戰中受傷的士兵，更多的卻是撫遠要塞參與了守城的百姓，恆秋忙得腳不點地，也幸虧在崇縣時，李清吩咐他傳授傷兵員的士兵一些基本的救治技巧，否則累死他也幹不完這堆積如山般的

活計。

匠師營在任如雲的統率下，主要在修理損壞的武器，兩百輛戰車一戰之後，損毀近一半，這都要在短時間裡修理好，以便能在下一場戰鬥中投入使用。

經過此戰，李清看得很明白，自己的騎兵如果正面與草原精銳對壘的話，還不是對手，只能更多地倚仗步卒，步卒只要甲具精良，指揮得當，完全可以正面抵擋騎兵的衝擊。

匠師營的許小刀卻沒有跟來，他如今正瘋狂地試驗精鐵的鍛造方法，套句任如雲的話說，他已經入魔了。

兩座碉堡完全放棄了以前的構造，而改用了李清設計的稜堡，有了建造雞鳴澤稜堡的經驗，這時的施工速度已大大增加，與雞鳴澤的稜堡相異，撫遠的這兩座碉堡只不過建築面積大大增加而已。

左右碉堡同時施工，十幾天後，便已稍具雛形，估計再有個十天左右便可完工，建成後的稜堡需要人數比以前的碉堡要少了近兩百人，但如果真論起堅固程度和對敵人的打擊效能，卻要強上幾個檔次。

王啟年與尚海波等人曾在李清剛拿出稜堡設計時，想過無數種攻防方案，結論是要打破稜堡，需要付出的代價比普通堡壘要大上數倍。

「如果對方也有這種要塞，而且有足夠的兵力防守，我絕不會去硬攻，這完全是吃力不討好的事，這種堡壘，根本是一座絞肉機。」尚海波斷然道。

清風在常勝營中名聲不顯，即便在常勝營高層，大家對她的瞭解也不多，但隨著調查統計司以令人恐懼的速度開始擴展，並涉及到常勝營工作的各個方面後，大家對於這個特殊部門不禁日漸忌憚起來。

根據李清的命令，常勝營下屬各翼都配備了一個情報小組，這個小組的人員全部來自調查統計司。

各翼的將領無權干涉他的人事，但可以要求他提供各類情報。這只是明面上的人手，暗地裡，誰也不知道調查統計司到底在軍中藏了多少人，他也許是手下一個普通的士兵，也許是一名哨長果長。

從起初的不瞭解，到後來的忌憚，中間發生了很多的故事。

在崇縣，馮國看上了一個女子，經常在夜裡摸去女子那裡夜宿，除了他的親衛，所有人都被蒙在鼓裡。

直到有一天，李清將他召去，拿出一份報告，上面列舉著馮國某月某日某時到那女子家中、何時離開、一月幾次，資料甚是詳細，讓馮國鬧了一個大花臉，最後在李清的勒令下，馮國娶了那女子才將這事平息下來。

其二是關於打紙葉牌賭博，王啟年、姜奎、馮國三人計畫黑一把過山風，便約了過山風打牌。

過山風自從投效李清後，與這三位主要將領一直有一層說不清道不明的隔膜，雖想改善關係，但過山風也是個心高氣傲的角色，拉不下臉面，一聽三人邀請打牌，覺得這是一個好機會，便興沖沖地過來。

不到三更，不僅輸光了身上所有的銀錢，連以後的餉銀都輸了兩年出去。過山風也上了火，赤著膀子，紅了眼睛，向王啟年借了日息一分的高息銀子，要翻本再戰，便是這時，李清忽地派了人來，送給王啟年一封信，上面不僅將三人密議算計過山風的事說了出來，甚至將他們在牌面上如何搞鬼都講得一清二楚。

驚出一身冷汗的王啟年三人立即偃旗息鼓，不僅將銀子還給了過山風，還好好地請他吃了一頓酒，經過這事，倒讓他們幾個的關係融洽了不少，但一想起調查統計司無孔不入的細作，幾人都是大汗淋漓。

從那以後，馮國等人看到清風便像見了鬼似的，避之唯恐不及。但三人偏又經常與清風見面，每當在會議上看到清風那漂亮的臉龐，三人都在心裡暗叫一聲**蛇蠍美女**。

搞出這些事情的恐怖女人，大概也只有將軍才吃得消吧，三人每每腹誹，對於將軍與蛇蠍美人的私事，常勝營一眾高層經常在心裡臆測，不過誰也不敢說出來，要是讓這個蛇蠍美人知道了，只怕晚上自己春風幾度都會被她弄出來寫在報告上，那就丟死人了。

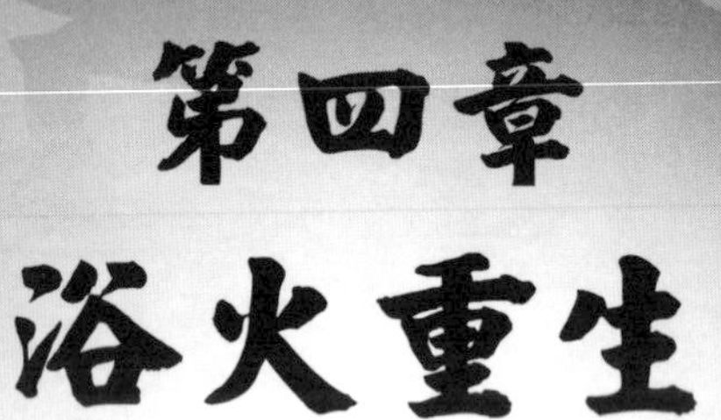

「各位，不論此戰如何，我們常勝營都將面臨重大考驗，但不如此，等巴雅爾打來的時候，我們的下場不會好到哪裡去；然而一旦挺過去，那我們常勝營將浴火重生，從此站穩腳跟，奠定在定州軍中獨一無二的地位。」李清道。

常勝營每月逢五逢十都舉行例會，與會眾人通報自己職權範圍內的事情進展情況及遇到的困難，李清便會當場協調處理，今天恰恰是二十五日，常勝營例會正常召開。

軍事當然是目前的重點，在幾位統兵校尉一一發言後，清風打開她面前的卷宗，先是掃了一眼眾人才開始發言，被她掃過的將領們都覺得脖子裡涼嗖嗖的，仔細回想，確認自己這段時間一直循規蹈矩後，方才安下心來。

「將軍，尚先生，路縣令，各位校尉。」清風好聽的聲音在眾人的耳邊響起，「自撫遠兵敗之後，蠻族左校王完顏不魯在駐地上林里重新召集附近各部，準備再次對撫遠展開打擊，目前已召集小部落十餘部，集結兵馬五萬有餘，大家需要注意的是，對方此次準備了充足的大型攻城器械，調查統計司確認，對方會在六月中旬對撫遠再次展開攻擊。

「其二，蠻族大單于巴雅爾開始向上林里運送物資，屯集糧草軍械，可以確認，對方在準備以後的大舉入寇，至於此次巴雅爾可能來襲的部眾，尚不能確認，如果其能有效地集結蠻族五部的話，兵力可能達到二十萬人，這是歷年來蠻族集結的最多兵力。」

「為什麼蠻族這一次可以集結如此眾多的兵力？」尚海波問道。

清風向尚海波點點頭：「軍師問得好，一直以來，蠻族在蔥嶺關外有一個大敵，就是室韋人，但就在今年，室韋人的大汗暴斃，族內發生內訌，為爭奪汗位，幾個最有實力的王子自己打起來了，在室韋人內訌停止之前，他們沒有餘力再對蔥嶺關形成威脅，所以，巴雅爾可以將五部聯軍從蔥嶺關撤回來，投入到對我們的作戰中。」

「也就是說，這一次定州將面臨前所未有的危局。」尚海波道。

「不錯，**蔥嶺關五部聯軍到達之日，就是他們大舉進攻之時。**」清風合上面前的資料夾。

「最後說一件我軍內部事務，這一月以來，我軍王校尉部與姜校尉部發生了二十五起鬥毆事件，共有七十五人受傷進了傷兵營。」

與會眾人的目光一齊投向兩位校尉，王啟年與姜奎二人臉色慢慢由紅變紫，半晌王啟年才打個哈哈說：「是啊，好像是有這件事，不過這都是下面兒郎們的一點小矛盾而已，是不是姜奎？」

姜奎連連點頭，「不錯，不錯，他們太不像話了，下去之後，我們一定重申軍紀，再有這樣的事情發生，一定嚴懲不饒。」

李清冷冷地掃了他們一眼，「軍紀是一支軍隊最不能放鬆的東西，參與毆打

的人全部賞二十軍棍，那些進了傷兵員的先記下來，等傷好過後再打。如今大敵當前，正是同船共渡的時候，各翼不能有絲毫懈怠。」

「是！」兩位校尉大聲應命。

其實兩軍之間倒沒有什麼大矛盾，只不過這一次參與對完顏不魯的戰鬥中，兩軍都表現不錯，戰後不免要吹吹牛，這個說他們左翼如何如何勇冠三軍，那個說他們騎翼如何如何了得，各自相持不下後，自然便要拳頭見個真章了。

李清倒也沒真當個什麼事，但**凡事防微杜漸**，真要讓兩軍出現矛盾，這對於以後的步騎配合作戰可就不是什麼好事了。

李清敲敲桌子，讓議論紛紛的人都安靜下來，環視眾人一眼才開口道：

「所以，綜上所述，接下來的戰爭，已經不是我們常勝營獨立能吃下來的了，就算我們扛住了完顏不魯的進攻，但我相信，我們的下場比呂大兵的選鋒營好不了多少。」

「將軍說得不錯！」尚海波接口道：「完顏不魯集結五萬人眾，其中有步卒萬餘人，大家要搞清楚，蠻族在與我們大楚長年累月數百年持續不斷的戰爭中，已積累了相當的經驗，特別是攻打堅城的經驗，而不僅僅是靠騎兵打天下的部落了。如果我們與完顏不魯硬抗，那接下來巴雅爾大舉來襲的時候，我們只能灰溜

溜地走路了。」

「所以，我們要將這場戰爭定性為全部定州都參與進來。」李清道：「在巴雅爾還沒有完成集結之前，我們集定州所有部隊的力量，打垮完顏不魯，毀掉巴雅爾屯集的物資，讓他的這次秋狩無疾而終。這樣，我們將爭取到一年的時間，我相信有一年的時間，我們便能成長起來。」

「將軍，蕭大帥會怎麼想？他會同意我們的計畫麼？」路一鳴有些擔心地問道。

「我想，他一定會同意的。蕭遠山雖然欲對我不利，但他不是一個庸才，作為一名長期駐守邊關的將領，我相信他看到了今年秋天的危機，如果真的讓巴雅爾大舉來襲的話，如今的定州軍很難守住邊疆，再讓巴雅爾將定州擄掠一次，他這個位子可就坐不住了。」李清道：「更何況，我報上去的作戰計畫對他肯定有極大的誘惑，**一箭雙鵰的事情，他決不會放過。**」

「將軍的計畫是？」馮國問。

「請大家注意，以下宣布的作戰計畫屬於絕對機密，任何人不得透露。」李清正色道：「清風，宣布我們的計畫吧。」

清風打開另一份卷宗，「各位，接下來我將宣布的作戰計畫，屬於常勝營最

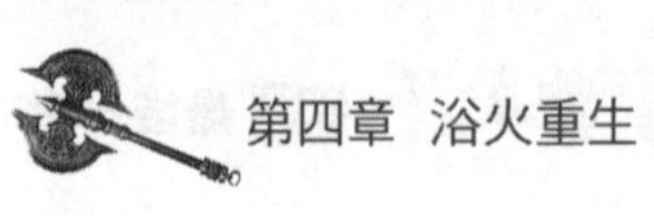

高等級機密。我軍判斷，完顏不魯將率二萬到三萬人在六月中旬襲擊撫遠，這其中包括一萬部卒，留守上林里駐防保護屯集物資的還有二萬餘人；這二萬餘人將會是五部精銳，其中白族約八千人。

「此次作戰將分兩個部分。第一部分是我撫遠將獨立抵抗完顏不魯的進攻，而威遠的戴徹將軍將集結數營兵力，陳兵邊疆，作出防護作戰態勢，但並不會對我們有任何的支援。」

眾人無聲的交換著目光，上一次完顏不魯雖然大敗，但敗在太過於輕敵，也沒有作好打硬仗的準備，但這一次吃了虧的完顏不魯肯定要吸取上次的教訓，那常勝營面臨的壓力將成倍增加，在外無援兵的情況下，獨立守住撫遠所承受的代價無疑是很大的。

「第二部分，將是戰略欺騙部分，定州主力作出援救撫遠態勢，但按兵不動，相信以巴雅爾的才智和情報搜集能力，必然知道我家將軍與蕭遠山之間的矛盾，而我們將有效利用這個矛盾影響巴雅爾的判斷，讓其以為蕭大帥將坐視我們常勝營失敗而不救，等我們被打殘之後才會出兵撫遠，其時，定州主力將借道崇縣，長途奔襲上林里。」

房間裡一片譁然，「將軍，讓定州主力經崇縣奔襲，也就是要從雞鳴澤經

過，經此一役之後，我們崇縣的秘密將大白於天下，我們滅殺安骨部落的事也就藏不住了。」

李清微微一笑：「不用藏了，滅殺安骨部落之事，也是我們此次戰役引誘完顏不魯傾巢來攻的一個誘餌。」

「第二部分將是我們此戰的關鍵。」清風合上卷宗，「戰役第三部分是定州軍主力奔襲上林里，焚毀在那裡屯集的大量物資，而後包抄完顏不魯的後路，力爭將完顏不魯圍殲於撫遠城下。」

眾將無不倒吸一口涼氣，如果戰役真如此發展，**定州無疑將成為最大受益者**，而常勝營則將在此戰中受到極大的壓力，被重創也說不定。如果真如選鋒營一般，那麼常勝營前期的努力都將付諸流水。

「各位，其實不論此戰如何，我們常勝營都將面臨重大考驗，但不如此，等巴雅爾打來的時候，我們的下場不會好到哪裡去；然而一旦挺過去，那我們常勝**營將浴火重生，從此站穩腳跟，奠定在定州軍中獨一無二的地位**。」李清道。

如果此役真如李清所預料，那麼此戰過後，這頭一份功勞無疑是屬於常勝營的，加上去年冬天覆滅安骨部落，李清加官進爵將毫無疑問，有李氏在朝中的幫扶，說不定李清能一躍而至副將位置，那在定州就有了與蕭遠山正面抗衡的資

格，撫遠也必將成為李清的轄區。

「這一計畫的微妙之處就在於，蕭遠山可以無限期盼我常勝營與完顏不魯兩敗俱傷，甚至被打得骨頭渣子也不剩。」尚海波笑道：「他甚至可以在戰事中作出一些不利於我軍的事情來導致我營覆滅，但又不會影響整個大戰的進程，所以，將軍說他一定會受不了這個誘惑。」

「可是，這也太冒險了！」路一鳴喃喃地道。

「如果能平穩發展，誰也不想冒險！」李清道：「但如今的形勢逼著我們去冒險，這份作戰計畫已於今天上報給定州軍帥府，相信蕭遠山此刻也一定在看這份計畫，不知他作何感想。」

「對了，路縣令，你的清查田畝進行得怎麼樣了？」李清將話題轉移到了民政上，顯然這個軍事計畫已不容更改了。

「還沒有觸動那些大戶的利益，進展很順利，估計接下來就要碰釘子了。」路一鳴笑道：「根據調查統計司發來的資料，目前撫遠的大戶們侵吞的土地高達上萬頃，想要讓他們吐出來，可不是那麼容易的事。」

「無妨，先將那些容易拿下的辦好，至於那些有後臺，有背景的傢伙便放在戰時來辦吧，戰爭時期，一切為戰爭讓路，否則便是叛國。清風，這事你要大力

協助路縣令，調查統計司的情報署全力支持這次戰事，但行動署都調出來支持路縣令。」

「清風明白了。」

「戰事後期，一切明朗之後，宜陵鐵礦也要趁機拿下。」尚海波陰沉地道：「宜陵鐵礦實際控制在知州方文山的一個遠方族兄方文海手中，他肯定在其中也有股份，這才是塊硬骨頭。」

「尚先生，你回崇縣，將訓練的青壯們都組織起來吧，接下來的撫遠戰役他們也要上陣了。」李清對尚海波道。

常勝營常備兵已有五千餘人，如果再加上接受過一定軍事訓練的青壯，總數已超過一萬。

「告訴許縣令，不要老想著崇縣如何如何，撫遠有失，崇縣安能穩如泰山，覆巢之下，焉有完卵，相信許雲峰懂得這個道理。讓他眼光放遠一些，不要局限於崇縣一地。接下來的戰事中，崇縣將成為整個常勝營的大後方，後勤基地，告訴那裡的百姓，此戰過後，才會真正安居樂業。」

李清在撫遠召開軍事會議的時候，定州軍帥府，蕭遠山也正在看著這份事關

重大的計畫，看完之後，不由倒抽一口涼氣，「這李清，好大的胃口，好大的膽子。」將計畫遞給沈明臣。

蕭遠山皺著眉頭，沉思不語，這計畫極其周全，各個方面都考慮得很清楚，但蕭遠山不得不思考李清此舉蘊含著什麼深意。

李清不是傻子，不會不知道在這份計畫中，實際上常勝營將承擔的巨大風險；他也不會不知道，自己對他一直沒安好心，但為什麼他還是拿出了這樣一份作戰計畫呢？讓他出乎意料之外。

讓巴雅爾的秋狩胎死腹中，同時讓李清蒙受重大損失，甚至一蹶不振，這份計畫幾乎都能達到目的，如果自己的心再狠一點，完全可以借此役讓李清消失在這個世界上，難道李清真的是那種捨生取義，一心為國的人嗎？

也是出身世家的蕭遠山打死也不能相信。

李清不僅膽大，而且心細，想不到去年冬天的安骨部落覆滅的事也是他做的，居然瞞了自己這麼久才抖出來，這份功勞，足以讓他升到偏將的位子上，可他居然隱藏下來，想必是為了這條秘道，但現在他為什麼拿出來了呢？

蕭遠山覺得頭有些痛，他有些看不懂李清這個人了。

「大帥，這是一個好機會啊！」沈明臣看完這個計畫，在心中咀嚼再三，實

在找不出什麼破綻。「一箭雙鵰，好機會啊！」

「我有些不明白。」蕭遠山看著沈明臣。

沈明臣腦子中閃電般地想過種種可能，腦子裡逐漸有了一點明悟，「恐怕這是李清看到了自己的危局而設計的一齣死中求活之策。」沈明臣緩緩道：「雖然我有些地方想不明白，但大致上肯定是這樣的。」

不愧是蕭遠山的首席軍師，沈明臣一語便道中了李清這份計畫的核心。

「但是這對於大帥是一個好機會，如果此役獲勝，大帥定州之主的位子將徹底坐穩，朝中再也不會有什麼非議，甚至於可以借此機會清除李氏在定州的影響。」

蕭遠山微微點頭，「召戴徹、呂大臨來府議事。」

上林里。草原各部聯軍駐地，也是巴雅爾進攻定州的前哨基地。

每一次巴雅爾發動進攻的時候，都是從這裡出發，這裡屯集了大量的物資，從糧食到武器、草料等無一不包，巴雅爾在上林里經營了十數年之久，這裡，已經形成了一個小型的軍事集鎮，修建了城牆，房屋。

雖然不能同定州、撫遠這樣的要塞相比，但比起草原部落那簡陋的木柵欄，

這裡不啻是銅牆鐵壁。

長達數里的石製圍牆高約數米，每隔百步便有一座碉樓，上置著強弩等武器。由於大楚日漸衰落，已數十年沒有主動進攻過草原，所以巴雅爾在這裡的佈置，主要是針對能對他形成威脅的其他草原各大部。

不得不說，草原各部在巴雅爾執政期間，獲得了空前的發展，特別是在軍事上有了長足的進步，巴雅爾雄心勃勃，根本不滿足於每年對大楚的打劫，在他看來，只要準備充分，在大楚這隻獅子沉睡期間，自己揮兵東進，逐鹿中原也不是不可能的。

所以這些年來，除了保持每年對定州的騷擾之外，他還大舉發展步卒，學習攻城技巧，招納大楚國裡那些失意的人才為白族所用。

經過十數年的發展，如今的白族實力早已遠遠凌駕於其他各部之上，巴雅爾的地位無人可以動搖，雖然各部在名義上還是聯盟，但實際上，只要巴雅爾願意，他完全可以一統各部，自立為汗。

但巴雅爾覺得時機還不成熟，如果強行立國的話，那麼很可能在草原各部中形成反彈，特別是黃青藍紅草原四大部落，如果形成了內訌，那無疑是自削臂助，對自己的大業有百害而無一利，所以現在的他還是用利益的紐帶將各部緊緊

地綁在一起。

他在等，等待一個好的時機。

完顏不魯在撫遠的失敗並沒有讓巴雅爾覺得如何難受，草原各部這些年太順利，太多人覺得大楚不堪一擊，這是一個不好的兆頭，獅子就算睡著了，也不會變成一隻小白兔。

這一場失敗，讓更多的小部落見識到了大楚的厲害，那麼他們便會更加依靠最為強大的白族，自己的力量會更加壯大，從而將其餘各部甩得更遠，直到他們無力反抗。更何況完顏不魯不是一無所獲，至少他在前期的作戰是相當成功的，選鋒營被打垮了，這可是全部由善戰老卒組成的一支強軍，他們垮了，自己秋季的作戰將會少掉一塊硬骨頭。

所以，他沒有責怪完顏不魯，甚至還再次撥給了他一萬精銳，同時讓他開始在上林里集結各部，準備再次發動進攻。

巴雅爾的寬宏大量讓完顏不魯感激涕零，同時也更堅定了他要在巴雅爾進兵之前，為英明的大汗打開一條通道。撫遠仍然是他的首選。

選鋒營被打垮了，接防的常勝營完全是一支新軍，雖然上一次的交戰證明了這支軍隊非常有戰鬥力，但他並不擔心，自己的兒子還是太毛燥了，尚不能擔當

大任，他相信，如果那天他派出諾其阿去領兵阻截常勝營，那結果將會是兩樣。這一次將會是正大光明的對陣，沒有任何的機巧可耍，完顏不魯想，我要以堂堂之師正面擊潰對方，奪得撫遠要塞。

他這一次可謂是準備充分，大型的攻擊器械充足，兵強馬壯，如果這樣還不能奪得撫遠，那他完顏不魯這一把年紀可謂是活到狗身上去了。

「常勝營李清，黃毛小兒，仗著家世竄起之徒，能有什麼真本事，比起呂大兵這種沙場老將，必定是大大不如。」

完顏不魯冷笑，大楚內訌不斷，各世家之間傾軋不休，這樣的重鎮居然讓一個娃娃鎮守，難怪大單于說大楚這隻獅子睡著了。

「傳令各部，三天後進軍撫遠！」完顏不魯道。

上林里留下兩萬駐軍，可保萬無一失，更何況這是在草原本部，任何一支定州軍想打上林里的主意，首先便要突破自己的三萬強軍，要不是完顏不魯覺得三萬部眾拿下撫遠已經足夠，他甚至想再帶上一萬人出戰。

撫遠已是戰雲密佈，蠻軍的哨探最近已到了距撫遠十數里處，過山風的斥候與對方已經在外面的草原上展開了相互的絞殺，每日都是互有傷亡。

「將軍，敵人的斥候已經越來越多，越來越密了！」剛剛從草原上探查的過山風穿著那身還帶著血跡的盔甲，直衝到李清面前。

「完顏不魯要進攻了。」過山風手下現在只有不到五百斥候，如今這種損失程度讓他感到有些吃不消，傷亡最多的一天，他損失了約三十個斥候，雖然對方的損失不比他們少，但奈何對方人多啊！

「再探，我要知道完顏不魯的大軍什麼時候出發，什麼時候會到我撫遠城下？有哪些部落參與了此次進攻，各部人數如何？」李清厲聲道。

過山風有些害怕地望了一眼李清，「將軍，我的手下損失太重了。」

「不要跟我說這些，過校尉，」李清冷冷地道：「此戰關乎我常勝營生存，即便是你斥候死完了，戰後我也會給你更多的斥候，我要的東西越詳細越好，你現在給我的是什麼，難道你還要調查統計司來教你如何收集有效的情報麼？難道你的斥候們沒有在調查統計司接受過培訓麼？」

過山風冷汗直流，「是，大人，末將知錯了，末將馬上便去辦。」

趕走了過山風，李清搖搖頭，大戰來臨，自己還是有些緊張，過山風和他的斥候其實這些天幹得不錯，至少讓完顏不魯的斥候們無法接近到撫遠要塞下，這對於只有幾百個部下的過山風來說，已頗是難得了。

李清甚至知道，過山風的心腹兄弟李二麻子在前天也已陣亡了。

他心裡亂得很，決定出去走走，看看戰前的準備狀況。

碉堡早已修好，撫遠要塞的堅固較之過去有過之而無不及，而且此次，李清不準備單純守城，前期，他準備要出城依託城池而戰，儘量拖延對手直接進攻城牆的時間，對手此次準備了大量的攻城器械，一旦直接攻城，便會對要塞造成極大的破壞。

王啟年正指揮著部下在兩座碉堡前挖壕溝，深達數米的壕溝是撫遠的第一條防線，壕溝後約數米處，是一道胸牆，此時也已築了一大半。

在胸牆的背後，每隔十數米，便是一道這樣的矮牆，牆與牆之間，留有數米的通道，這是方便自己的部隊出擊時使用，同時，在防守時，這些通道也將直接通向地獄。

每一條通道至少有兩架八牛弩瞄準，李清能想像到，當完顏不魯突破了前面的防守，從通道蜂湧而入的時候，八牛弩這種恐怖的武器將會將這些通道裡湧來的敵人如串糖葫蘆一般串起來。

「快點挖，再挖得深一些，寬一些，想要讓自己活得更長，讓敵人死得更多，便再加把勁。」王啟年揮舞著手裡的長刀，大聲吼道。

另一邊，馮國的部屬似乎在與王啟年較著勁，兩邊都在拼命地挖溝，再將挖出的土運到後邊，建築胸牆。可惜沒有足夠的石料，不然將這些胸牆包上石頭，抗打擊的能力會更好一些，李清遺憾地想道。

城裡，匠師營正在拼盡全力地打造一些遠端殺傷武器，現在投石車、蠍子炮已有了上百架，原有的戰車已修復了部分，加上新造的戰車也已有了近三百輛。

撫遠要塞裡所有的人都被動員了起來，做一些力所能及的工作，連小孩子也拿著一柄錘子，蹲在街上用心地敲打著石塊，儘量地將石塊敲成圓形，以便投石車和蠍子炮使用。

在城裡轉了一圈，李清滿意地回到參將府，楊一刀匆匆地跑到跟前，遞給李清一份剛剛發來的公文，拆開看後，李清臉上露出了笑容，蕭遠山同意了這份計畫，奔襲上林里將由副將呂大臨全權指揮。

這讓李清放了一些心，呂大臨是員經驗極其豐富的老將，有他坐陣指揮，勝算增加不少。看來蕭遠山也是下定決心了。威遠、定遠那邊，戴徹也開始配合集結軍隊，作出一副要出城野戰的架勢，現在，就等著完顏不魯來了。

來吧，完顏不魯，來流血吧，我等著你，只是不知道你有多少血可以流在撫無要塞下。

悠長的號角聲再次響起在撫遠要塞之外，藍天碧雲青草，塞外的景色依舊宜人，可惜在青青草原之上，不是遊蕩著悠閒的牛羊，高歌的牧人，而是金戈鐵馬，滾滾鐵流。**肅殺的氣息讓天地為之失色，戰爭再次光臨。這是兩個民族之間你死我活的爭鬥，是兩種文明之間殊死的較量，除非一方倒下，才會停止。**

李清站在要塞頂上，看著十里開外草原聯軍的營寨，臉色嚴峻，時隔一月，再次看到完顏不魯的軍旗。不過這一次雙方都是擺開陣仗，要堂堂正正地交鋒了。

三萬人馬，其中兩萬騎兵，一萬步卒，涉及十餘個草原部落，從要塞頂上看過去，依稀可見營塞內大型攻城器械林立，看來完顏不魯是下了大本錢，鐵了心要拿下撫遠了。李清捏捏拳頭，來吧，**讓我見識一下草原上的雄鷹是如何折翼在我撫遠要塞下的。**

今天肯定是不會有戰鬥了，剛剛紮下營寨的完顏不魯需要探清撫遠的佈署，士卒也需要休整，**明天，戰爭將會正式展開，眼前那片空蕩蕩的草地將會被屍體填滿，血將再次染紅這片土地。**

「王啟年！」

「末將在！」

「由你部出城作戰，在胸牆後列隊迎敵，作為本部最前沿的作戰部隊，你能頂住嗎？」李清厲聲問道。

王啟年部老卒最多，整支部隊都上過戰場，見過血，與蠻族有過正面作戰的經驗，因此，最為艱巨的任務李清交給了他。

「將軍放心，我左翼就算戰至最後一兵一卒，也決不會將陣地丟給敵人。」

王啟年大聲道，同時得意地看了一眼馮國與姜奎，這首戰迎敵的任務又落到了他的頭上。

「馮國，你右翼守主城，同時遠端武器要給予王啟年部有力支援，同時在王部需要替換作戰時隨時頂上。」

馮國站起抱拳，「末將遵令。」

「姜奎！你的騎翼待命，隨時準備發動對攻城之敵的反衝鋒，以減輕王部壓力。」

「末將明白。」

李清肅嚴地掃了手下大將一眼，信心喊話道：「各位，接下來的一段日子，

很可能是我們有生以來最難過的一段時間，但再難過，也不會有選鋒營守城時那麼艱難，這一次敵人作了大量的準備，但我們何嘗不是一直在準備這次戰鬥，**這是關乎我們生死存亡的一場大戰，狹路相逢，勇者勝，只要堅持到最後，勝利終將屬於我們。**」

「常勝營勝利！」眾將同時起立高呼。

「將軍，我呢？」下邊一個聲音小心地提醒李清，卻是個子最大的過山風，眼見眾將都有任務，唯獨沒他什麼事，不由有些發急。

「將軍，我斥候隊雖然傷亡較重，但仍可作戰。」

李清微微一笑，「過校尉，你另有任命，稍後清風司長將會與你面談。」過山風看了一眼李清身邊微笑的蛇蠍美女，不由打了一個寒顫，只怕不是什麼好事。

對壘雙方的將領都是一夜未眠。

清晨，當第一縷陽光投射到要塞的頂樓屋脊上時，對面營塞內鼓聲響了起來，隨著震天的鼓聲，一隊隊的兵馬自營內絡繹而出，在營盤外列隊，片刻之後，一個個整齊的方陣列好，在中軍隆隆的鼓聲中，緩緩向前推進。

而要塞裡，從主城撫遠大開的城門裡，王啟年左翼士兵也列陣而出，奔到齊胸高的矮牆後，持矛靜立，在他們的前面，是三條深寬各有數米的壕溝，這是常勝營為草原聯軍設置的死亡壕溝，要想越過這三條壕溝，便要拿出相當數量的人命來填。

推進到離要塞兩米處，草原聯軍在號角聲中停下了前進的腳步，高高的指揮臺上，完顏不魯居中而立，在他的身邊，以諾其阿和完顏吉台為首的部將分立左右。

「看來李清作了很多的準備啊，他這種守城方式倒是與其他定州軍將領大為不同，居然引軍出城，依城而戰，大大出乎老夫預料之外。」

完顏吉台冷笑道：「這狂妄的傢伙不知我軍厲害，我部鐵騎之前，沒有什麼人能擋住我們。」

完顏不魯不滿地看了他一眼，「你這麼快就忘記了上次與常勝營交手的慘敗教訓嗎？這支軍隊雖是新軍，但以步破騎的戰術演練得甚是純熟。」

「上次只是一個意外，孩兒沒有防備才落敗，這一次孩兒已有了破敵之策。」完顏吉台漲紅了臉。

「住嘴！」完顏不魯厲聲喝道：「軍前只有上下，沒有父子。」

「是，大人，末將知錯了。」完顏吉台挺胸答道。

「左校大人，要衝到對面的碉堡前，只怕這些壕溝要填進去不少人啊！」諾其阿憂心地望著遠處那三條長長的、將整個碉堡都包了進去的壕溝。

完顏不魯點點頭，「不錯，但打仗總是會死人的，我們以蒙衝車、攻城車、大盾兵掩護步卒，挖土填壕。」

「永謝部，烏梁部，喀而喀部三部為先鋒，準備攻擊。投石車在三部展開隊形之後，猛轟對方碉堡及壕溝後的胸牆，掩護三部。」

「遵命，大人！」三部頭人排眾而出，走下指揮台，驅馬奔向自己的部眾。這三個部落此次都以步卒為主，承擔的就是攻城主兵的任務。

很快，三部士兵列陣而出，手裡提的不是大刀，而是一柄柄鐵鍬和一個個麻袋，在頭人的一聲令下後，鐵鍬翻飛，將身上的麻袋裝滿了泥土。在他們身後，一架架的投石車正緩緩地被士兵推出，一輛輛的蒙衝車和攻城車蓄勢待發。

蒙衝車是以牛皮蒙住車身，車下可藏數十士兵，可有效抵禦弓箭，但對於巨大的石彈和八牛弩這種強力弩箭，防護卻是不足。

而攻城車則高約數米，分兩層，士兵立於攻城車上，攻城時將其推進到城牆邊，車上佈置有強力弩，威力雖不及八牛弩，但也需要幾名士兵合力才能拉開，

射程極遠，能有效地壓制八牛弩。

看著部下很快便準備妥當，完顏不魯滿意地點點頭，親自拿起鼓捶，大聲道：「本王為各位勇士擂響這進攻的第一聲鼓，各部勇士奮勇向前，拿下撫遠。」揚起的手臂重重落下，咚咚的鼓聲隨即響徹天地。

攻城步卒齊齊發出一聲吶喊，扛著麻袋，舉著手盾，玩命地向前奔去，在他們的身後，蒙衝車與攻城車緩緩跟上，而投石車的繩纜發出吱吱呀呀的叫聲，繃得筆直，隨著一聲令下，滿天的石雨便飛向碉堡及下面的胸牆。

進攻開始了。

投石車的攻擊距離極遠，高達約一千五百步，重約十斤的石頭從半空落下，所挾力量是極為驚人的，如果人被直接命中，基本都是當場斃命，不會給你絲毫掙扎的機會，草原聯軍的投石機約有數十架，每一次攻擊都是數十塊石頭集群落下，落下的區域也分佈在一個不大的範圍之內，這造成的殺傷效果就比較大了。

碉堡建設得很是牢固，牆面都設計成了斜面，有效地減輕了石彈的威力，但壕溝之後的胸牆就沒那麼幸運了，石彈砸上去之後，往往一彈便是一個臉盆大小的洞。而在胸牆背後的士兵，此時只能苦苦挨著牆，同時在心裡祈求石彈不要砸中自己。

避是無法避的，手裡的盾牌對於這種攻擊根本無法可施，你不可能憑手臂的力量擋住這麼大小的石彈自半空中落下的力量。王啟年的左翼陸續出現了傷亡。

李清站在主城城樓上，咬著牙看著自己的士兵被動挨打，沒辦法，自己的投石車基本佈置在城裡，眼下無法打擊到對面的投石車，而八牛弩的射程只有兩千步左右，也不能威脅到他，蠍子炮的射程就更近了。

所幸的是，對方的投石機發射速度很慢，所造成的傷亡還在預測範圍之內，饒是如此，只挨打不還手的局面還是讓李清覺得不爽。

不過對手的填壕士卒已衝近，該他們流血了。

果然，到兩千步時，兩座碉堡上的十數架八牛弩率先射擊，八牛弩那特有的嗚叫聲讓李清感到一陣神清氣爽，睜大眼睛，追隨著弩箭的軌跡，看著八牛弩一頭扎入人群，帶起一溜血花，李清不由揮拳猛擊城牆，「射得好！」

一千步，蠍子炮開始發威，蠍子炮沒有八牛弩那麼恐怖的威力，但勝在數量多，發射速度快，石頭密如飛蝗地飛出去，一打便是一大片，挨一枚蠍子炮不見得會死，但鐵定要失去戰鬥力。當然，如果你運氣欠佳，被直接命中頭部，那也只能跟人生說拜拜了。

蠍子炮連射三輪之後，飛奔的步卒已到了第一道壕溝前，將肩上的麻袋向溝

裡一扔，撒腿便向回奔，此時距離壕溝後的胸牆只有數十米的距離，在這個距離上如果挨上一箭，任你甲好，也得受傷。

果然，當第一批填壕士兵剛剛奔到壕溝前時，胸牆後便站起一排士兵，彎弓搭箭，嗖嗖連聲，反應快的趕緊往地上一趴，等箭雨一過爬起來再飛奔；反應稍慢的便挨了數箭，有的傷不在要害，身上掛著箭還得不要命的飛奔，運氣不好的便一頭栽倒在壕裡，自己也去填了坑。

李清估計了一下對方的傷亡人數，這第一波填壕溝，對方大概便付出了兩三百條人命，第一道壕溝也被填平了一半。

如果以這樣的速度，三道壕溝被填平，對方至少要付出近千條性命，因為越接近胸牆，他們死亡的機率便會越大，當然，他將那些受傷倒在陣地前的蠻兵也計算在內了，這些人還有活著的機會嗎？

完顏不魯臉色有些不好看，第一波的攻擊所受到的傷亡有些出乎他的預料之外。

「讓蒙衝車和攻城車迅速壓上去，掩護士兵填壕。」

「左校王大人，走得太近，對方的八牛弩會給蒙衝車、攻城車造成損害。」

一名頭人道。

完顏不魯沉著臉道：「車壞了我們可以再造，但人死了就不可能再生，這些死物值什麼，壞得再多，大單于也會給我們補齊，但這些部落勇士們可是大單于最珍貴的所在。」

指揮臺上的頭人們都是感激涕零，「大單于心懷仁慈，我們無以為報，只能奮勇殺敵。」

對於這些頭人們來說，造價昂貴的蒙衝車、攻城車是寶貴的財富，比人要值錢多了，像他們這樣的小部落，這種昂貴的戰車是造不起的，也只有像白部這樣的大部落才有能力製成，自己的部落就只能跟在白族身邊衝鋒陷陣，現在白族不惜損失戰車來減輕他們勇士的傷亡，當然是求之不得，心裡高興，對巴雅爾便更是讚不絕口了。

諾其阿在一邊暗自點頭，難怪巴雅爾大單于對於這個滅族的部落頭人另眼相看，與這些部落頭人比較起來，無論是才能還是胸襟，完顏不魯的確是高明太多了。

蒙衝車和攻城車步步向前，衝到離壕溝約百步之時才停下來，蒙衝車上的頂板被掀了起來，藏在下面的士兵扛著麻袋狂奔而出，而負責掩護的士兵彎弓搭

箭，與碉堡和胸牆後的常勝營對射。

攻城車上的強力弩帶著嘯聲狠狠射出，拼命壓制碉堡和胸牆之後的對方，這種強力弩對碉堡無可奈何，但如果正面射中胸牆，則可以將胸牆穿透，對常勝營士兵造成殺傷。

王啟年很快就作出了應對之策，八牛弩和蠍子炮轉而集體攻擊這些蒙衝車與攻城車。

蒙衝車上蒙牛皮，對普通的弓箭防護性能極好，但對於八牛弩這種變態弩箭卻無可奈何，八占弩只要射中，便能穿透牛皮和厚厚的木板，連帶著將下面的士兵也扎個對穿，只要挨上兩支，上面的木板和牛皮便破爛得不堪再用。

而蠍子炮則主要攻擊攻城車，攻城車高大，但防護性並不強，只是在車外豎起幾面高高的盾牌，蠍子炮從上面攻擊，一時間石如雨下，將攻城車上的蠻兵砸得鬼哭狼嚎。

一架攻城車的支柱很不幸挨了一枚八牛弩，轟的一聲，巨大的攻城車便倒塌下來，上面的士兵重重摔下，口吐血沫，眼見是不能活了，下面推車的士兵被壓倒一大片，個個筋斷骨折。

在付出了數十輛蒙衝車和十多輛攻城車後，第一道壕溝終於被填平。

定州城。

定州軍五個營一萬五千人已集結完畢，清一色的騎兵，這是蕭遠山在定州的主要本錢，也是這次整編中通過調整各營後編成的最強戰力，雖然代價是讓其他各營戰力下降許多，但集結起這樣一支強軍，卻能起到更大的作用。

「大臨，你的能力我放心，但此次作戰事關重大，你一定要小心再小心，如果事有不諧，一定不要冒險，假如李清不能如他所說，調動駐紮在上林里的蠻兵前去攻城，你就不能展開對上林里的攻擊。」蕭遠山叮囑即將出征的呂大臨。

「大帥放心，我一定會小心，不會草率從事。」呂大臨鄭重地道。

他帶走這一萬五千騎兵後，整個定州城內便只剩下蕭遠山的一個親衛營，可以說，這一次蕭遠山是將全副家當都交給了呂大臨。

「沈先生會和你同去。」蕭遠山道。

呂大臨微微一怔，沈明臣是蕭遠山的心腹，這番跟著去就有監視自己的意思了，**看來蕭遠山對自己還是不大放心啊**，不過想想也是，這一萬五千士兵中，自己原來所帶的右協士兵居多，蕭遠山不可能不防。

「好，沈先生足智多謀，有他參贊軍機，我軍勝算大增。」呂大臨向正在對

他微笑的沈明臣抱抱拳，「那大帥，大臨就出發了。」

「一路順風，奏凱歸來。」蕭遠山點點頭，呂大臨回過頭來，手中長槍戟指前方，厲聲道：「出發！」

一萬五千騎兵奔向崇縣，那裡，李清手下的鷹揚校尉過山風正等在那裡，為大軍引路。

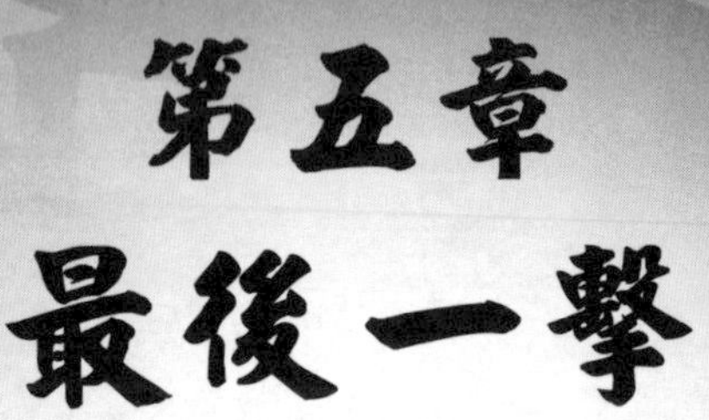

第五章
最後一擊

從兩人幾次的交手來看，此人不是一個莽撞無頭腦的人，調兵佈陣有一定的造詣，能不能讓他上鉤，李清沒有十足的把握。對完顏不魯完成最後一擊的東西現在便在他的參將府中，什麼時機拿出去，李清必須拿捏準時機。

呂大臨出發的時候，撫遠城下的戰事正烈，三道壕溝已被填平，完顏不魯的騎兵出場了，他要先清掃碉堡下的王啟年部，再展開對碉堡的攻擊。

胸牆如此之矮，如何擋得住我草原健兒的騎蹄，在完顏不魯看來，如此高度的胸牆，草原雄鷹們只需策馬躍過，便可以殺入對方步卒之中。

今天掃清城外敵人，明天便可以展開對碉堡的攻擊。完顏不魯在心中籌畫。

戰場出現了極其短暫的一個停滯，然後兩道洪流便從對面躍出，向這邊撲來，馬蹄踩得地面微微顫抖，馬上騎士們怪叫著縱馬奔來，一邊靈活地在馬上彎弓搭箭，箭如飛蝗。

胸牆後的士兵舉盾，一個緊挨著一個，排成一道密不透風的盾牆，傾聽著羽箭射在盾上發出清脆的撞擊聲，有些勢大力沉的羽箭更是穿透盾牌，扎在上面。

第一道胸牆後的哨長從盾牌的縫隙中瞧著對面撲來的騎兵，心裡默默地數著步數：「四百步，三百步……」

左翼二哨的步卒姜黑牛一手執著盾牌，一手緊緊地抓著手裡的長槍，臉上平靜之極，站在他身邊的果長嘴裡甚至還咀嚼著一根青草，這讓姜黑牛有些噁心，因為那根青草上血跡斑斑，也不知他從那裡撿來，上面染著的是誰的鮮血。

姜黑牛是一個新兵，從最初踏上戰場時的戰慄，害怕，到第一次將長矛插入

敵人胸膛時，看到鮮血飛濺時的嘔吐，到現在的從容鎮定，只用了兩場戰鬥。

精兵是打出來的，訓練再好的士兵沒有見過血，都只能算是菜鳥。

我已幹掉了六個蠻子，再幹掉四個，家裡便有一畝地會成為永業田，也就是說，這畝地將永遠成為姜家的家產，不用再繳租稅，現在家裡有三十畝地，爹娘和小弟基本能打理過來，農忙時還有互助組上門幫忙。今年收成看來是不錯的，上繳了租稅後，應當還有很多的剩餘，家裡不用再愁吃不飽肚子了。

姜黑牛很感激李清李參將，雖然他只是站在隊列中遠遠地看過他，如果沒有李參將到崇縣，想必現在自己家仍然是下無寸土立足，上無片瓦遮身體。但好日子沒過多久，狗日的蠻子便又來了。

「殺光了這些傢伙，我便能回家安心種田了。」姜黑牛在心裡想。

一聲尖厲的哨聲傳來，姜黑牛立即拋棄了所有的念頭，把盾牌丟到地上，大喝一聲，將手裡的長矛抬了起來，左腳向前一步，兩腿成弓箭步而立，將長矛從胸牆上猛捅出去。

他們不用看，也不用想，只需要聽從長官的號令，將手裡的長矛狠狠地刺出去就夠了。

「收！」身邊的果長一聲厲喝。姜黑牛應聲抽回長矛，感覺澀澀的，便像在

家裡殺豬時的那種感覺。

「刺！」耳邊再傳來果長的呼喝聲。

姜黑牛便又猛踏前一步，身體緊繃著將手裡的長矛狠狠地捅了進去。

姜黑牛根本看不清面前的任何東西，因為從胸牆另一頭躍過來的是一片片巨大的黑影，那是對方的戰馬，不時有人從那些戰馬上飛起來，然後被身後的戰友們凌空刺死。耳邊不時傳來慘叫聲，有對方的，也有自己戰友的，眼角瞄見很多熟悉的身影倒飛出去。

姜黑牛再次狠狠地將槍刺出去，這一次感覺手上一振，一股大力傳來，他不由自主地向後退去，手裡的長矛喀嚓一聲斷為兩截。

他運氣不錯，這一槍並不是與對面的戰馬正面衝撞，而是斜斜地扎進了對方的身體，但饒是如此，戰馬飛奔時的巨力仍然讓他槍折人退，胸口陣陣發悶。身邊的哨長不見了，剛剛姜黑牛看到一個影子飛了出去，那是哨長嗎？來不及多想，姜黑牛立即向後退去，身後持矛的戰友迅速補了進來。

他不停地喘著粗氣，又拿起一支長矛，昂然挺立在後一隊列中，隨時準備補上空缺。

這時，他看到有人拖著一具屍體從他的眼前走過去，屍體的面容是如此的熟

悉，是自己的哨長。姜黑牛鼻子有些發酸，那個滿不在乎嚼著帶血的草根，一直都很照顧自己的哨長，就這麼無聲無息地死了。

身前又出現了空缺，姜黑牛不假思索，大踏步地奔上去，頂上了那個空位。

完顏不魯很惱火，一千鐵騎數波攻擊，居然連那道矮矮的第一道胸牆都沒有攻破，除了留下上百具屍體之外，一無所獲，對面的槍陣一波接著一波，似乎永無止歇，從碉堡上射下的箭支仍然密如飛蝗。

「再派一個千人隊！要是再打不下來，讓千夫長提頭來見我。」完顏不魯恨恨地道。

一邊的諾其阿皺著眉頭看了完顏不魯一眼，可以看出，直到現在，對方並沒有盡全力，對方的防守行有餘力，好整以暇。而且直到現在，對方主城上仍然極其安靜，諾其阿不相信對方沒有後續手段。

又一個千人隊壓了上來。

尖厲的哨聲三長兩短，這是撤退的信號，姜黑牛轉身，大步向身後數十米處的第二道胸牆的入口處奔去，在那裡，一排排的弓手開始仰射，為他們的撤退作出掩護。

退入第二道胸牆之後，碉堡這裡便形成一個倒三角形，任何進入這個倒三角形的隊伍都將遭到無差別攻擊，在這片地帶裡，沒有任何的攻擊死角。

「攻破第一道胸牆了。」完顏吉台興奮地大喊。

完顏不魯臉上也露出了笑容，但只是一瞬間，他的笑容就凝結在臉上。他驚恐地看到，在他的兩個千人隊蜂湧通過第一道障礙後，那裡狹窄的地形讓他的兩個千人隊擠在了一起，便在這時，從主城那邊飛起大片大片的石彈，遮天蔽日，落點正是這個三角區。

慘叫聲，馬嘶聲，巨石落地的聲音響成一片，短短的時間裡，主城那邊發起了三波石彈攻擊，騎兵們前衝不能突破矮牆後的槍林，後退又被自己的同伴頂住，驚慌失措之下，只能以血肉之軀硬頂石雨。

三波攻擊後，衝入這片三角區的二個千人隊只有區區數百人逃了出去，剩下的都倒在這片死亡地帶。完顏不魯眼中冒著火，看著對方的士兵又從第二道胸牆後冒了出來，衝到三角地區，將受傷未死的騎兵一人補上一刀，徹底解決。

「李清竟然隱藏了這麼多的投石機，就是為了在這個時刻給我們重重一擊。」

諾其阿臉容扭曲，他承認這一招任誰也想不到，先前李清的第一道防線受到了如此大的壓力，蒙衝車和戰車幾度衝到了胸牆前，他也沒有動用這一招殺器，

而是硬扛，等到將騎兵誘到這片三角地區後才猛然發動，一千多精銳的騎兵便在瞬間消失。

想必對方對這種攻擊已模擬了很多次吧，才會打擊如此之準，在與碉堡如此近的距離上，居然沒有一顆石彈誤擊到自己的友軍。

遭到重創的完顏不魯只能暫緩攻擊，收拾整頓軍隊。

用數千條性命居然只完成了填平三道壕溝的任務，完顏不魯忽地覺得牙疼了起來，**這個李清，看起來比呂大兵更難對付啊！**

「大人，我們已打破了第一道胸牆，接下來我們不能再縱深攻擊了，而是要先拿下兩座碉堡，打破這個倒三角形，只要攻破一座碉堡，我們便能破掉對方佈下的這個陷阱，讓對方不得不將城外的士兵撤進城內，這樣，我們便能對主城進行攻擊了。」諾其阿道。

完顏不魯點頭，「你說得不錯，先攻碉堡。讓牛頭部與飛羽部去，他們上次曾打破這兩個碉堡，有經驗。」

撫遠的碉堡已經作了很大的改變，但完顏不魯並不清楚，憑經驗，他認為目前的碉堡雖然在外形上有了一些莫名其妙的改變，但肯定大致結構並不會變，有了一次攻克的經驗，再次攻城便是輕車熟路，與前一次相比，這一次只不過是守

衛人員更多，自己需要付出的代價更大罷了。

牛頭部與飛羽部上一次吃了虧，但撤兵回到上林里後，巴雅爾對他們是大加讚揚，不僅賞給了他們數以千計的奴隸，牛羊，還為他們配備了更精良的武器，對於肯為自己流血的部落，巴雅爾向來是很大方的。

這也讓兩部熱情高漲，接到完顏不魯的命令後，兩部再次上陣。

碉堡與王啟年部的城外陣線形成了一個整體，想要不兩線作戰，那攻擊碉堡的路線便只有一條路可走，便是側方那一百多米寬的開闊地。

受地形所限，一次不可能展開太多的人手，最多只能同時擺開一兩百人攻擊，兩部商量了一下，便決定先攻擊左側碉堡。

將所部分成數個攻擊波，務求不讓碉堡守衛有喘息的時間，力爭在這一波攻擊中攻進碉堡。

兩部人馬舉起巨大的盾牌，小心翼翼地向前推進，與此同時，蒙衝車也開始推進，掩護士兵接近碉堡。

碉堡反擊的蠍子炮和八牛弩稀稀落落，並不如何強烈，除了一輛蒙衝車運氣極度不好，連中數支八牛弩箭，轟然崩開外，其餘的士兵都一鼓作氣地衝到了碉堡前。

巨大的攻城車靠上了城牆，士兵們沿著攻城車蟻附而上，攀上碉堡的垛碟，便在此時，垛碟之後一聲喊，常勝營士兵冒了出來，槍戳刀劈，將剛剛爬上來立足不穩的士兵戳翻砍倒，城頭馬上展開了肉搏戰。

更多的士兵爬了上來，碉堡上傳來尖厲的哨音，常勝營士兵毫不猶豫，一個轉身，撒腿便跑，轉眼之間，便沒入了後面一道道垛碟之後。

牛頭部與飛羽部的前鋒又驚又喜，任是誰也沒有想到如此輕易地便登上了第一道牆堡，上一次的血戰猶在眼前，**怎麼如今的定州軍如此不堪一擊？**

站在垛碟之上，兩部士兵狂喜歡呼。

遠處的完顏不魯也幾乎不相信自己的眼睛，怎麼如此輕鬆，他已作好了付出重大代價的準備，但現實卻讓他大跌眼鏡。

「怎麼會這樣？」一邊的諾其阿也是大惑不解，以先前常勝營表現出來的戰鬥力，應該不會如此不濟啊，怎麼會一觸即潰呢，以他的瞭解，只要登上了城牆，那這座碉堡便算是被攻破了。

城頭的先鋒部隊歡呼幾聲後，便毫不猶豫地尾隨著逃走的常勝營士兵向後追去，重修過後的通道比以前大得多，結構也更複雜。

等這群士兵走過擋住視線的矮牆後，他們都傻眼了，眼前居然是一條條四通

八達如迷宮一般的地道，有的地方高一些，有的地方矮一些，而在這些通道的不遠處，常勝營的士兵正在望著他們或大笑，或怒罵。

「衝過去！」兩部的隊長都是大喝一聲，揮軍便向通道衝了進去，以眼前看到的這些士兵的戰鬥力，可謂是不堪一擊。

通道越來越窄，兩部向前衝出幾十米後，四通八達的通道便只剩下一條了，兩隊都是大喜，在那條通道之後，便可看到一道階梯只通碉堡頂端。

「殺過去！」兩人揮兵直進。

奔到通道正中，兩名隊長同時魂飛魄散，在通道的盡頭，出現了兩台八牛弩，粗如兒臂的箭支閃著幽幽的寒光正對準他們。

「退回去！」

「快，向前殺。」

兩位隊長下達了兩道截然相反的命令，一人想到的是在這樣狹窄的通道中，八牛弩巨大的威力根本不可抵擋，而且避無可避；另一個更為悍勇，想到的是八牛弩發射極慢，只要擋過第一波，便可以衝過去。

通道內一陣混亂，便在此時，巨響聲傳來，八牛弩特有的嘯聲在狹小的通道內更顯得刺耳，通道內一片哀號，殘肢亂飛，慘叫連連，兩支八牛弩一前一後的

射擊貫穿了整個通道，所過之處，幾無剩者。

八牛弩射擊過後，通道上一道道暗門打開，出現一排排的士兵身影，彎弓搭箭，向著通道內一陣亂射，片刻之間，衝進來的兩百名士兵便損失殆盡。

碉堡內的安靜讓後續攻上來的兩部人馬有些發愣，先衝進去的兩百人居然無聲無息，正疑惑間，從堡上忽地拋下一具屍體，接著又是一具，很快，兩百具屍體便被從城上拋了下去。

兩部士兵呆呆地看著在他們前面攻進去的同伴，這才多長時間，怎麼就被殺了一個一乾二淨？便是兩百條豬，殺起來也能有個響聲啊。

士兵們互相看看，眼中都露出了懼色，躊躇著不再向前。

稜堡之前並沒有出現在這個時代，對於它的結構，除了常勝營，外人根本不瞭解，先前的兩百人根本只是在稜堡的外圍。

真正的稜堡便是無數的陷阱，你能很輕易地攻進去，是因為稜堡並不在乎你能攻進去，它更重要的作用是在堡內利用一個個的小範圍，以多打少消滅對方。

稜堡內四通八達的通道，和石頭砌成的城牆，將堡內分成一個個的部分，大部隊根本無法展開，只能一部一部地將隊伍投入攻擊，一部一部的消耗，攻克稜堡，只能用人命去填。

這便如同李清利用碉堡、胸牆和主城構成一個死亡地帶一樣，稜堡內便是這樣的**死亡黑洞**。

飛羽部及牛頭部一隊隊的投入人手，然後一隊隊的消失不見，終於，兩部頭人膽寒了，兩部畢竟人手有限，像這樣數百人砸進去連個響聲都沒聽到便沒了，著實讓人心驚肉跳。

「退，先退下去。」

在飛羽部和牛頭部退下後，黃昏也慢慢降臨，這一天走到了盡頭，一天的狂攻，完顏不魯除了損失小兩千人的部隊外，最大的收穫便是填平了三道壕溝，擊垮了第一道胸牆。

而在崇縣，此時呂大臨率領的一萬五千騎兵已秘密運動到了雞鳴澤，他們將在這裡隱蔽到發動攻擊的時刻，而這個時間到底是多久，誰都沒有底。

一路行來，崇縣的變化讓呂大臨大吃一驚，眼前的崇縣與他印象中的崇縣反差太大，讓他幾乎以為自己走錯了路，但看到一路陪著自己的常勝營校尉過山風，和崇縣縣令許雲峰，又由不得他不相信。

李清真是大才！他在心裡默默地道，還不到一年的時間，便將崇縣經營得如

此模樣，看來大帥想利用崇縣困死李清的想法是要破滅了。

等走到雞鳴澤，眼前的情形更是讓他張大了嘴巴，這是雞鳴澤嗎？以前的一片死地，如今卻是綠油油的長滿了莊稼，怕不有上萬畝之多。在一眼看不到頭的綠波之上，無數的鵝鴨自由自在地游浮其上，岸邊，一排排的房屋整整齊齊，這裡竟然形成了一個小型的集鎮。

「許縣令，這裡是雞鳴澤？」呂大臨問道。

許雲峰看著呂大臨的表情，很是自豪地道：「正是，呂將軍，這雞雞澤我們動員了數萬人手，足足幹了幾個月才完成這樣的規模啊。李參將真是了不得，當初他提出來時，我也不敢置信，但眼見李將軍的設想一一變成現實，我不得不信，不得不服啊。有李將軍在我崇縣，我崇縣有福啊。」

呂大臨默然不語，沉默片刻道：「許縣令，我部將要在這裡駐紮，為了保密，所有的一應軍需都要從崇縣調配，當然，戰後定州會歸還給崇縣，你們能做到嗎？」

許雲峰笑道：「雖然有些困難，但為了這場戰爭的勝利，我崇縣再困難也會為將軍備齊的，將軍放心吧。將軍你先忙，我去為將軍調配所需物資，等將軍紮下營後，便可以派人過來領取。」

看著許雲峰離去，呂大臨回首沈明臣，感慨道：「明臣，李清真不是一般人啊！」

沈明臣也是默然不語，半晌才搖搖頭，「他越是能幹，對定州越是不利。」

兩人一齊轉頭看向一望無際的綠波，眼光迷離，也不知在想些什麼。

是啊，沈明臣說得不錯，李清越是能幹，那他與蕭遠山，其實應當說是李氏與蕭家方家在定州的爭鬥便將越激烈，越殘酷，這於定州的確是大不利。

「李清能頂得住完顏不魯的攻擊麼？」

「應當能，呂大兵當初在中計之後，還能以殘兵堅持好幾天，李清準備充足，已作好了萬全準備，想必沒有問題。」

「可是完顏不魯當初並不是刻意要攻擊撫遠，而這一次他是一定要拿下的，而且李清還要調動在上林里的駐軍，那完顏不魯就足足有五萬人馬，古云逢堅城十倍而攻之，現在可不止十倍啊，而且我也想不到他能有什麼辦法讓完顏不魯將上林里的駐軍也調來作殊死一搏？」

「他既然說了，我想他一定能辦到，李清做事，謀定而後動，沒有完全的把握，他一定不會制定這樣一個冒險的計畫。」呂大臨突然對李清充滿了信心。

李清其實沒有把握，他並不瞭解完顏不魯此人的性格，但從兩人幾次的交手來看，此人不是一個莽撞無頭腦的人，有一定的軍事才能，調兵佈陣也有一定的造詣，**能不能讓他上鉤，李清沒有十足的把握。**

他現在能做的事就是拖，在撫遠要塞下拖住完顏不魯，**讓他不停地流血，讓他怒火中燒，讓他失去理智，然後才在最後實施他的致命一擊。**

對完顏不魯完成最後一擊的東西，現在便在他的參將府中，什麼時機拿出去，李清必須拿捏準時機，否則必定偷雞不著蝕把米。

而這個時機的把握讓李清頗為頭疼，也頗為心疼，因為讓**完顏不魯流血的同時，他也在流血。**第一天的激戰，完顏不魯在要塞下丟下了近千具屍體，而王啟年部也損失了約兩百人，一比五的比例雖然看似很划算，但李清卻心疼不已。**他要幹掉完顏不魯，更必須保存自己的實力。**

但魚和熊掌，能兼而得之麼？

崇縣的五千青壯在呂大臨進入崇縣之前，便提前運動到了軍門塞，但這些青壯此時便讓他們來打如此激烈的戰鬥，無疑是不現實的，李清甚至擔心他們會一觸即潰，只有在勝利之後的追擊戰中，他們才能派上用場。

打吧！沒辦法，慈不掌兵，只能盡可能地與敵人換取最大的傷亡比率，在戰

後對這些傷亡的士兵做出更大的補償。

明天會有一場更為激烈的戰鬥。李清決定好好休息一下，雖然不可能輪到他親自上陣，眼下甚至連一線的指揮都是由王啟年在負責，但李清仍然感到累，**特別是心累。**

或許明天應該讓姜奎的部眾去衝一下，減輕一下王啟年的壓力，馮國的兵力暫時不能動，這是最後主城的守衛力量，李清知道，如果這場戰事拖上四五天的話，那麼戰火就將在撫遠主城之上展開了，也就是說，自己將會與呂大兵一樣赤膊上陣。

門輕輕地被叩響，正準備休息的李清有些驚訝，這個時候來找自己的必然是自己的心腹，又出了什麼事需要自己親自來處理？

作為一個現代人，李清並不是那種要將所有的權力都牢牢抓在自己手裡的人，如果真是那樣，即便是累死，也可能沒有什麼好效果，有時甚至會起到反作用。

李清將權力下放，讓手下盡全力去完成他們應該做的事情，而他，只需要牢牢地掌握這些手上有權的人就好了。

所以在今天的戰鬥中，即便是王啟年的臨場指揮有一些問題，他也絕不插

手，除非這個問題危及到了整體的安危，他只是在今天戰爭結束後，與他探討這些問題應當怎麼避免，如果自己隨意插手，那必然會讓王啟年束手束腳，反而對他今後不利，一個將領必須要有自信。

打開門，看到的卻是路一鳴與尚海波，這兩人連袂而來，就絕不是為了軍事了。

「將軍，我在撫遠清理田畝時遇到麻煩了。」路一鳴開門見山道。

「將軍，是時候拿下宜陵鐵礦了。」尚生波陰沉沉地道。

「現在？」李清詫異地看了一眼尚海波，現在戰事正緊，怎麼是辦這事的時候。

「就是現在！」尚海波堅持道。

「調查統計司已經查明，方文海控制下的宜陵鐵礦，多年以來一直向蠻族出售生鐵等戰略資源，而且已經拿到證據。有了這些東西，便是方文山和方家也得捏著鼻子將這口氣吞下去。」

「尚先生，方家不同於一般地主豪門，據清風調查，宜陵鐵礦便有護礦兵三百餘人，裝備精良，而且礦上青壯勞力約有數千，一旦發生衝突就不妙了。」

尚海波嘿嘿一笑：「所以說**現在正是時機**，蠻兵入寇，撫遠無論士紳百姓都

要一體抗敵，我常勝營為了保護撫遠的安危，損失慘重，當然要就地補充士卒。將軍，這宜陵鐵礦有三百精兵，正好徵召，他如不應，就如同造反，如同通夷，就算我們如今大敵當前，但真想調兵收拾他們也不過是翻手耳，方文海不會這麼不知趣吧？」

「調走了這些兵，方家在礦山便成了無牙的老虎，想必那些飽受欺壓的礦工一定會做些什麼，將軍，我可不信清風司長在這些方面沒有著手。」尚海波笑道。

李清哈哈大笑，「尚先生，總是瞞不過你，不錯，早在我想拿到宜陵鐵礦的時候，清風便已開始安排了，現在小有成效。」

「好極！一旦礦上出事，礦兵又被我們召走，你說方家此時會怎麼樣？」

「當然是向我們求助。」李清大笑。

「是啊，向我們求助，可是他們的礦兵我們已編進士卒，上了前線，急切之間抽不出來，怎麼辦？李將軍不得不忍痛將自己身邊的人派去為他們護礦，這一去嘛，**自然是請神容易送神難了**。」

李清道。「將軍深知我心。」

「然後將方家勾結蠻族，出售戰備資源的事捅將出來，慢慢地收拾他們。」

「就這麼辦！」李清雙手一合，「尚先生，你去主持吧。」

轉向路一鳴，「路先生有什麼事？」

路一鳴看到兩人談笑間便將一個完美無缺的陰謀勾畫而出，不由得心裡發麻，難怪自己不是尚海波的對手，這份心機，自己拍馬也趕不上。

「將軍，撫遠清查田畝時遇到了麻煩，這裡的大戶們勾結在一起，拒不承認他們之前侵吞的土地，聲稱他們的地契都在上次入寇時被毀了，甚至要求我們縣衙為他們補齊這些土地的地契，為此他們願意出一部分手續費。」

李清仰頭大笑：「甚麼手續費，只怕是想行賄吧！這點小錢就想打發我?!」

路一鳴苦笑，「是啊，這些天，每到晚上，總有人跑到縣衙裡，直接就塞銀票，讓我煩不勝煩。」

李清陰沉著臉，「路縣令，給我將鬧得最凶的那一批人抓起來，殺了。」

「啊？」路一鳴吃了一驚，「殺了，以什麼罪名？」

一邊的尚海波冷笑道：「什麼罪名？什麼罪名能讓他們死，你就用什麼罪名，難道這是請客吃飯，還要講個理由先麼？」

李清點頭道：「這些惡霸劣紳侵佔土地，居然還大模大樣地讓縣衙為他們補辦地契，當真是可忍孰不可忍，這些土地是我為了前線浴血奮戰的將士們準備

的，是為了那些沒有土地，在生死線上掙扎的人準備的，這些人夠富了，我不去找他們勒索已經是寬宏大量，居然還不知足，給我殺一批，拉一批，這些小手段，路先生不用我教你吧？」

路一鳴從李清的話語中聽出了濃濃的不滿，當即表態，「將軍放心，三天之內，我必將這事辦好。」

李清淡淡地道：「好，我讓清風將行動署給你，不是為了讓他們去休息看風景的，該讓他們動一動了。迅速辦好此事，行動署的人我馬上另有他用。」

看著兩人離去，李清搖搖頭，路一鳴不如尚海波甚遠，如是尚海波，這些事早已快刀亂麻處理好了，但路一鳴也有他的長處，凡事不自作主張，總是想來找自己，這是缺點，也是優點，在這一點上，他和尚海波倒是走了兩個極端。

清晨第一縷晨光從地平線上掃射而出，照亮了撫遠要塞高高的城樓，紅色的彩瓦被陽光一照，紅彤彤的宛如鮮血在流動。

在要塞與對面的聯軍營地之間，原本綠色的淺草如今已被踩得支離破碎，只有那些特別幸運的，還搖曳著弱柔的身軀隨晨風舞動。

盤旋的禿鷲欣喜地發現了這片食場，歡天喜地的撲將下來，更有一些在空中

發出令人發疹的叫聲，似在呼朋喚友，一齊來享受這美食。

早早便爬起來的李清看到這一幕，不由有些反胃，這讓他回憶起草甸，他那時來到這個世界睜開眼看到的第一件活物，是一條正在撕咬他大腿的野狗，第二個活物便是無數盤旋在空中的禿鷲。

「弓！」他伸過手，一直緊隨在他身邊的楊一刀立馬遞給他一張十石強弓和一支羽箭，彎弓搭箭，瞄準天上越聚越多的禿鷲，崩的一聲鬆開弓弦，一隻禿鷲應聲落下，城上頓時一片叫好聲。

但空中的禿鷲似乎對這個同伴的死亡毫不在意，依舊俯衝而下，貪婪地撕扯著地上的屍體。

雖然那是敵人的屍體，但李清仍然感到不舒服，扔下弓，喃喃地道：「總有一天，我要讓你們全部餓死。」

許是利箭破空的聲音刺激了對面的大營，一陣轟隆隆的鼓聲後，對面的營塞大門洞開，無數的人馬蜂湧而出。

「又是一天開始了！」李清笑顧左右，「來吧，兄弟們，又要戰鬥了。」

常勝營士兵一列列地站上城牆，而更多的士兵湧出城門，搶到城下的陣地中，一輛輛的戰車、蠍子炮推出，城上的八牛弩吱吱呀呀的張開弓弦，搭上弩

箭，碉堡裡，守堡的戰士向主城打著旗語，而主城上，胸牆邊，也都舉起令旗，大家的旗語只有一句簡單的話，「常勝營，萬勝！」

王啟年扔了他那把砍成了金蛇劍的大刀，從軍械庫裡找了一把重達幾十斤的陌刀扛在肩上，配上他一米八幾的身高，倒也甚是威武，此時的他正站在最前沿的陣地上，很是不雅地對著對面豎直了中指。

「這個大鬍子！」李清不由笑了起來，不過他很是欣賞王啟年的這份輕鬆，這對於士兵來說，是一種無形的鼓勵。

「鬍子怎麼找了這麼一把武器？」李清好奇地問身邊的馮國。

馮國笑道：「鬍子說這刀好，一邊砍捲了，轉個身再砍，省了換兵器的時間，還說這刀長，重，很是配他！」

馮國說這話時有些委屈，因為他個子矮，站在王啟年身邊，只及王啟年的下巴。

李清大笑，他能想像王啟年說這話的時候，一邊揮舞著刀，一邊斜著眼睛上下打量馮國的情景，難怪馮國的話酸酸的。

「一寸長，一寸強，一寸短，一寸險，各有所長，鬍子喜歡這種武器倒也不奇怪。」不著痕跡地安慰了馮國幾句，讓他的心裡好受一些。

「今天過後，你要準備替下王啟年。」李清接著對馮國道。

「太好了！」馮國興高采烈，看到王啟年昨天大殺四方，把在城上看戲的他緊張得亂跳。

「但是我估計你所受到的壓力要比王啟年大得多，因為今天過後，兩座碉堡我估計保不住了。」

李清話說得很輕鬆，但馮國卻吃了一驚，「碉堡保不住？」

李清點點頭，「今天完顏不魯肯定會主攻碉堡，到一定時候，我們便放棄它，儘量保存戰士的性命，後天你出城替換王啟年，便只能倚托主城作戰，我要你抵擋一天，能做到嗎？」

「放心吧將軍，王啟年抵抗了兩天，我如果連一天也扛不住，那還不如一頭撞死算了。」馮國大聲道。

「我要的是你堅持一天，你和王啟年較個什麼勁？」李清責備道。

將領之間有競爭是好的，但**千萬不能因此鬥氣**，你行，我要比你更行，那是會壞事的，凡事都要根據不同的形勢做出不同的判斷，不能一概而論。像馮國明天出戰，他受到的壓力將會是王啟年的數倍。

就在李清吩咐馮國的當口，完顏不魯果然對碉堡展開了攻擊，與昨天同時進

攻兩個碉堡不同，他今天全力進攻的是左邊的碉堡。

看著雨點般落下的投石和身背麻袋狂奔的步卒，李清已明白了對方想幹什麼。完顏不魯果然經驗豐富，只是憑昨天牛頭部與飛羽部的進攻失敗，便得出了對付這種稜堡最有效的法子，但也是最笨的法子，便是一寸寸一尺尺的填平稜堡。

看到左側碉堡前很快便壘起了一層厚厚的麻袋，馮國不由駭然道：「完顏不魯腦袋被驢踢了，用這麼笨的法子？」

李清冷笑了一聲：「馮國，他的腦袋沒有被驢踢，這法子是笨，但是最有效。命令城中投石車、八牛弩全力支援左側碉堡，盡可能地殺傷對方步卒。等碉堡的第一道防線被填平後，就命令我們的士兵撤出來。」

「是，將軍！」楊一刀飛快地轉身去傳達命令。

看著碉堡前被一層層的壘起一道斜坡，完顏不魯滿意地笑了，雖然撫遠要塞的遠端打擊給士兵們造成了一定的傷害，但這種程度的損失他完全能夠接受，以這個速度，今天拿下兩個碉堡完全不成問題。

城下的王啟年也發現了這個問題，咬牙想了片刻，他決定作一次反衝擊，常

勝營是要拖住完顏不魯，並有效地對他的部眾進行殺傷，那這時自己作一次反擊，效果應當不錯。

他猛的轉身，對著部下道：「我需要一支敢死隊，和我一起去衝鋒，誰敢去？」

「我！」

「我！」

一連站起了幾個果長，王啟年掃了一眼，在其中發現了一個熟悉的面孔，「姜黑牛，你率你的一個果和我去衝鋒！」

姜黑牛估計是常勝營左翼升官最快的一名果長了，昨天他還不是果長，連哨長都不是，但一波攻擊後，他的哨長死了，他活了下來，於是重新整編後，他便成了哨長。到了下午，他所在的這個果被打殘了，又撤下來整編，於是他便又成了果長。

果長已可晉級雲麾校尉了，只是現在尚在戰時，顧不上這些，是臨時任命，正式的任命要等到戰後。當然，前提是他必須活下來。

「是。」姜黑牛興奮地答道，緊緊地握著手裡的長矛，再將腰裡的刀鞘扔掉，將刀斜斜地插到了後背上。

「弟兄們，看到了嗎，我們左側的碉堡形勢很危急，我們必須去救援他們，從這裡到那裡有五百米，但我們衝鋒的時候，對方必然會出動騎兵，所以我們千萬要注意，衝上去，幹一票便往回跑，不要被對方的騎兵纏住。記住了沒有？」

「記住了！」姜黑牛等人大聲應道。

王啟年邪邪地一笑，對方的騎兵還在陣中，自己跑上去便往回跑，估摸著對方的騎兵衝上來時，只能摸著自己的尾巴。

「給主城打旗語，讓他們的投石機和八牛弩到時掩護我們往回跑。」王啟年低聲對身邊的傳令兵道。

看到王啟年部打來的旗語，李清心中一凜，這樣的反衝擊是要冒很大風險的，出擊人數不能太多，因為還要保持陣地上有充足的人手，不能讓敵有可趁之機，如果出擊的人一旦被敵人纏住，那能回來的機率是很低的。

特別是王啟年部全部是步卒，雖然交戰的地點距雙方較遠，但草原鐵騎的短途突擊能力是非常突出的，這兩百米的距離，其實雙方機率對等。

「將軍，反衝一下也好，可以有效地緩解壓力，是不是讓姜奎部作好準備，以便接應王啟年部。」馮國低聲道。

李清思忖片刻，搖搖頭，「真正的惡戰還沒有開始，姜奎的騎卒還沒有到出場的時候，王啟年只能靠自己。告訴他，千萬不要貪功，出擊要迅速果斷，我在這裡看著他。」

看到主城的旗語，王啟年興奮地舔舔嘴唇，抹抹自己的大鬍子，道：「弟兄們，聽仔細了，我們出擊要**快**，**準**，**猛**，幹一票後馬上往回跑，千萬不要衝殺得太深，那樣你就回不來了。」

姜黑牛臉色潮紅，「將軍放心，命是自己的，大家不會不當回事。」

「出發！」

一行三百人壓低身子，沿著胸牆摸到第一天被摧毀的防線之後，藏身於那些尚未被擊垮的牆後。

王啟年抬起頭，兩百米外，螞蟻般的蠻族步卒正身扛麻袋，喘著粗氣奔向碉堡前已被高高壘起的斜坡，將身上麻袋一扔，轉身便跑。

也有一些很不走運的，剛剛跑上坡頂，便被弓箭命中，骨碌碌地滾下來，有的當場斃命，有的卻未命中要害，能爬起來的，一個翻身便跳起來向回奔，爬不起來的，就只能躺在地上哀號求救，但這個時候沒有人去顧及他們，因為在這個距離上，自己也隨時可能斃命。

「衝！」王啟年一聲斷喝，像頭豹子般一躍而起，邁開大步，埋頭疾衝，他的身後，三百敢死隊齊聲吶喊，緊隨著王啟年，如同一道狂風席捲向左側碉堡。

王啟年的反擊出乎了完顏不魯的意料，他實在想不出在自己兵力占有如此優勢，且在形勢占優的情況下，對方居然會放棄堅固的陣地實施反衝擊，這在他看來，完全是**自殺性質**。

但作為一名久經沙場的老將，他只在短短的一個愣神後，便立即發出命令，一隊騎卒風馳電掣般地奔向戰場。

王啟年和他的三百敢死隊速度極快，因為他們明白，留給他們的時間是有限的，給對方造成有效的殺傷，然後安全的退回來，是他們的終極目標。

看到對方騎兵出擊，主塞之上的投石機和八牛弩立即開始加大攻擊，將打擊範圍從碉堡轉到封閉對方的進攻路線，只不過對方騎兵速度極快，而且陣形分散，想要給對方造成很大的打擊是不可能的，只能儘量地延遲對方趕到戰場的時間。

扛著麻袋的蠻族士卒看到兇神惡煞般出現的常勝營士兵，腦袋先是一矇，然後丟下麻袋，轉身便跑。不要開玩笑了，扛著幾十斤重的麻袋狂奔了近兩千米，哪裡還有力氣廝殺。

王啟年的目標也不是他們，而是那些剛剛丟下麻袋從斜面上狂奔下來的蠻兵，三百人從右側斜插進戰場，擋住了這幾百名士兵的退路，一聲吶喊，便挺起手中的長矛，齊齊向對手扎去。

即便是在短途衝刺之後，這些士兵仍在眨眼間的功夫便排成了兩列整齊的隊伍，按照平時的操練，一絲不苟地衝殺起來，只不過將平時的走改成了跑，沒辦法，趕時間啊！

雖然這樣會讓隊伍顯得不是那麼整齊，但又有什麼關係呢？對手也不是養精蓄銳的虎狼之師，即便隊伍此時彎曲得像一條長蛇，但仍然有著巨大的殺傷力。

剛剛拋下麻袋的士兵迎頭碰上這些凶神，有些轉身便向回跑，但更多的是下意識地拔出腰上的彎刀，吶喊著衝上來，但此時他們又還有什麼戰力呢？

王啟年不用管什麼陣形，舞著他的陌刀，一頭便撞進對方人叢中，陌刀在這個時候的確威力巨大，特別是在王啟年這種人形凶獸的手中，幾十斤重的陌刀一般人都很難使用，因為太重，但在他的手裡，舞得如風車一般，猶如玩具，當真是擋者披靡。

王啟年一路衝過，身後便留下了一條血胡同和滿地的殘肢斷臂。

一部分蠻兵被趕得奔上了斜坡，但碉堡的守衛明顯得到了訊息，他們自稜堡

裡衝出來，自上而下，刀槍箭雨齊下，殺得這些蠻兵上下不得。

王啟年悶頭一陣狂殺，陡地眼前一空，已是到了斜坡的底部，被他追趕的蠻兵情願奔上斜坡，到那些稜堡守衛那裡尋求一線生機，也不願與這頭人形凶獸當面碰上。

猛回頭，王啟年看到騎兵已突破了主城的封鎖，正向自己奔來，當下一聲狂吼：「大家往回跑啊！」

姜黑牛一直在注意王啟年，聽到這一聲吼，立即大聲叫道：「向左轉，跑！」

王啟年大怒：「轉你媽個頭，不要管隊形了，撒丫子跑便是，越快越好。」

姜黑牛恍然大悟，這個時候還管什麼隊列，跑得快便行，當下便一聲大喝：「各跑各的，往回跑！」

來時王啟年衝在最前，回去的時候他卻落在最後。

碉堡上的守衛站在斜城頂部，彎弓搭箭，向正奔襲而來的蠻族騎兵狂射，希望能為這些戰友爭取到一點時間。但守衛的人數太少，稀稀落落的箭支基本不能對他們形成影響，即便射中，只要不是要害，也不會影響他們作戰。

碉堡裡響起尖厲的哨音，這些碉堡守衛無奈向回撤去，因為在這些騎兵的身後，密密麻麻的步卒也跟著衝了上來。

王啟年的時機把握得極其準確，他的敢死隊撒開腳丫子一路狂奔而回，比去時的速度還要快，畢竟此時跑得慢就等於死亡，以這麼單薄的隊形與騎兵對衝，那是找死，對方一個加速便足以將自己撞上天。

眨眼之間，這些兵便跑回到那片三角地帶，騎兵的馬蹄聲也在身後響起，但早已等著此時的李清一聲令下，無數的石彈與八牛弩、蠍子炮便將這一地區如雨覆蓋，頓時將跑得最快的一批騎兵砸得人仰馬翻。

斷後的王啟年快活無比，太成功了，簡直完美無瑕，正在得意之際，已跑得很遠的姜黑牛突一回頭，便尖聲大叫起來，「將軍小心。」

聽到這話的王啟年還沒有反應過來，身後便響起了巨大的風聲，戰場上的老兵王啟年這一次完全將他參加無數戰鬥能安然無恙的本事拿了出來，那便是最快也最合適的反應，就地倒下，一路懶驢十八滾，滾出丈餘遠，接著一個虎跳爬將起來，便看到在他面前不遠處，一個蠻族大漢正圈馬轉了回來，手裡的大刀高高舉起，目標正是自己。

這個蠻族騎兵是剛剛這一輪打擊下的漏網之魚，眼見身邊的同伴全滅，身後的戰友已策馬奔回，他們不可能再向前衝去以血肉之軀迎接對面早已準備好的石彈，看到對方的人已跑回陣地，便打馬而回，成了孤兵。

王啟年弓起腰，雙手緊緊地握著陌刀，瞪著對方正狂奔而來的戰馬，姜黑牛正與幾個士兵一邊喊著一邊跑來，但已經來不及，只能靠自己了。

到了面前，對方的馬蹄高高揚起，長刀帶著風聲，借助馬力，呼嘯著劈下，主城上的李清，對面的完顏不魯都瞪著眼睛看著這一突如其來的單挑，此時空有強弩石炮，也不敢射擊。

王啟年狂吼，弓著的身體猛的挺直，手裡的陌刀自下而上反撩而上，在那馬蹄剛剛落到一半時，陌刀已帶著風聲劈斷了馬脖子。戰馬被這股大力一擊，砰的一聲向一邊歪倒，王啟年雙臂格的一聲，已是脫了臼。

馬上的那名蠻族騎兵沒想到對方會以這種匪夷所思的方法，戰馬一倒，他也連帶著倒下，一條大腿壓在戰馬巨大的身體下，骨骼粉碎，動彈不得。

但這名蠻兵倒也硬氣，居然硬挺著沒有叫出聲來，只是瞪著雙臂軟軟下垂的王啟年，似乎不敢相信真有人敢單挑奔馬。

姜黑牛終於狂奔而來，「將軍，你沒什麼事吧？」

王啟年似乎還沒有反應過來，直到姜黑牛再問第二遍，他才怒罵道：「你媽媽的，老子能有什麼事?!」

另一側，幾個士兵亦圍住了那名蠻兵，拳腳齊下，將他生生毆斃。

垂著兩條手的王啟年一步一步地走向自己的陣地，陣地上，碉堡裡，主城上，同時響起巨大的歡呼：「王校尉威武！」

王啟年抬頭微笑示意，臉上的得意掩飾不住，只是一踏進陣地之後，便一頭翻倒在地，「他媽的，疼死我了，快去找恆大夫來。」

對面，完顏不魯與部將相顧失色，「真是想不到，大楚也有這種虎狼之士。」王啟年的兇悍著實震駭了草原人，以致於他們的士兵在背著麻袋往前衝的時候，不得不留著一個心眼盯著這邊，生怕王啟年再玩一次敢死衝鋒。

這樣的一個人形凶獸衝上來，的確是讓人夠受的。其實此時的王啟年已無力發起任何進攻，他全身都疼得要命，與狂野的奔馬對衝，即便他是個鐵人，也要被刮下一層皮來。

完顏不魯胸中的戾氣也被激發了出來，在左堡尚未完全拿下的時候，便同時展開了對右堡的攻襲，這一次，更有經驗的完顏不魯以騎兵來背負麻袋，機動性極強的騎兵讓常勝營的打擊變得事倍功半，而騎兵強大的衝擊力也讓半路突襲打冷槍沒了可能。

「將軍，讓姜奎的士兵出去衝擊一下吧，這種程度的攻擊不會很強烈，讓他們去感受一下對方鐵騎的厲害，也有助於他們今後的戰鬥。」一下午來到城上的尚

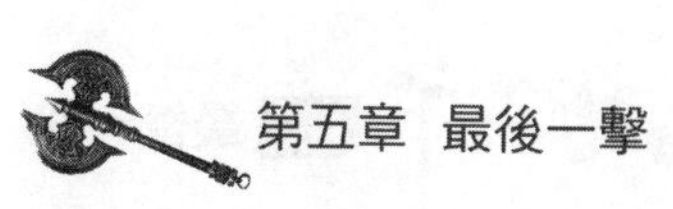

海波對李清道。

「現在正是好時候，對方作戰意志不強，而我們的騎兵技藝不如對手，兩兩相抵，正好抵消。」

對於尚海波的意見，李清一向十分尊重，「好，就按尚先生說的，去衝一衝吧，但姜奎，你要記住，你的對手是那些正在投麻袋的蠻子，如果對方的精銳衝上來，你就必須回來；而且你只有這一次機會，因為按對方的進度，很快騎兵便用不上了，仍然要用步卒爬上去填，所以你珍惜這次練兵的機會吧，上一次你是痛打落水狗，這一次可是真刀實槍了。」

姜奎喜滋滋地道：「將軍放心，這兩天可把我們騎翼的弟兄憋壞了，能出去砍蠻子，大家興奮著呢！」

李清笑笑揮手道：「去吧去吧，別給我耍嘴皮子，讓我看看你的真功夫！」

看到姜奎喜笑顏開的離去，李清搖搖頭，對尚海波道：「尚先生，那邊的事如何了呢？」

尚海清如今正在主持謀奪宜陵鐵礦事宜，這事關係重大，也只有尚海波出馬，才能讓李清放心。

「一切進展順利，今天我已將參將府的徵兵令發到了方家，相信此時方家已在商量對策了。」尚海波笑道。

「小心對方狸貓換太子，糊弄一把你！」李清側臉看著尚海波。

「哈哈哈，方文海想糊弄我，他還不夠資格！」尚海波冷笑，「放心吧將軍，一切皆在掌握之中。」

第六章 通敵叛國

方家豪將徵兵令向桌上一拍，道：「我方家代代為官，對大楚也是忠心耿耿，這通敵叛國的罪名，無論如何也是安不到我們方家頭上的。」

尚海波瞇眼道：「既然如此，不能為國分憂，在此危難之際，為何不肯遵從徵兵令？」

李清不再說話，轉頭看向戰場，右側碉堡的土壘已有一人高了，騎兵飛速奔來，單臂將那些麻袋高高抛起，落在壘上，然後又呼嘯而去。

主城、碉堡上的投石機與八牛弩，以及弓箭顯得很是無力，只能對敵人造成微乎其微的傷害。對方填了快小半個時辰，才在碉堡前倒下數十名騎兵。

城門打開，姜奎的騎翼蜂湧而出，王啟年早已命部下為騎翼讓開通道，於是從王啟年的陣地上，數條通道同時打開，一千五百騎兵矯若游龍，猛撲而出。

這一次出來突擊的變成了騎兵，完顏不魯倒是很讚賞對手的臨陣應變，但以騎對騎，他卻有絕對的信心，草原鐵騎從來都是壓著大楚的騎兵打的。論起騎兵素質，沒有哪支軍隊能比草原鐵騎要強。

草原聯軍的騎兵來自不同的部落，武器也是五花八門，像白黃青藍紅五個大部落，騎兵基本配置較好，特別是白族，大都身披鐵甲，其餘四部也有少部分著鐵甲，但每個騎兵也有一身皮甲，武器也較為統一，其餘的小部落可就差了一些，只有軍官才有甲冑，普通士兵大都身著布衣，揮舞著五花八門的武器。

看到常勝營騎翼衝上來，這些蠻族騎兵立即抛下手中的麻袋，提起兵器，怪叫著衝了上來。

姜奎的騎兵並不像對方那樣遍地開花似的衝上來，而是形成了一個楔形攻擊

陣形，馬與馬的距離保持在五步之內。

在狂奔的馬上，這個距離是相當危險的，但如此緊密的陣形，攻擊威力也很是巨大，相比而言，便像是蠻族兩手拿著一把大蒲扇，而姜奎卻兩根手指捻著一根繡花針。

兩股騎流一左一右，瞬間便撞在一起，姜奎的騎翼便如同一把錐子般，一頭便扎進了對方的陣形之中。

一看到常勝營騎翼能在如此高速的奔跑中保持著如此緊密嚴整的隊形，諾其阿赫然失色，叫了聲：「不好！」

在他的印象中，能完成這種隊形攻擊的，只有白族的第一名將虎赫大人和他的奔狼軍，在與蔥嶺關外的室韋人交鋒中，奔狼軍便是利用這種嚴密的大陣衝擊，讓強悍更勝白族的室韋人潰不成軍，連戰連敗。眼前的常勝營騎翼竟然也能舉重若輕地使用這種戰術，諾其阿下意識便覺得不妙。

直到扎入對方的隊伍之中，姜奎才感受到李清對於騎兵要在衝鋒中保持密集隊形的要求有了深深的理解。

你技術再好又能怎樣？這不是單挑，而是群毆，便像打架一樣，你上來一個，我上來一群，一人一拳也捧扁了你。

蠻族馬上功夫的確是好，蹬裡藏身，左右互換，甚至於在戰鬥中能跳到對方的戰馬上，但這都是白搭！你藏是藏了，可想再爬起來就不可能了，你藏身躲過了前面的，可後面的緊跟著便衝了上來，都不用刀槍，直接將你撞死。

常勝營騎兵統一使用制式武器，人手一把刺槍，一把馬刀，刺槍長，但槍桿都是一些極易斷裂的材料，當初姜奎還不太理解，這麼容易脆的槍桿有什麼用，與敵人一個照面便斷了；但在幾次試驗後，他才明白，原來這種刺槍純粹是一次性產品，能值點錢的便是槍頭，他的騎翼裡裝備的最多的便是槍頭，然後便是一捆捆的槍桿。

騎士在馬上快速奔跑，手執長槍對刺，兩邊的馬速加起來，是一個恐怖的數字，騎兵一旦刺中對手，必須立即鬆手，否則你的手臂便等著斷裂吧，甚至連人也帶著飛出去。

但這種一刺便鬆手的技術可不那麼好掌握，早或遲都不行，早了，你還沒刺著對方就自動放棄武器，遲了即便幹掉了對方，自己也完了，所以這種易碎的槍桿便派上了大用場，一刺中對手，受力的槍桿嘩啦一聲，自己便散了架，騎兵的手臂受力程度便直線下降，不會對身體造成任何傷害。

常勝營的馬刀也與這個時代的人有些不同，刀身細長，略微帶著一點點弧

度，李清對於騎兵的配備是不遺餘力的，好不容易搜集的一些品質上好的鐵，都被他用來打造了馬刀，如果有鋼的話，那這種刀將會更加好用。

看到自己的騎兵被輕易地穿透陣形，完顏不魯深深地皺起了眉頭，納悶地道：「這常勝營真是一個新組建的營？怎麼會有這麼多的騎兵，而且基本訓練有素，這種戰鬥力比我族精銳也不差啊?!」

諾其阿看到己方騎兵不斷落馬，臉色亦很不好看，回道：「這李清乃是翼州李氏中人，李氏是中原豪族，對他定是大力支援，才可能有這樣一批騎兵，或者，這批騎兵根本就是從翼州李氏的軍隊中來的。」

兩人說著話，姜奎的騎翼已在衝破敵陣後，遠遠地繞了一個大圈，再一次一頭扎了進來。從另一個方向開始突擊，片刻功夫，居然讓他殺了個一進一出，蠻族騎兵倒下數百騎人馬，而姜奎的騎翼居然損失不到百人。

這種交換比讓李清和尚海波都感到有些驚訝，「看來自己還是高看了這個時代的騎兵戰術。」李清暗道：蠻族個人是強，但戰場紀律比起常勝營來差得太遠。

李清陡地生起一個念頭，**如果自己有一支數量夠多的騎兵，擊敗巴雅爾也不是什麼難事啊。**這個念頭讓李清在以後碰到虎赫的奔狼軍後，吃了一個大虧。

姜奎殺得極其痛快，但這一次衝殺出來後，他卻必須返回了，因為李清給他

下了嚴令，一個來回，必須回城。

戀戀不捨的姜奎很是不甘地看著被他衝得七零八落的對方騎軍，撥轉馬頭，向撫遠要塞衝去。

不出意料，黃昏時分，左堡率先失守，倖存守衛撤回主城，緊接著右堡也是搖搖欲墜，李清乾脆下令右堡的士兵立即撤出，左右兩側碉堡旋即被完顏不魯戰領，從兩側碉堡開始對王啟年部的陣地形成威脅。

完顏不魯在付出三千餘人的傷亡之後，終於掃清了周邊陣地，直接對撫遠主城形成了威脅。

蠻部在夜幕降臨之時停止攻擊，收兵回營，對撫遠周邊的打擊如此艱難，讓完顏不魯略顯焦躁，小小的碉堡便已如此困難，那比碉堡大上十數倍，防守士兵也多上十餘倍的情況下，攻擊難度可想而知。

內心裡，完顏不魯甚至想到放棄本次計畫，但理智卻又告訴他絕不能如此，自己原本不過是一個小部落首領，幸得巴雅爾的賞識，在族滅後竟然一步登天，成了白族的左校王，統率遠遠強於自己原部落更多的人手。

上一次的失敗已讓白族內對自己議論紛紛，很是質疑自己，但巴雅爾頂住了

壓力，仍然給予自己足夠的信任，如果這一次再失敗，付出了這麼大的代價還一無所獲的話，只怕大單于再賞識自己也無法為自己說話了。

白族還是一個以實力說話的部族，即便巴雅爾有絕對的權威，但也不能封住部下的嘴，自己沒有實力，孤家寡人一個，如果不能表現出自己高人一等的能力，那在白族之內如何立足？

「傳令，調上林里駐軍一萬人，押送百台投石機，蒙衝車，攻城車，於明日抵達撫遠，參與攻城。」完顏不魯下定決心，撫遠一定要拿下。

諾其阿坐在一邊，臉色不是很好看，他雖然在白族裡只是一個小小的千夫長，但是是巴雅爾欽定的完顏不魯的副手，是巴雅爾重點培養的年輕一代中的頂梁柱，再加上他與白族第一大將虎赫之間的關係，讓他在白族之內官職雖低，但地位卻很高。

完顏不魯下達命令時，諾其阿並沒有提出反對意見，在他看來，上林里留下萬人駐守已經足夠，而撫遠，的確需要生力軍的加入，小小的撫遠，讓白族勇敢的戰士連接兩次失敗的話，他內心無法接受，多年來，他隨著大單于百戰百勝，哪裡受過這種窩心氣。

草原聯軍休息了，準備明天發起更猛烈的進攻，而撫遠城下，王啟年部卻仍

在埋頭幹活，主城前千步以內，將全部預設新的陣地，一排排的拒馬，鐵棘，巨石被士兵搬了出來，在這些障礙的後面，一條條新的壕溝已在開始挖掘，挖掘出來的泥土被壘成新的胸牆，而在胸牆的背後數米處，又是一條新的壕溝，如這樣的防線共佈置了三條。

在最前邊，王啟年派了一小隊士兵在地上挖出了無數小小的淺坑，這是王啟年與蠻族騎兵作戰學來的一點小方法，但卻異常實用，想想，狂奔的戰馬馬蹄一下踩進了這些小坑，馬蹄折斷，騎士摔下來，在這片洪流中，只有被踩成肉泥的下場。

王啟年部一直到下半夜，才總算按照李清的陣圖將聯線設置好。

「睡覺，全部睡覺，明天咱們在城上給兄弟部隊助威。」

王啟年在城上邊走邊喊，給士兵們打著氣，兩天下來，他的一千五百士卒已不到千人，而且其中還有很多人帶了傷，此時，輕傷是不可能下一線的，只能隨便包紮一下，好在常勝營裡有個醫術高超的恆秋大夫，這讓常勝營受傷士兵的存活機率大增。

李清也沒有睡，他站在高高的城樓上，看著對面燈火通明的蠻族大營，從明天開始，將迎來真正殘酷的戰鬥，自己這五千步卒，不知有多少人能在戰後活

下來？

今天的犧牲，是為了來日的安寧。李清在心裡安慰自己，來這裡很久了，但他仍然不能做到視人命如草芥。

佇立在城樓上，李清一直默默地站到了天亮，**完顏不魯會調動上林里的駐軍吧？這是此次作戰最關鍵之處**，否則，自己在這裡的所有犧牲都沒有價值。

凌晨時分，調查統計司的一名情報人員帶來了讓李清興奮的情報，看到急匆匆跑來的清風臉上的喜色，李清便知道事情在向著自己有利的一方發展。

「將軍，今天晚上，上林里駐紮的蠻軍開始調動，約有一萬人馬押運著投石機、蒙衝車、攻城車向撫遠而來，估計明天中午抵達。」

「魚兒咬鉤了，但還咬得不夠結實，我們還需要再加一把火啊！」李清微笑。

此時城上城下同時冒出無數的炊煙，大夥兒在準備早飯了，很快，新的一天的戰鬥便要開始。

撫遠攻防戰事正酣之際，常勝營的首席軍師李清最看重的助手尚海波，帶著一批人施施然地到了宜陵。

宜陵距撫遠要塞約有數十里，主要是山區，定州最主要的鐵礦便在這裡，這

裡的鐵礦不僅儲藏量夠多，而且品質極佳，一直以來，便把持在方氏一族方文海的手中，而現任知州方文山就是他們在定州最大的靠山。

即便是蕭遠山，雖然對於方家偷偷販賣生鐵到草原不滿，卻也無可奈何，只能暗示方文山在數量上一定要嚴格控制，絕不能讓其威脅到定州的生死存亡。

對於這一點，方文山也是無可奈何，作為定州知州，他對於方文海販賣生鐵這種戰略物資是很不滿的，這等於是直接在資敵。

草原上極其缺乏鐵礦，所需生鐵全靠交易，方氏這種作為，等於是在給他添亂，但草原的交易卻又能給方氏帶來巨大的經濟利益，這讓族中某些人對於方文山的抱怨不屑一顧，他們對草原人根本沒有放在眼中，幾百年了，也從不見草原上的蠻族能打進中原。

方文山十分無奈，只能嚴厲地告訴方文海，數量上一定要把住關，至於實際情況如何，他心中也沒有底，但每每看到方文海給方氏一族送去的銀錢，他知道對方肯定突破了自己的底線。

他只能閉口不言，甚至信誓旦旦地向蕭遠山表示，一切皆在控制之中。

自從接到常勝營的徵兵令，方文海便「適時」病倒，不能起床。由於沒有主事人，方家當然也不能亂拿主意將礦兵送到常勝營去，於是便沒理會。

但方家想不到的是，才剛過一天，常勝營便到了；更讓方家惱火的是，他們派去通知方文山的人被攔截了下來，對方將信使送回來時，臉上露出的冷笑，讓方文海意識到情況很不妙，於是乎他的病更重了。

他此時只有一個字，**拖！拖下去，等這次戰爭結束**。

尚海波是帶著恆秋來的，你不是病了麼？好，我這裡有當世神醫恆熙的親傳弟子，本家族侄恆秋親自來給你瞧病。

到方家大院時，看到那堪比要塞的高大圍牆，哨樓，還有哨樓上嚴陣以待的士兵，尚海波不由格格笑道：「防衛森嚴，難怪方家不怕蠻子打進來，即便撫遠要塞破了，他這裡也算得上是固若金湯啊！」

恆秋笑而不言，他是醫者，心思全在如何提高醫術上，對這些事並不感興趣。但不感興趣不代表他不明白，他也是大家中人，看到尚海波的動作，自然知道方家要倒楣了，**方家這次在劫難逃**。

方家大門洞開，方文海的兒子方家豪笑容可掬地率著家人迎了出來。

「尚大人光臨寒舍，不勝榮幸，請，請！」你有張良計，我有過牆梯，方家豪心裡冷笑，小小的常勝營居然想謀我方家之利，當真是不自量力。

方家豪心裡篤定得很，常勝營現在所有兵力都在撫遠要塞上，根本沒有餘力

來對付他們，只要自己拖過這一段時間，叔叔知道了消息，看那李清如何收場。

尚海波也在冷笑，今天他來，就沒有準備善了。

他帶來的數十名手下看起來不怎麼起眼，卻都是統計調查司裡專門培養出來的行動署精銳，今天他要用強了，方家豪如果閉門不見，他還真沒有什麼辦法，但既然將自己迎進門，那可是引狼入室。

嘿嘿，擒賊先擒王，拿住了方家父子，看你還有什麼招？方文山，省省吧，遠水救不了近火，更何況，咱家將軍啥時將方文山放在眼裡了?!

一行人走進大堂，尚海波也懶得說什麼廢話，道：「方大公子，想必昨天你們已接到了常勝營和撫遠縣衙的徵兵令，調你家護礦家丁到撫遠要塞協助守城，今日，我就是來領人了。」

方家豪臉色一變，喉嚨裡咕的一聲，沒見過這麼強橫霸道的，我客客氣氣地將你迎進大門，好心好意地為你泡上最好的茶水，你居然連最基本的禮節都不講，真是沒見過世面的鄉下土包子！

也不打聽一下我方家是什麼人？小小的一個常勝營長史，芝麻綠豆般的小官，也敢在我面前叫囂。不要以為有李清撐腰便覺得了不得了，在定州，什麼時候又輪到他李氏作主了。

儘管心裡氣得吐血，但臉上仍是笑咪咪地，溫言道：

「抗擊蠻寇，人人有責，我方家自是責無旁貸，只是家父病得極重，臥床不起，連話也說不得，卻無人敢作這個主啊，尚大人，宜陵鐵礦有礦工七八千人，要是沒有這些礦丁守護，可保不住出什麼亂子呢！這礦上要是亂起來，這責任誰擔得起啊？」

尚海波冷笑，「方家主病得這麼重啊？這可真是不幸，不過不要緊，我今天帶了一個極好的大夫，來來來，恆大夫，見見方大公子。方大公子，恆大夫可是恆神醫的親傳弟子，本家族侄在這定州，我敢說除了恆神醫，沒有人的醫術比恆秋大夫更強了。」

恆秋笑笑地從尚海波身後走了出來，向方家豪一揖，道：「方大公子，有禮了。」

方家豪氣得牙癢癢的，卻還不得不向恆秋抱拳回禮，尚海波他不看在眼裡，對恆秋他可不敢無禮，恆家可是不能得罪的，否則以後真有個三長兩短，想請個好醫生都請不到。

「恆兄客氣了，多謝恆兄，只是家父今日剛剛吃了藥睡下，小弟實在不敢打擾。」

「是不能打擾，還是不敢見人啊？」尚海波不陰不陽地道，這話已是直接撕破臉皮了。

方家豪臉色一變，「尚大人這是說什麼話？家父病重，臥床不起，難不成還要將家父從床上拖起來不成？尚先生敢，我可不敢，這個孝字，方某是一直放在心裡的。」

好一個冠冕堂皇的理由，尚海波嘴角抽動了一下，站起身來，手背在身後悄悄地打了個手勢。

「好，既然方家主不能理事，有方大公子也是一樣的。」尚海波從懷裡掏出一紙公文，「這是縣裡向你方家發出的第二份徵兵令了，如果再敢不從，後果可就要你們方家負責了。」

方家豪接過徵兵令，打開一看，徵兵令中的行文已是聲色俱厲，聲稱不遵徵兵令者，即為通敵叛國，為大楚公敵，全民皆可討之。

方家豪哈哈一笑，將徵兵令不屑地向桌上一拍，道：「尚大人，我方家代代為官，不敢說是大楚棟梁，但對大楚也是忠心耿耿，這通敵叛國的罪名，無論如何也是安不到我們方家頭上的。」

尚海波瞇眼道：「既然如此，為何不能為國分憂，在此危難之際，不肯遵從

徵兵令？」

方家豪冷笑道：「家父病重，不能理事，這等大事，家豪不能作主。」

「哦？」尚海波站了起來，「李將軍嚴令，今天必須帶回護礦家丁，方兄如此，讓海波如何向將軍交代？」

「那是尚大人的事！」方家豪也站了起來，甩手道：「管家，送客！」

尚海波哈哈一笑，轉身便向外行。

方家豪大感意外，本以為這個討厭的傢伙還要噁心自己幾句，沒想到他居然轉身就走，倒也識趣，便緊跟著走上來準備送客。

誰知便在這時，尚海波身後的兩名衛士忽地一竄而出，一左一右同時撲了上來，以迅雷不及掩耳之勢將方家豪扭住，兩人同時拔出刀來，架在方家豪的脖子上。

事出突然，大堂裡的方家家丁和管家都驚呆了，誰也想不到對方居然敢動手劫持大公子，這是方家公子，可不是什麼小門小戶啊！

尚海波看也不看身後，只是大步向前走去，兩名衛士扭著方家豪，緊緊跟隨。

管家大驚之下，伸開雙臂，攔在尚海波身前，同時使個眼色，便有兩名家丁匆忙奔了出去。

「站住！」管家厲聲道。

尚海波歪著頭看著管家，抬手便是一個耳刮子，打得那管家原地轉了個圈。

「你是個什麼東西，方家的一條狗而已，信不信我現在便鎖了你，把你送進縣衙的黑牢裡。」

管家捂住臉，看著尚海波今天特意穿起嶄新的官袍，這才明白尚海波可是**現管的官**，而且手裡挾著大公子，可說**滿手盡是好牌**。看著尚海波眼裡漸漸露出凶意，不由打了一個寒噤，不禁地閃開一條路。

尚海波大步走出大廳，廳外已密密地站了數十人，人人手拿出鞘的大刀，目光緊緊地盯著尚海波。

「怎麼？你們想殺官造反麼？」尚海波喝道：「這可是殺頭的大罪，而且現在正是戰時，依此罪，便誅你三族也不為過，誰有膽上前一步！」

手拿刀槍的家丁們不但沒有上前，反而為對方氣勢所逼，齊齊後退一步。

尚海波大踏步向前便行，視眼前數十把鋼刀如無物。所到之處，家丁們潮水般地向兩邊退出，讓出一條路。而緊緊跟著尚海波的兩名調查統計司行動署的人員，將刀緊緊地架在方家豪的脖子上，被如此多的刀槍圍在正中，不由有些緊張，手下力稍大些，方家豪脖子上頓時留下一條血線。

方家豪長這麼大，還沒有受過這樣的屈辱，他相信這些傢伙真敢殺了自己，緊緊地閉著嘴，被夾著走出了方家的大門。

跨上馬，尚海波回頭對方家的僕人道：「你們聽好了，告訴你們還病得起不了床的老爺，今天傍晚要是還看不到礦丁的話，那我們只好讓方家大少爺充數上前線了，嘿嘿，兵凶戰危，誰也保不了他的安全，那就自求多福了。」

一行人跨上馬，揚長而去。

隨著他們的消失，一個身材削瘦的中年人出現在方家大廳裡，保養得很好的臉上充滿怒意，雙手情不自禁地抖動著。

「欺人太甚，欺人太甚！」

「老爺，大少爺被他們抓走了，現在我們怎麼辦？」管家哆嗦著走上來，讓大少爺被抓走，生怕老爺會遷怒到他的身上。

方文海長長地嘆了口氣，「還能怎麼辦？人為刀俎，我為魚肉，讓礦丁們去吧，把大少爺換回來。」

「那礦上怎麼辦，那些泥腿子要是鬧起來……」管家有些擔心。

「把家裡的家丁都派去。」方文海屈辱地坐下來，端起茶杯，猛的又將其向地上摔去，砰的一聲摔得粉碎。

「李清，你給我等著，我方家和你沒完！」

尚海波在宜陵威風八面，但撫遠城下的情形卻已越來越緊張。

沒有了兩側碉堡的側面牽制，馮國的城下陣地受到的壓力遽增，完顏不魯從上林里調來更多的攻城器械和遠程打擊武器完全壓制了城上的反擊。

雖然撫遠城下的預設陣地是完顏不魯在以往的征戰中從來沒有碰到過的，但他以力破巧，完全用蠻力，用充足的人手來彌補破陣手段上的不足，在付出大量的人員傷亡後，一步步地壓縮馮國的生存空間，將他向撫遠城下越趕越近。

當然，作為攻擊這些陣地的主力，是那些被徵召而來的小部落，這些部落哪怕心有不甘，也不得不硬著頭皮上陣。

而作為主力的五部精銳，特別是大量的白族騎兵，目前還只是作為掩護，偶而為了激勵士氣，讓這些養精蓄銳的精兵作一次猛烈的衝擊，每當此時，馮國的傷亡便大增。

撫遠城牆上插滿了箭支，城頭上已被投石打得面目全非，目前雖然還沒有直接威脅到城牆，但最多堅持到明天，完顏不魯便可以直接對撫遠要塞進行攻擊了。

剛剛敲過四更的梆子聲，沉默的撫遠要塞便沸騰起來，無數的士兵從城牆下藏兵洞裡魚貫而出，螞蟻般地忙碌起來，釘滿倒刺的擂木被拴上繩索，安上輪架。

交戰時，這些接近城牆的擂木被放下去，清掃蟻附雲梯的敵兵，用完之後還可以拿起來再用，這是為了節省擂木。

更多的八牛弩被搬了出來，絞上弓弦，安上弩箭，粗如兒臂的強弩每次的發射都會帶走一串性命。成堆的石頭堆在垛碟下，每個重約數十斤，從近二十米的城牆上砸下去，挨上便會筋斷骨折。

牆後一陣陣的臭氣傳來，那是士兵們在煮沸滾油，並將收集來的人畜糞便加在滾油裡，這些加了料的油含有毒素，一旦澆在人身上，除了皮開肉綻被燙傷外，這些毒素侵入，極不容易治療好，一般而言，這些人都會痛苦的死去。

一捆捆的箭矢被搬來堆在城牆上，城裡的幾十部投石機蓄勢待發，由於對這場戰爭早有準備，所有相應的石彈都準備的極為充足，只是大型投石機製造難度很大，而且損壞容易，所以即便匠師營開足馬力，並徵召了不少的志願者，仍是只能勉力修復前幾天損壞的投石機，根本無力製造新的。

城下的陣地已全部失守，晚上李清便將馮國部全部撤回城內，一天的激戰，

讓馮國的右翼損失比王啟年的左翼損失更大，雖然給敵人造成了巨大的傷亡，但自己全翼已減員到只有八百人。

一個夜晚的時間，讓李清仍然動員人力將密密麻麻的拒馬、鐵棘布滿城下的地面，有效地殺傷對方的人員，是他的主要目標。

讓完顏不魯流血，再流血，然後讓他氣急敗壞之下再次調集援兵，讓上林里成為一座空營，給呂大臨造成一擊致命的機會。

「傳令給隱蔽在軍門塞的預備軍，向撫遠要塞移動，隨時準備投入戰鬥。」李清道。

隱蔽在軍門塞的預備軍足有五千人，這些人野戰肯定不行，但用來守城卻是綽綽有餘了。**這些人的存在，才是李清有充足的信心守住撫遠要塞的理由。**

完顏不魯以為他只有三四千人，但他手下足足有超過一萬人的部隊，其中戰鬥力強勁的部隊便多達五千人。三天的戰鬥，自己損失了兩千人，但完顏不魯卻足足沒了萬餘人，一比五的戰損，想必那老小子一定心疼得要命。

接下來便是更為慘烈的登城作戰了，李清毫不懷疑自己能守住城池，反而為了怎樣引誘完顏不魯將更多的軍調到這裡來而傷透腦筋，既要保證城池的安全，又要讓完顏不魯始終覺得加把勁便可以拿下撫遠，這其中的力度著實難以把握。

「將軍！」尚海波走到李清的身邊，與他並肩站在一起，眺望著遠處的大營。

他看了尚海波一眼，在尚海波身後，還站著一個臉色頹喪、約莫三十歲的男子，這肯定便是方家大公子方家豪了。

李清不由笑了，尚海波做事仍是那麼犀利，單刀直入，招招見血，拿來了方家豪，不怕方文海飛上天去。

「方公子，現在撫遠正面臨一場惡戰，能不能守住撫遠，保我撫遠數十萬百姓，便全在此一戰，值此危難之際，方公子能親臨要塞協助守城，嗯，當真是有大勇氣，大仁義啊！」李清皮笑肉不笑地道。

方家豪心中怒極，老子是自己要來的麼？是你派人將我抓來的！

看著這個比自己小了近十歲的年輕參將，不由得氣勢一落，**對方那張看似很和善的臉皮下不知藏著怎樣的城府心機，年紀輕輕，手握重兵，揮手間將蠻族斬於陣前，冷看萬餘生靈死於面前而不變色，換了自己，有這份氣度和心胸麼？**

李氏，這個大楚第一豪門果然是人才輩出，一個庶出子弟便有這等能耐，那他們精心培養的嫡傳子弟又如何呢？

「將軍，尚先生！」楊一刀走了過來，「剛剛縣衙路先生傳來消息，方家已將四百礦丁派來了，他們的管家想見將軍和他們家公子。」

果然，方文海還是老老實實地聽話了，李清笑道：「嗯，方家不錯，此戰過後當獎，將那四百礦丁帶來，由馮國安排吧，對了，那位管家要見我是吧，帶來吧！」

「見過李將軍！」方忠深深地彎下腰，向李清施禮，「遵將軍號令，我方家已將四百護礦家丁全部帶來，所需武器均已自行配齊。」

說話間，李清看到那四百人已經上了城牆，馮國正笑嘻嘻地接收，分配，一個個的果長眉開眼笑地將這四百人帶到自己守駐的位置。

昨天一天激戰，損失慘重，現在一下子有了四百個裝備精良，訓練有素的老兵來補充隊伍，無不大喜過望。這可比一批菜鳥強多了，來一批菜鳥，還沒搞清楚狀況便死翹翹了。

方家豪心裡卻在滴血，這可是自己家精心培養多年的精銳啊，被這個天殺的傢伙這樣拖上前線，一仗打下來，也不知還有幾個能活下來。

「方家主的病好些了麼？」李清一邊看著城上士兵的佈防，一邊漫不經心地問道。

「承蒙將軍關心，已好多了，能起床了。」方忠陪著笑臉道。

「哦，那好，等此戰過後，我會去探望方家主，對他能派出人手援助本將表

示感謝。」李清轉過頭看著方忠。

方忠臉上一陣抽搐，卻也只能陪笑道：「多謝將軍，只是我家老爺病著，家裡不能沒有人主持，還請將軍放我家公子回去。」

李清故作詫異地道：「放方公子回去，這怎麼行？方家有四百人在這裡，怎麼也要有人在這裡主持負責，方公子正是合適人選，方家主既然能起床，想必已大好了，方公子在這裡耽擱幾天應當沒什麼關係吧，放心，過幾天仗打完了，我親自送公子回去。」

方忠恨不得抽自己一嘴巴，說什麼家主已大好，能起床了，將公子留在這危機四伏的戰場上怎麼行！刀劍無情，萬一公子有個三長兩短不就糟了！而且，怎麼看這個李將軍都似不懷好意，就更不能將公子留在這裡了。

心中不由佩服家主的先見之明，果然如此，幸虧已做了準備。

方忠從袖筒裡摸出一張銀票，恭敬地遞給李清，「將軍，家主說將軍立營不久便來撫遠抗擊敵寇，想必軍費很是緊張，這是家主的一點小意思，請將軍收下。」

送銀子？李清心中一喜，自己還真是缺錢啊！

李清接過銀票，一看之下，不由一驚，這方家倒還真是大手筆，一送就是十

萬兩銀子，看來方家還真是有錢，為了買回自家公子的命，還真捨得下本錢，想當初李氏只不過給了自己十萬兩銀子而已呢。

「好啊，不錯不錯，方家主病重，我將大公子留在這裡也確是有些不合情理，啊，這樣吧，讓方公子回去盡孝吧，怎麼樣尚先生？」

尚海波微微點頭，「將軍所說極有道理，百善孝為先嘛。」

方忠鬆了口氣，公子總算是救回來了，但那四百礦丁只怕是肉包子打狗，有去無回了，但只要公子無恙，這些礦丁隨時可以再裝備起來。

對面連營裡響起連綿的鼓聲，李清道：「敵人要進攻了，方管家和方公子快些回去吧，這裡兵凶戰危，可不能傷了大公子的萬金之體，這就請便吧！」

看到兩人離去，李清臉上的笑容慢慢收斂，看在十萬兩銀子和四百個兵丁的份上，就讓你多活幾天吧，收拾你們倒也不急在一時，現在老子忙著玩完顏不魯呢！

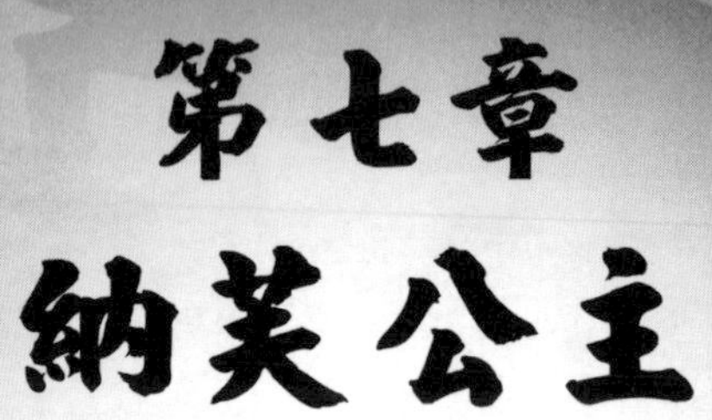

第七章 納芙公主

「敵人？」那名親衛奇怪地看了一眼諾其阿，大搖其頭，「不是敵人，將軍，是納芙公主來了。隨身帶了百多名侍衛，現在已進了上林里。」

「什麼？」諾其阿只覺得頭皮發麻，這個時候納芙公主跑來了，這不是添亂麼。

短短的一個時辰，完顏不魯便用人命鋪出了通往撫遠要塞主城牆的大路，密密麻麻的拒馬，鐵棘被一掃而空，深深的壕溝也已被填平，打到這個時候，別說是完顏不魯，便是冷靜的諾其阿，以及那些本錢很小的部落頭人，也被激出了戾氣，打出了血性。

慘重的傷亡讓他們基本失去了理智，看著已完全暴露在自己面前的撫遠，便如同一個剛從牢裡放出來的的血氣方剛的壯漢，驀地見到一個國色天香的美女脫得精光站在自己面前，哪裡還忍受得住不撲上去。

「殺進城去，血洗撫遠。」城外蠻兵的狂叫讓城上的人駭然失色。

李清也被對手不計成本的進攻搞得有些傻眼，像這樣打下去，即便完顏不魯打下撫遠，他又還能剩下幾個人呢！

「他媽的，這人瘋了！」李清忍不住抱怨，「尚先生，看來我們要提前讓預備軍上陣了。」

原本是準備抵抗個五天後再讓預備軍上來，因為李清要保全久經陣仗的老卒，但現在這個形勢，完顏不魯顯然已失去了理智。

「今天抵擋一天，明天再給他加一把火。」

尚海波神情亢奮，讓李清不得不懷疑這傢伙骨子裡就是個好戰分子，看著城

上城下四處倒斃的士兵屍體，李清都覺得有些不忍卒睹，這廝卻愈來愈興奮。

「將軍，找準時機，可以利用甕城誘殺他們的大將！」尚海波指著城裡道。

甕城是在撫遠要塞的大門內築一道內城，如果敵人打破城門，城門內設的千斤閘落下來，將城門徹底封死，然後甕城的敵人便成了甕中之鱉，上天無路，入地無門。

甕城不像外城那樣還有樓梯可爬，全都是光溜溜的條石包牆，被陷在裡面，根本沒有一點生路可尋。

「今天頂過去後，晚上偷偷派兵出城，將我們上次在安骨繳獲的完顏不魯的金帳裝在城外，看那完顏不魯瘋不瘋！只要他一瘋，絕對會將上林里的兵都調來，那時候，嘿嘿，上林里就完了。」尚海波手舞足蹈地道。

「對了，將軍，調查統計司對上林里有安排嗎？」尚海波忽地想起一事，轉頭問李清。

李清微笑，「這事，你得去問清風司長。」

清風？尚海波微微一皺眉頭，道：「將軍，有件事我不得不說。是關於調查統計司的。」

「什麼事？」李清有些詫異，尚海波從不過問調查統計司的事，這也是他的

高明之處，知道要為老闆留一些能絕對把握的權力。

「就是調查統計司對自己人的監控有些太過分了。」尚海波吞吞吐吐地道：「這讓將領們有些害怕，便是我也害怕啊，我可不想將軍您對我每天穿什麼顏色的內褲都知道。」

李清不由放聲大笑。尚海波講得有道理，清風對自己人的監控實在是有些太過了，這會讓將士們產生惶恐心理。

「你說得不錯，這事我會跟清風再好好溝通的。」李清道。

馬蹄聲突然如雷般響起，一道道騎兵洪流洶湧而來，奔到城下數十步，漂亮的迴旋側轉，騎士在馬上彎弓搭箭，嗖的一聲，一支利箭向城頭射來。

上萬騎士策馬馳過，有數萬支箭射上城來，一時間，撫遠城的上空便如同下起了箭雨，天空幾乎被遮蔽，士兵們有的躲在死角，有的舉起盾牌，只聽得盾牌上一陣嗶嗶剝剝的亂響，便給扎得刺蝟一般。

城上也開始了反擊，首先擊發的是八牛弩，粗如兒臂的弩箭射出，在空中發出尖厲的嘯聲，蠍子炮開始傾泄石彈，宛如冰雹一般落下去，內城的投石機在吱吱呀呀的一陣令人牙酸聲音後，轟的一聲，便有一塊數十斤重的石彈高高拋起，落向城下。

相比於八牛弩和蠍子炮，顯然投石機的殺傷力更大，比起蠻族的投石機，撫遠城內的投石機品質更好，射程也更遠。

尤其是撫遠內的專供投石機所用的石彈，被精心打磨成了圓形，從空中落下後並不停止，而是骨碌碌地向前滾動，所過之處，自然是留下一道血槽。

饒是城下騎兵精銳馬術超群，但能避過第一個，也避不過第二個第三個，何況城下一落便是數十個石球，一時間，剛剛還威風八面、壓制得城上抬不起頭的蠻族騎兵便死傷慘重。

但是他們的這一輪壓制也頗有成效，短時間內，蠻族步兵已是衝到了城下極近的距離，蒙衝車和攻城車也到了離城數十步的距離。

兩隊騎兵用長繩拉著一根長長的尖頭巨木，飛速地衝了上來，距離城門十數步的地方，兩隊一左一右忽地轉向，同時將手中繩子拉直，一聲大喝便拋了出去，尖頭巨木便依慣性作用狠狠地撞向城門，發出咚的一聲巨響，整個城牆似乎都跟著搖動起來。

「媽媽的，這樣的騎術，老子的騎兵望塵莫及啊！」看到對方騎兵居然如此嫺熟地用巨木撞擊城門，一向自視甚高的姜奎張大了嘴。

「這是白族的騎兵。」李清動容道：「白族騎兵，號稱天下騎兵之最，果然是名不虛傳。姜奎，如果他們也有一支和你一樣戰術紀律嚴明的隊伍，你會吃大虧的。」

姜奎連連點頭，「將軍說得不錯，看來以後我不僅要訓練士兵的紀律，騎術也要加強啊！」

見手下將士能看到敵人的長處，並吸收使用，這讓李清很是欣慰。

「將軍，我率隊出去衝一波吧。」姜奎請戰。

「先等一等，等到他的部卒上來時，我們再開城門反擊。姜奎，你衝出去後，重點是破壞他們的攻城車和雲梯，儘量殺傷步卒，不要與敵人騎兵接戰，我們要讓他們的騎兵下馬來作為步兵攻車，哼，以敵之短來攻我所長，讓他好好地吃足苦頭。」

「是。將軍，我明白了。」

對方的投石機推到了對撫遠的射程之內，對城頭開始投石，空中傳來巨大的呼嘯聲，看著無數的巨石從天而降，士兵們無不奔跑躲避，這可不是箭支，盾牌可以遮擋，這玩意兒砸下來，可是能連人帶牌統統砸成一堆肉團。

城內的投石機立即調整了攻擊目標，數十枚巨石奔向對方的投石機，這時

候，城內投石機在技術上的優勢便顯現了出來，射程遠，他們能打著對方的投石機，對方卻打不著他們，而且蠻族的石彈沒有打磨，形狀也是千奇百怪，落下來後基本都是重重地砸一個坑下去，便停止不動，比起常勝營用的圓形石彈傷害性可就小多了。

石球在擊出後，即使不能準確命中對方的投石機，但只要滾起來，撞上投石機也可以有效地摧毀，便是撞死幾個操縱投石機的士兵也很不錯。

「這個指揮投石機的指揮很不錯啊！」李清讚賞道。

投石機的操作可是一門高技術，射程、仰角都需要經驗，這個傢伙沒有等上面的命令，當機立斷地改變了打擊方向。

「將軍，指揮投石機的是一個叫汪俊林的果長。」楊一刀道。

嗯，李清點點頭，將這個名字記在了心裡。

對方的投石在這一陣打擊後，明顯稀疏起來，但這個時間裡，雲梯已搭上了城牆，無數的蠻兵蟻附而上，攻城車在離城數十步的地方，對城上進行壓制射擊。

今天的攻城車明顯進行了改裝，高度達到十數米，高高的雲臺上站了數十名士兵，在他們的身前插滿了盾牌，躲在盾牌後面的士兵便操縱著弓弩或是弓箭，向城上猛射。

一輛輛蒙衝車衝上來，緊緊地頂在城牆上，在他的下邊，一隊隊的士兵鑽出來，跟著前面的士兵向城牆上攀爬。

「姜奎！出城衝擊！」李清大聲下令。

城上，士兵們冒著箭雨和天上不時落下的石頭，將城頭的巨石拋下去，反正城下都是人，用不著瞄準，十幾個士兵同時放下城頭架子上的滾擂，帶著風聲落下的擂木將他下面雲梯上的士兵一掃而空，再大聲吆喝著將擂木拖上來。

擂木上尖利的鐵尖上還掛著幾個蠻兵的屍體。有的士兵被箭矢命中，仆倒在地，擂木便重新落下去，下面又響起一片慘叫。

一排士兵抬起煮沸的滾油，快速奔到城邊向下倒去，被滾油淋到的士兵發出淒厲的慘叫，裸露在外的皮膚整塊被燙掉，露出森森白骨。

攻城戰甫一開始，便進入到白熱化的狀態。

城門突然洞開，有經驗的老兵知道此時對方打開城門，必然是要進行反衝擊，而且肯定是騎兵，騎兵不可能在剛衝出城門便轉向，一定是向前筆直前行，只要躲到兩邊，便可保無虞。

而那些沒有經驗、血氣方剛的年輕人可就慘了，看到城門打開，興奮地揮舞著手裡的武器便朝城門而去，自是悲劇的下場。

姜奎一出城門，立即揮軍直撲千步開外的投石機，按照李清的吩咐，盡量毀掉對方的這種重型武器，減輕城頭的傷亡。錐形的衝擊陣形一經展開，立即深深地扎入攻陣隊伍之中，一路狂飆猛進，根本不與對方步卒糾纏。

但遭受過李清數次反衝擊，吃過大虧的完顏不魯早已防著對方重施故伎，眼見城門洞開，立即派出早已佈置好的騎兵，完顏吉台率領一部騎兵馬上迎了上來。

在距離投石機兩百步，兩隊騎兵狠狠地撞在一起，成散兵陣形撲上來的白族騎士衝不到姜奎部的隊列之中，只能在這條長龍的外圍，將常勝營騎兵砍下馬來，但大隊的騎兵仍從他們的陣形中一穿而過，直撲投石機。

「第二次，這是第二次了，對方的騎軍輕而易舉地鑿穿我們的陣形。」

觀戰的諾其阿心裡駭然，上一次是部落騎兵，可這一次是白族的精銳啊，**這李清到底有什麼奇方妙法，將不久前還是一群農民的傢伙變成了如此精銳的部隊？**

「左校王大人，我去接應吉台。」諾其阿道。

完顏不魯臉色不豫，很為兒子的不爭氣而惱怒，但他只能點頭，如果不派出援軍，己方的投石機可就危險了，對方明顯是衝著這個來的。

得到命令的諾其阿率部衝了過來，但此時姜奎部的前鋒已衝到了第一排投石機前，看到氣勢洶洶而來的騎兵，操縱投石機的步卒們嚇得一哄而散，真是笑話啊，自己手裡只有一把短刀，去和騎兵對戰，不跑難道等死嗎？

鋒利的馬刀拔出，借助馬力，揮刀劈向投石機的支柱，往往三四騎一過，這架投石機已轟然倒下。激起的煙塵遮天蔽日，使得後來的騎軍不得不策馬避讓，這便讓整齊的隊形開始散亂。

恰在這時，諾其阿率部趕到，經驗老到的他立即抓住了戰機，自己一馬當先，從中間橫穿而過，將落在後面的一部常勝營騎兵截住。

姜奎回頭看時，已有近二十台投石機倒在地上，這一次衝擊的目的已經達到，猛吹口哨，常勝營騎兵又開始形成整齊的隊列。被諾其阿截住的一部奮力衝殺，計有百餘騎。

但此時姜奎已顧不得再去援救他們了，如果回頭，一旦被敵人騎兵圍住，失去速度，那這些騎術戰力均不如對手的騎兵將成為對方的魚肉。

回頭看了一眼被包圍但仍在奮力衝殺的部眾，姜奎只默默地在心裡說了一聲對不起，便躍馬向前，再一次向撫遠城方向衝去。

此時正好完顏吉台一頭衝了上來，被姜奎部輕易衝破隊形，擊毀了數十台投

石機，完顏吉台氣得兩眼冒火，哇哇叫著揮兵趕來，恰好又一頭撞上姜奎部的迎面衝擊。不論完顏吉台如何努力，姜奎仍是輕而易舉地衝破了他散亂的騎兵防線。

狂怒的完顏吉台揮軍銜尾急追，白族精銳的控馬技巧的確是沒得說，千多米的距離，雙方都在策馬急馳，居然讓他一步步迫近，距離姜奎部的尾巴僅僅只有數米之遙，眼見著只要再追上一截，便可斬斷這條蛇尾了。

城上的李清看見這一幕，立即下令，「放他們進來，將完顏吉台也給我放進來！」

城門洞開，姜奎一馬當先衝進城去，當先而行的完顏吉台看到對方居然沒有壯士斷腕，趕緊關上城門，反而大開城門迎接斷後的騎兵，心中狂喜，大呼：

「勇士們，衝進去，奔取城門！」

白族騎兵亦是大喜，一路緊跟著常勝營騎翼的尾巴，風馳電掣般地奔了進去。

剛剛將包圍起來的常勝營騎兵剿完的諾其阿緩了口氣，便發現完顏吉台衝進城去，心中大驚，策馬狂追過去。

「回來，不要進去。」諾其阿知道對面的將軍不是傻瓜，更不是一個軟心腸的人，即然將完顏吉台放進去，肯定是有法子對付他。

但諾其阿發現的太晚，完顏吉台又追得太急，迎接衝過來的諾其阿和他的騎

兵的，是城上如雨的利箭與城門上那重達萬斤的閘門，看到閘門落下的諾其阿臉如死灰，完顏吉台完了，這個蠢貨！

「攻城，爬上去，爬上去！」氣急敗壞的諾其阿瘋狂地衝著攻城步卒狂吼。

追進城去的完顏吉台狂喜的心情轉瞬間便沉到了谷底，隨著內外兩道閘門同時落下，他追進來的上百騎兵被關在一個深達數十米的甕城中。

甕城上，李清笑咪咪的臉出現了，「蠢蛋，你上當了，說說吧，想怎麼死？」

完顏吉台抬頭，引弓，嗖的一箭便射了上來，李清身邊的楊一刀伸出盾牌一格，噹的一聲，利箭深深地扎在盾牌上。

「臂力不錯！」李清很是惋惜地看了他一眼：「滅了他們！」

在臨死的一剎那，完顏吉台只來得及狂喊一聲：「阿爸！」

完顏不魯呆住了，看到城門落下，**他知道自己又要失去一個兒子了**，兩眼發直，呆呆地看著那緊閉的城門，猛的嘴一張，一口鮮血噴將出來，噗通一聲，從馬上倒栽下來。

這一天的攻擊因為完顏吉台的覆滅，完顏不魯昏倒而草草收場，整個草原聯軍大營裡一片愁雲慘澹。

一連四天的攻擊，付出了萬餘條性命，只不過打到了撫遠城下，戰事的慘烈程度甚至超過了上一次的撫遠血戰，守軍依然如上一次那般頑強，而且戰術變化更多，也更難打了。各個小部落已是人心惶惶，都在猜測是否會就此撤軍。

完顏不魯的中軍大帳裡，各部頭人聚集在這裡。

完顏不魯剛剛醒過來，將自己關在營帳中，任誰也不見，雖然各部頭人都能體諒此時完顏不魯的心情，但大軍營集在此，卻不能不來找他拿主意，是攻是撤必須要儘快做出決定。

眾人的目光都轉向諾其阿，諾其阿的臉色陰沉無比，一連兩次，他在常勝營手裡都吃了虧，這讓一直自視甚高的諾其阿感到無比屈辱。

諾其阿沉吟片刻，大步走到大帳前，沉聲道：「左校王大人，屬下諾其阿求見。」

大帳裡一片寂靜，諾其阿立於帳外，一動不動，耐心地等待。

過了片刻，帳裡傳來完顏不魯的聲音：「諾將軍，請各部頭人都進來吧！」

眾人心裡都是一鬆，諾其阿打頭，魚貫而入。

完顏不魯高坐於案首，神情平靜，除了眼睛有些紅腫之外，看不出有什麼異樣之處。

「各位頭人，請坐吧！」

「撫遠四日血戰，我們付出了極大的代價，現在終於接近了目標，打到了撫遠城下，勝利就在眼前，我們絕不能放棄。這不僅是我的意思，也是巴雅爾大單于的意思，撫遠要塞必須拿下。」完顏不魯緩緩地道。

諾其阿心中一愣，大單于的意思是能打下就打下，並沒有說一定要打下撫遠，**完顏不魯為什麼要這麼說？是激勵各部頭人，給他們施加壓力，還是另有目的？**他中感到有些隱隱不安。

「所以，請各部頭人明日更加努力，不拿下撫遠，誓不甘休。我已決定調上林里的一萬名駐軍攜帶更多的攻城器材前來，命令剛剛我已發出。明日清晨，援軍將到，我要在一天之內攻進撫遠要塞。」完顏不魯的聲音有些高亢，臉上浮現出一片潮紅。

諾其阿大吃一驚，上林里本來便只有一萬駐軍了，全部調來，那上林里豈不成了一座空城，如有意外，後果不堪設想，巴雅爾大汗秋狩的計畫將全部泡湯。

「左校王，不能調動上林里的駐軍。」諾其阿站起來，大聲發表異議，「上林里是我們後援重地，是大單于秋狩的前進基地，必須確保那裡沒有任何意外，左校王，要拿下撫遠，我們現在手裡尚有近四萬軍隊，足夠了。」

完顏不魯看了眼諾其阿，正想開口說話，外面忽地傳來一陣急促的腳步聲，「左校王，左校王！」一名親衛一掀帳簾，闖了進來。

完顏不魯大怒，「混帳，你竟敢擅闖中軍大帳，來人，給我拉下去砍了。」

那親衛嚇得噗通一聲跪下：「大人，我有要事稟報。」

看到這名親衛眼中淚水直流，完顏不魯心中詫異，這親衛是他安骨部落裡的老人，流血容易流淚難，今日怎麼如此失態？

正在此時，外面也傳來陣陣喧嘩聲，各部頭人幾乎都站了起來，**莫不是炸營嘩變了？**眾人臉上都是變色。

「大人，大人，金帳，您的金帳！」

「什麼？」完顏不魯呼地站了起來。

「您的金帳被常勝營立在了城下，上面還掛著……還掛著兩顆頭顱！」

完顏不魯一言不發，抬腳便奔向帳外。

撫遠城上燈火通明，將城下不遠處那頂金碧輝煌的大帳襯得更加耀眼，帳頂那高高的旗桿上垂著兩顆頭顱，一顆完顏不花，一顆完顏吉台。

各部頭人面面相覷，去年冬天消滅安骨部落的血案，果然是定州軍做的。

完顏不魯如同木雕泥塑一般佇立在馬上，嘴角絲絲血跡滲出。幾名出自安骨

部落的親衛躍馬而出，奔向撫遠城下。

出乎所有人意料，城上之人居然沒有放箭，放任完顏不魯的幾名親衛奔到跟前，下馬攀爬上旗桿，將兩顆頭顱取了下來。

完顏不魯仍是一言不發，打馬便向回走，到得中軍大帳時，親衛們已追了上來，將兩顆頭顱呈給他。

完顏不魯將兩個兒子的頭放在案上，完顏不花已死了很久，但他的頭顱被用石灰硝製過，仍是栩栩如生；完顏吉台則慘多了，頭顱變形，到處都是傷，只能勉強辨認出是他本人。

完顏不魯將兩顆大頭端正地放在案上，面朝帳中眾位頭人，各人齊齊身體發麻，同時心中也起了一股同仇敵愾之氣，兔死狐悲的感覺油然而生。

一股濃濃的殺氣開始在帳裡蔓延，諾其阿知道事情到了這一地步，已沒有什麼可說的了，於是站起來道：

「左校王大人，請在上林里給我留下三千，不，兩千人，我回去守上林里，其餘的八千駐軍全部來進攻撫遠，我祝左校王馬到成功。」

完顏不魯向諾其阿一揖，諾其阿的身分與眾不同，如果他真要強硬反對的話，自己也對他莫可奈何，但他此舉已是表明支持自己了。

崇縣，雞鳴澤，呂大臨駐營處。

天剛濛濛亮，過山風便急如星火般地一路跑到呂大臨居住的木屋裡，咚咚地敲響了大門。

「呂將軍，撫遠急信，魚兒上鉤了，請呂將軍即刻出兵。」

屋裡的呂大臨一躍而起，只穿著內衣便打開了房門，一把揪住過山風，「你說什麼？上林里的駐軍真的走了？」

過山風用力地點頭，「是的，上林里最後的一萬駐軍已在昨天半夜出發，估計約有七八千人，也就是說，上林里現在只有二三千駐軍。李將軍說，請呂將軍在拿下上林里後，立即回軍夾擊完顏不魯，將蠻軍全殲於撫遠城下。呂將軍，機會來了。」

「好！」呂大臨一聲大喝，奔回屋裡，一把抱起自己的盔甲武器，急匆匆地衝向外面，「吹緊急集合號，全軍集結，準備出擊。」

號角聲中，一群群的士兵手執武器從木屋中奔了出來，牽上自己的戰馬，跨馬而上，一盞茶時分，一個個方陣便整齊地排列在呂大臨的面前。

沈明臣匆匆地奔來，邊走邊繫著衣裳的帶子，一臉困惑地道：「怎麼了，出

什麼事了？」

呂大臨大笑，「沈大人，時候到了，李將軍成功地將上林里的駐軍全部吸引到了撫遠城下，現在上林里只有不到三千駐軍和數千奴隸，我們立即出擊突襲上林里，將巴雅爾那狗雜種屯集的物資一把火全燒成灰，讓他哭去吧！哈哈哈！」手裡大刀一揮，前鋒軍撥馬便行。

過山峰一騎當先，和他的斥候隊走在最前，為大軍引路。

「**他當真做到了！**」沈明臣喃喃地念了幾句，也跨上戰馬，在親衛的簇擁下，隨著大軍向雞鳴澤而去。

諾其阿只帶了幾十名親衛，飛馬趕回上林里，在途中碰上前去撫遠支援的軍隊，截住二千人，一路飛奔，趕回上林里的時候，已是三更時分，上林里燈火通明，一片寧靜，他總算是鬆了一口氣。

看到諾其阿親自趕回來，留守的一名百夫長吃了一驚，趕緊打開大門，將諾其阿放了進來。諾其阿躍下馬來急急問道：「怎麼樣，特里，一切都還好吧？」

叫特里的百夫長傲然一笑，「將軍放心吧，上林里這裡隔著定州遠著呢，安全得很，我手下有三百精銳，以維持這裡的安全。」

「這裡的奴隸還平靜吧？」諾其阿很擔心上林里這裡的數千奴隸要是知道大軍已去，會不會有什麼騷動。

「這些奴隸恭順得很。」特里得意地道：「大軍一去，我立即便調派了一百人專門去守護奴隸營，要是他們敢有什麼異動，我中的刀箭可不是擺設，現在將軍帶了兩千人回來，更是高枕無憂了。」

諾其阿滿意地點點頭，回頭吩咐手下的軍將放出斥候，自己決定要好好地休息一下，這幾天以來，人不解甲，馬不卸鞍，今天又馬不停蹄地一路狂奔回上林里，著實累壞了。

「你做得不錯，但上林里的防衛還要更加強，巡邏隊加倍，做好發生意外的準備。」諾其阿一邊說，一邊將手裡的馬鞭扔給親衛。

「是，將軍！」特里恭敬地道。

此時，看似平靜的上林里奴隸營卻是暗潮湧動，幾個漢子正偷偷摸摸地摸到一個個的奴隸營地。

「胡大哥，你怎麼來我們這裡了？小心被抓住，那可是要砍頭的，最輕也要被抽一頓鞭子。」一個年輕的奴隸看到胡東竟然摸到自已這一小隊奴隸中來，頓時大吃了一驚。

胡東來上林里並不久，他本身是常勝軍調查統計司行動署的人，前一段時間借上林里大舉向撫遠城下運送器械糧草，找了一個機會，在途中混了進來，居然沒有被發現。

這也是上林里的奴隸一向平靜恭順，讓這裡的管理者很是鬆懈，連最基本的清點名冊都沒有做，胡東等人來到上林里奴隸營後，便開始偷偷地四下聯絡，很是聚攏了一批人。

「謝老弟，知道嗎？李將軍在撫遠大敗蠻子，連蠻子左校王的兩個兒子都被李將軍幹掉了！」胡四興奮地道。

「真的嗎？」謝科臉上也露出驚喜的表情，「胡大哥，是真的嗎？你怎麼知道？」

謝科本是定州人，家裡小有田地，比一般人的家境要好得多，也讀得起書，本來準備要去趕考的，沒有想到蠻軍一場入侵，將他擄了來，家裡的人殺了個一乾二淨，對蠻子的仇恨那是到了骨子裡。

幾年的奴隸生活讓一個白面書生如今已是大為改變，手上磨起了厚厚的老繭，臉上佈滿風霜之色。

胡東小心地看了一下四周，壓低聲音道：「不瞞兄弟你說，我是自願混進

來的。」

謝科吃了一驚，還有人自願到這裡當奴隸?!但胡東接下來的話便讓他釋然了。

「我是李將軍的人，早在撫遠開戰前，李將軍便想著收拾這裡的蠻子了，我已接到消息，很快就有大隊人馬來攻打上林里。」

胡東緊張地觀察著謝科，如果謝科的神色稍有不對，自己便立即發難，將他幹掉。

謝科臉上的驚訝只持續了一下，便露出歡喜的顏色，「胡大哥，你真是定州軍的人？」

胡東嘿嘿一笑，「我是常勝營的人，怎麼樣，敢不敢跟我幹？」

「幹什麼？」謝科道。

「等大軍進攻上林里的時候，我們從裡邊鬧將起來，接應大軍進入上林里。」胡東道。

「幹，為什麼不幹？我等這一天很久了，這些天殺的蠻子，殺了我全家，我與他們誓不共立於青天之下。」謝科咬牙切齒地道。

「好，可是兄弟要想好了，這可是要玩命的，弄不好就會死。」

「死有什麼大不了的，現在這樣活著跟死有什麼兩樣？」謝科握緊拳頭，恨

恨地道：「只要能殺蠻子，我什麼都願意幹。」

胡東滿意地笑道：「好，謝兄弟，你去聯絡一些人，要絕對可靠的，到時聽信號，看到我那邊亂起來，你這邊便同時發動。」

謝科用力地點點頭。

胡東拍拍他的肩，轉身又偷偷地摸向下一個目標所在。

奴隸營數千人，百多個士兵根本無法看護，只能站在高高的哨樓上警戒，這對於受過專業培訓的胡東等人來說，完全是小菜一碟。

此時的草原上，穿過雞鳴澤的定州騎軍正向著上林里急趕。

「呂將軍，我部已前行掃清對方的哨探，正擴大搜索範圍，力爭讓上林里在最後時刻方才知曉我軍的突襲行動。」過山風策馬走在呂大臨的身邊。

看著過山風雄壯的身材，呂大臨不由暗讚一聲，「過校尉以前在哪裡服役，像你這樣的好漢，沒理由我不知道啊？」

過山風尷尬地一笑，「不瞞將軍，以前過某是崇縣的一個土匪，被李將軍拿住了，李將軍寬宏大量，沒有追究我過去的罪責，反而讓我戴罪立功，因為上一次突襲安骨立功，被提拔為鷹揚校尉。」

呂大臨不由一笑，定州是軍州，對土匪一向是以剿為主，很少招安，李清倒是不拘一格用人才，像過山風這種傢伙，還真是一員悍將。

「李將軍對你很好？」一邊的沈明臣問道。

「那是！」過山風很是驕傲地道：「李將軍可不是一般人，不僅能容我們這些以前的山匪，甚至還請了先生教我們識字，說我們以後可是會當將軍的，要是不識字怎麼行？過某以前大字不識一個，連自己的名字也寫不好，現在可不同了，我已經能自己寫軍報了。」

呂大臨和沈明臣對看一眼，李清果然其志非小，**教軍將識字**，**別說是定州軍**，**便是整個大楚軍中**，**也是罕見之事**。

看著兩人神色，過山風還以為二人擔心襲擊上林里不順，便道：「二位大人不需擔心，我家將軍在上林里已埋了釘子，在我軍襲擊上林里時，釘子便會發動，鼓動那裡的幾千奴隸造反，這樣一裡一外，憑上林里那兩千兵馬能濟什麼事，還不是手到擒來?!」

呂大臨驚訝地道：「李將軍早在上林里有了佈置？」

「嗯！」過山風點點頭，「從準備這個計畫開始，對上林里的滲透便開始了，所以說這一次是穩穩當當，二位大人放心吧。」

看到李清早有安排，呂大臨倒是更放心，只有沈明臣心事重重，李清如此深謀遠慮，也不知道他對於蕭大帥後續的安排有沒有什麼應對之策？

凌晨，睡了一個好覺的諾其阿爬了起來。

一夜無事，讓他也有些自嘲地想著自己實在是有些神經質了，這麼多年，還從來沒有大楚軍隊敢深入草原攻擊的，抹了一把臉，吩咐親衛準備早飯，這些天一直沒有吃上一頓好的，今天可以美美的吃上一頓手抓羊肉了。

「把昨天派出去的斥候找來，我有事吩咐他們。」他對親衛道。

手抓羊肉很快便端了上來，倒上一杯酒，正要大快朵頤之際，親衛卻有些慌張地跑了進來，「將軍，昨天派出去的斥候，到現在還沒有一個人回來。」

噹的一聲，諾其阿手裡的酒杯掉在桌上，昨天自己派出去數十名斥候，居然沒有一個人回來？

出事了！諾其阿猛的站了起來，如果三五個沒有回來，也許是事出有因，但幾十個全都沒有回來，只能說明一件事，**自己最怕，也是最擔心的事情發生了，草原上出現了敵人**。

「將軍，將軍！」又一個親衛慌慌張張地奔了進來。

「出了什麼事，是不是發現了敵人？」

事到臨頭，諾其阿反而鎮定下來。

「敵人？」那名親衛奇怪地看了一眼諾其阿，大搖其頭，「不是敵人，將軍，是納芙公主來了。隨身帶了百多名侍衛，現在已進了上林里。」

「什麼？」諾其阿只覺得頭皮發麻，現在敵人已出現在草原上，目標肯定是上林里，怎麼這個時候納芙公主跑來了，這不是添亂麼。

「公主怎麼跑到這裡來了，走，趕緊讓公主回去。」諾其阿大怒。

「諾其阿，你好大的膽子，敢這麼說我。」

一柄鑲金嵌玉的小馬鞭伸了進來，挑進帳簾，緊跟著一張似怒還嗔的面孔出現在諾其阿的面前，鹿皮靴子踩在地毯上，挑釁般地盯視著諾其阿。

「參見公主！」諾其阿苦笑著跪下去。

真是屋漏偏逢連夜雨，行船又遇頂頭風，這個要命的關頭，這位姑奶奶卻來了，還讓我活不活啊?!

納芙走到上首，歪坐在椅子上，將靴子擱在案首，一隻手輕輕敲擊著馬鞭，哼道：「諾其阿，剛剛聽你的口氣，好像對我來這裡很不滿意啊？」

諾其阿苦笑不堪，這位大單于的千金公主是出了名的刁蠻任性，天不怕地不

怕，在族裡沒少讓人吃苦頭，便是虎赫大人，對她的胡鬧也只能一笑置之，誰讓大單于兒子好幾個，卻只有這麼一個女兒呢？自然是爹爹慣著，哥哥護著。

諾其阿知道大單于的幾個兒子一向是明爭暗鬥，但他們有一個共同點，便是對這個妹子呵護備至，誰要是惹了這位公主，那可就是捅了馬蜂窩，但千不該萬不該，她不該這個時候來上林里啊。

「你們都下去吧！」諾其阿一揮手，對帳裡其他人說。

諾其阿的部下馬上退了出去，但納芙的侍衛卻一個也沒有動。諾其阿皺眉道：「你們也出去。」

侍衛們遲疑地看著納芙，納芙果然像被踩了尾巴一般，猛的跳起來抗議道：「諾其阿，你什麼意思，敢趕我的侍衛？」

諾其阿搖搖頭，「公主，你相信我嗎？」

納芙遲疑了一下，點點頭。

「那好，請讓您的侍衛們出去，我有話對公主說。」

納芙盯著諾其阿片刻，小馬鞭一晃，侍衛們立馬消失得一乾二淨。

「公主，您是私自跑出來的吧？」諾其阿也不客氣，開門見山地道。

納芙臉微微一紅，但馬上又端起了架子，「諾其阿，你瞎說什麼？我是得到

阿父的允許，特地來上林里視察的。」

諾其阿搖搖頭，大單于豈會讓一個從未參與過政事的小公主來上林里視察。

「公主，請您馬上率您的侍衛離開，越快越好。」

納芙大怒，「諾其阿，你什麼意思？不要以為父皇喜歡你便可以惹我，小心我告訴虎赫大人，不，我告訴我哥哥們，讓他們抽你鞭子。」

虎赫雖然寵愛她，卻是一個公私分明的人，只有自己的幾個哥哥，那是不問理由的向著自己，有理高三分，無理也打出有理來。

「公主，我沒有開玩笑的意思。」諾其阿正色道：「這裡馬上便會遭到敵人的攻擊，而這個敵人很可能便是定州軍。」

納芙一愣，旋即跳了起來：「諾其阿，你欺負我是一個女孩子不懂事麼，這裡是草原，完顏不魯的大軍正在撫遠攻打定州軍，並沒有一支定州軍到草原上來。」

「公主，昨天我放出去的數十名斥候，到今天為止，沒有一個人回來，肯定是被人掃了。」諾其阿神情嚴肅，「這個時候，除了定州軍還能有誰？我不知道定州軍從哪裡來的，但我敢肯定，一定會有敵人來，我這裡只有兩千守軍，不能保護公主的安全，公主身分貴重，如果有什麼閃失，誰能擔得起這個責任？」

納芙見諾其阿面色嚴肅，不像是找藉口趕自己走，頓時也緊張起來，她畢竟也是在馬背上長大的草原女子，一直跟在父親身邊，耳聞目濡過很多陣仗，這種異常的情況只能說明的確是有敵人來了，自己的斥候已被清除。

「我還帶了百多人呢，至少還可以幫一點忙。」納芙有些心虛地道。

「公主！」諾其阿有些哭笑不得，「如果這是定州軍苦心策劃的一個陰謀，那來襲之敵決不會少，您那百多人再厲害又濟得什麼事？趁著敵人還沒到，趕緊走吧！上林里守不住，頂多也就是損失一些物資和奴隸，要是公主出了意外，那怎麼辦？」

「那我馬上離開！諾將軍，你守得住上林里嗎？」納芙擔心地問道。

「守得住也得守，守不住也得守。」諾其阿閉上眼睛，他已有了死在這裡的覺悟。

外面陡地響起淒厲的號角聲，諾其阿一步躍到大帳邊，便看到親衛連滾帶爬地跑了過來，「將軍，不好了，大隊敵人來襲！」

號角聲中，營裡的士兵全都動了起來，頂盔帶甲，給戰馬佩戴鞍具，一片慌亂。

諾其阿臉色煞白，來得好快。他看了一眼納芙，只覺得天都快塌下來了，咽

了一口唾沫，艱難地問道：「多少人馬？」

「最少有一萬以上！」親兵也是打老了仗的角色，憑著遠處激起的煙塵，便大致判斷出人數的多寡。

「走，我們去看看！」諾其阿邁開大步，向哨樓奔去。

爬上哨樓，遠處的騎兵已是清晰可見，定州軍軍旗和一面「呂」字將旗正迎風招展。

「是呂大臨！」諾其阿的心更冷了一分，呂大臨是邊州老將，經驗豐富，對草原各部極其熟悉，是一個極為難纏的對手。

對面的騎兵越發近了，萬千馬蹄敲打著地面，這邊竟也感到地面在微微顫抖。納芙從未見過如此陣仗，臉色都白了。

「諾將軍，要趕緊護送公主衝出去啊！」納芙的親衛隊長顫抖著聲音道。

諾其阿大怒，劈臉就是一鞭子，打得那親衛隊長直直地倒在地上。

「你這個混帳，這個時候出去，找死嗎？我們這點人，便是全軍護送公主出去，也只是對方案板上的魚，你個王八蛋，誰讓你帶公主來這兒的，你等著大單于剝了你的皮吧！」

親衛隊長爬起來，抹一下臉上的血跡，道：「只要能護著公主衝出去，便是

大單于剝我的皮我也願意啊！」

諾其阿長嘆一口氣，「你們保護公主去我的大帳，等著吧！」

特里也衝了過來，「將軍，怎麼辦，我們守不住的，只有兩千人馬，便是一字排開，連這上林里的牆都站不滿啊！」

諾其阿想了想，「特里，驅趕奴隸們來守城牆，讓他們站在牆上，我倒要看看，這些定州軍會不會連他們這些同袍一起殺！」

「是！」特里匆匆地跑了下去。

定州軍已衝到了距上林里數百步外，速度減緩，漸漸地停了下來。呂字大旗下，幾個將領模樣的人交頭接耳，像在商量著什麼。

諾其阿知道，對方這是在讓馬緩氣，不需片刻功夫，狂風暴雨般的進攻便要開始了，回頭看向城內，幾堆狼煙已燃了起來，可是援軍什麼時候才會趕到呢？距離這裡最近的便是撫遠城下的完顏不魯了，便是連他也需要數個時辰才能趕回來，自己支持得了那麼長時間嗎？

「盡人事，聽天命吧！」諾其阿又看了看納芙公主離去的方向，實在不行，只要能護得公主平安，便也夠了。

對面定州軍。

呂大臨看了一眼簡陋的上林里營牆，冷笑一聲，「如此城牆，可一鼓而下，哪位將軍敢去第一個衝鋒？」

「我願意！」兩人同時叫了起來。卻是呂大兵和過山風兩人。

呂大兵在撫遠吃了大虧，這時雙眼冒火，緊緊地盯著對面的上林里，恨不得立時躍馬而出，將那薄薄的城牆捅開，好好洩洩自己這些天憋在心裡的邪火。看到過山風與他相爭，不由紅著眼道：「你一個小小鷹揚校尉敢和我爭？」

過山風一挺胸膛：「殺奴滅寇，不分官職高低，為何不能爭？」

呂大臨呵呵一笑，士氣可用，「過校尉，這一路行來，你部剪除對方斥候已是立功甚多，就不必和呂參將相爭了。」

過山風不滿地說了聲是。心想：果然是親兄弟，這種立功的機會，立馬第一個想到的便是自家兄弟。

這邊正商議著由誰進攻，上林里營地裡卻出了亂子，呂大臨忽地發現對方營裡起了騷動，內裡殺聲震天，火光四起，不由看向過山風。

過山風精神一振，「呂將軍，我們的弟兄發動了，請馬上攻擊吧！」

呂大臨大喜，一揮手，「進攻！」

呂大兵一聲咆哮，一馬當先便衝了出去。

上林里營地裡出了大亂子，起因便是特里率了百多人欲趕奴隸們上城當肉盾。三四千奴隸冷冷地看著特里，卻沒有一個人動彈，特里大怒，霍地拔出刀來，一步步逼近這些手無寸鐵的奴隸。

「想作死麼？你，出來！」被點到的那個人猛的向後一縮，卻不肯聽話出列。看到以往溫順的奴隸居然敢反抗，特里頓時大怒，一躍向前，老鷹抓小雞般地將那人提了起來，抬手便一刀劈下。

人群裡的胡東一躍向前，單臂一架，擋住特里的腰刀，手在腰裡一抹，已多了一柄長約數寸的小刀，哧的一聲便扎入了特里的腰眼裡，同時大喊道：

「老鄉們，這些蠻子要殺我們了，與他們拼了，外面我們的軍隊已經來了，衝出去就能活啊！」

一邊狂喊，一邊用手裡的小刀沒頭沒腦地一通亂扎。

此時，胡東的同伴和事先聯絡好的一批人都同時鼓噪起來，奴隸營頓時大亂，有向回跑的，有向前衝的。

也是活該特里倒楣，他本領也自不弱，但萬萬想不到這些奴隸居然奮起反抗，再加上胡東是從調查統計司裡精選出來的高手，兩人一個蓄謀已久，一個猝

不及防，一交手便送了性命。

看到百夫長被捅成了一個血人，那大漢兀自拿著小刀扎個不停，特里的手下在一呆之後，紛紛拿刀執槍衝了上來，刀砍槍刺，瞬間便放倒了幾人。

「老鄉們，打倒他們，搶了他們的武器，不然我們全都得死！」胡東大喊，順手撿起特里的腰刀，一個旋身，便又劈倒一名蠻兵。

「殺蠻子啊！」人群中爆發出如雷般的吼聲，數千奴隸一湧而上，頓時將百多人的蠻兵給淹沒了。

諾其阿手腳冰涼，看到營裡亂成一片，到處都是奴隸在奔跑，縱火，和士兵毆鬥，慘叫聲，喊殺聲，兵器的碰撞聲，忽然都消失在他的耳邊。

一陣天旋地轉，他一個踉蹌，險些摔倒在地上，旁邊的親衛一把扶住他，「將軍，你怎麼啦？現在怎麼辦啊？」

怎麼辦？諾其阿嘴角微微一扯，上林里丟了。對方真是好算計，奴隸營裡想必也早埋好了釘子，就等著這一刻，眼下是顧不得上林里了，能護得公主平安就上上大吉。

「召集所有我們還能召集起來的士兵，保護公主，我們衝殺出去。」諾其阿苦澀地道，原本死戰的決心因為納芙的到來，已完全消失。

「是，將軍！」

呂大兵覺得很沒勁，因為他正鼓足幹勁的時候，卻忽然發現上林里的好幾座營門同時被打開，一批批衣衫襤褸的奴隸瘋子一般地衝出來，而那大開著的營門也為他們省去了攻打城牆的時間。

一馬當先衝進營寨的呂大兵沒有碰到任何有力的抵抗，精銳的白族精兵居然成了散兵游勇，完全沒有碰到任何有組織的兵力，劈殺一陣，隨著大隊人馬的衝入，他發現自己找不到對手了。

諾其阿只召集了不到兩百人，其餘的人馬全被衝亂，不知去向。加上納芙的侍衛，他現在總共只有三百人。

「護著公主，我們衝出去，記著，即便我們死乾淨了，也要保護公主的安全。」

納芙神情緊張，臉色煞白，她從來沒有經歷過如此凶險的場面。

諾其阿死死地盯著戰場，終於，他發現了一個空檔，毫不猶豫，立即下令：

「走，衝出去！」

數百蓄勢已久的人馬一聲吶喊，同時衝了出去，諾其阿緊緊地護在納芙身側，向外奔去。

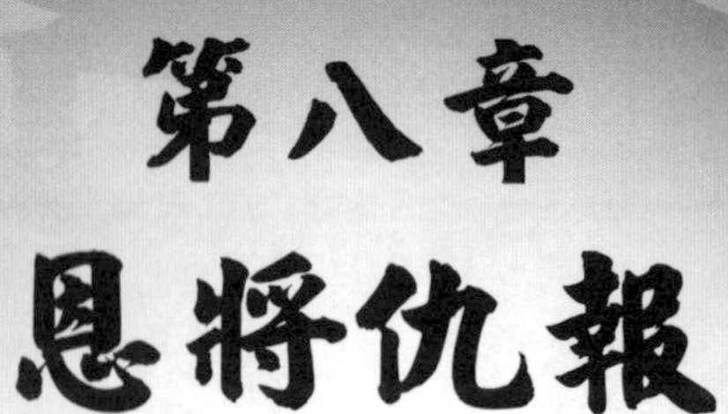

呂大臨心中煩悶不已，恨不得仰天長嘷，宣洩心中的痛苦。李參將，對不起，為了定州，我只能這麼做了，雖然你對定州百姓有大功，對我呂家更是有恩，如果沒有你，呂大兵肯定已死於撫遠，但現在，我只能恩將仇報了。

呂大兵剛一懈怠，這一彪人馬便從他的眼皮底下一掠而過，熟悉蠻族的呂大兵立時便發覺不對，因為這一批蠻兵雖然沒有打著將旗，但其中百餘人居然身著全黑的鐵製盔甲，**這是巴雅爾的親兵，威震草原的龍嘯軍。**

這裡怎麼會出現巴雅爾的龍嘯軍？一定有一個重要的人物在這裡面。呂大兵一下子興奮起來，匆匆召集人馬，緊隨著追下去。

此時，正在呂大臨身邊百無聊賴的過山風忽地睜大眼睛，指著前面道：「呂將軍，那一批蠻軍好厲害，已經衝過了呂參將的陣形，呀，他們穿得好漂亮！」

當然漂亮，巴雅爾的龍嘯軍全都是這種鐵製黑色盔甲，清一色的制式武器，精選的高大戰馬。

呂大臨立即便發現了問題所在：「攔住他們，這裡邊有一個大人物！」

過山風呀的一聲怪叫，高舉著狼牙棒便衝了出去，他的幾百斥候兵個個嗷嗷叫著尾隨其後，馬術之精良，不輸蠻族精銳。

過山風迎頭便撞上了這批精銳的龍嘯軍，虎喝一聲，狼牙棒舞得風車一般，直撞了過去，便是以龍嘯軍之精銳，也是擋者披靡，過山風完全便是靠一把蠻力，將眼前所有擋住自己的東西都一掃而空。

眼見過山風勇不可擋，諾其阿調轉馬頭，護著納芙便向另一側突擊，數十名白族精兵不要命地衝上來，四面圍著過山風狂砍亂刺，誰叫過山風跑得快呢，這個時候，他的部下才剛剛衝了過來。

這幫斥候可就沒過山風這般驍勇了，只能堪堪擋住對手，但這對諾其阿來說，已經足夠致命了，身後響起急驟的馬蹄聲，呂大兵追上來了。

等過山風一頓橫掃八方，泰山壓頂，將周圍清理乾淨時，霍然發現眼前居然安靜了下來，自己前邊不遠處，一名蠻族將領領著百多名蠻兵，護著一個蠻族女子，而在他們的周圍，卻是呂大兵為首的上千騎兵，圍成了一個圓圈。

「呀哈，甕中捉鱉！」過山風大喜。

「放下武器吧，不要作無謂的抵抗！」

呂大臨策馬走到陣前。既然肯定有白族的大人物，他當然要生擒活捉，說不定以後便是對付巴雅爾的殺手鐧，再不濟，也可以威脅一下巴雅爾嘛！

諾其阿絕望地看看四周，他的士兵也正看著他，納芙卻拔出腰裡那把鑲金嵌玉的彎刀，大聲對諾其阿道：

「諾將軍，我們絕不投降，殺出去。」

諾其阿低頭，閉眼想了片刻，忽地驅馬而出，大聲道：「呂將軍，我是巴雅

爾大帳下的千夫長諾其阿，這裡有我們的納芙公主，如果你肯承諾公主殿下的安全，我們願意放下武器，否則，戰至最後一人也絕不投降。」

「諾其阿，你這個軟蛋，我絕不投降！」納芙大罵。

諾其阿黑著臉，衝著士兵道：「抓住公主！」

納芙公主？呂大臨大喜，久在邊關的他自然知道巴雅爾對這個女兒是如何的寶貝，這下可是大發了。

「好，我以我人格擔保，納芙公主在我們這裡仍將享受到公主的待遇。」呂大臨笑得嘴都合不攏了。

得到呂大臨的保證，諾其阿戀戀不捨地看了一眼手中的長槍，眼睛一閉，將長槍扔到地上，翻身躍下馬來，轉身吼道：「都下馬，扔掉武器！」

百多名白族士兵默默地跳下馬，將武器扔到一邊。

納芙被兩名士兵牢牢抓住，兀自跳著腳大罵不休，伸腿亂踢兩個士兵，兩名士兵忍著腿，一語不發。

呂大兵大怒，策馬走到納芙跟前，「住手，你這個刁蠻的女人，要不是因為你，這些兵本可以光榮的戰死，就是因為你的存在，他們才不得已選擇恥辱地投降，你居然還好意思罵他們！」

納芙身體一震，高昂的頭無力地垂下，滿眼皆是淚水。

收拾了上林里的殘局，一把大火將巴雅爾苦心屯集的無數物資焚毀一空，呂大臨揮兵直撲撫遠城下。

撫遠城，完顏不魯的攻擊一直沒有間斷，猶如海浪般一波接著一波，雙方都殺紅了眼，從日出直殺到午後，撫遠城猶自巍然不動，抵抗一如既往的強烈。

攻擊強度比過去幾天甚至有過之而無不及，完顏不魯當然不知道，李清隱藏在軍門塞的五千青壯已秘密抵達城中，此時，他面對的是近萬守軍，如何能撼動撫遠分毫。

兩眼沖血，不停地調兵遣將攻城的完顏不魯猶如一頭瘋狂的野獸，不住地咒罵著，怒吼著。

「左校王，不好了，不好了！」

數騎從陣中直穿而出，奔到完顏不魯的身邊時，幾匹馬同時口吐白沫，軟倒在地上，幾名騎士飛身躍起，「左校王，諾將軍命我們前來通報，上林里遭到大批定州騎兵圍攻，而且，納芙公主也在那裡！」

「什麼？」完顏不魯以及聚集在他身邊的頭人都驚呆了，「上林里怎麼會有

定州騎兵？」

「不知道！」那士兵上氣不接下氣。

「上林里怎麼啦？」完顏不魯吼道。

「左校王，我不知道，我衝出來時，只看見足有萬餘人的騎兵向著上林里而去，只怕……只怕上林里守不住了。」

完顏不魯身體一陣搖晃，便從馬上栽了下來。

原來如此！他終於明白了過來。

蠻軍忽地在攻勢正猛的時候退了下去，退得毫無道理，城上的軍隊高聲歡呼，**他們又一次打退了敵人的攻擊**，只有李清、尚海波等人相視微笑，**上林里，得手了。**

草原聯軍大營，完顏不魯面無表情，將各部頭人一一遣散，命令他們立即率部撤離。

現在形勢很明顯了，**這裡就是一個陷阱**，引誘自己將上林里的駐軍一個接一個的調來，然後他們偷襲上林里，**但他們是從哪裡去的呢？**

完顏不魯想破腦袋也想不出，但他知道，自己不用想了，上林里丟失，自己

的生命即將走到盡頭。

最後一部兵馬也被遣走，連白族的騎兵也被他命令撤退了，此時，他的身邊只剩下了數百名安骨部落的騎兵。

李清微笑著在城上看到草原各部惶然拔營，急急離去，一邊的王啟年和姜奎迫不及待地道：「將軍，敵人要跑了，我們去追殺一陣，出出這幾天只能被動挨打的悶氣。」

李清笑罵，「找死啊，敵人雖然退走，可那也是幾萬人啊，即便是倉皇而去，但也不是我們這點人吃得下的，慢慢來吧，以後有的是機會收拾他們。」

「咦？」尚海波指著城下，「完顏不魯怎麼沒有走？」

對面的聯軍一部部離去，只有完顏不魯的大旗依舊飄揚。

「他無路可走了！」李清淡然道。

眾人看到對面的大營奔出數百人馬，完顏不魯披頭散髮，帶著他的數百騎兵直奔城下。

「他來尋死了！」尚海波冷笑道。

「李清，有膽子下來與我決一死戰麼？」奔到城下的完顏不魯怒罵道。

李清搖搖頭，「窮途末路，不過如此耳！」

「將軍，我出去滅了他！」姜奎大步向前。

「何必如此費勁！」尚海波冷笑道，「來人，放箭，將這隻老狗給我射成一隻刺蝟！」

看到城上探出的數千支弓，完顏不魯慘笑一聲：「大單于，我對不起你！」舉起長槍，喝道：「安骨部落的勇士，隨我衝啊！」

城上箭如雨下。**一切都結束了。**

撫遠要塞所有的人都在忙碌著，忙著收拾因戰爭而支離破碎的城市，傷兵營裡人滿為患，恆秋忙得腳不點地。

這些天來，他幾乎都沒有怎麼睡過，昔日那個風度翩翩的年輕大夫如今身上濺滿血跡，將長袍掖在腰裡，蓬頭垢面，但神情卻極度振奮，猶如打了雞血一般地在傷兵營裡忙碌著。

王啟年、姜奎、馮國三人又開始為了補充兵員而爭吵，三個人鬥雞一般狠狠對視，他們爭搶的是這幾天在城防戰中幫助守過城的一批青壯，誰也不願讓著誰。

尚海波將自己關在屋裡，開始思考，當然，誰也不知道他在想什麼。

路一鳴，他更忙了，百姓要安撫，房屋要修繕，秩序要維持，還要統計田畝、丁口，撫遠的大戶被他幹掉幾個後，都老實得很了，如今戰爭大勝，便更加老實了。

李清卻很清閒，完顏不魯伏誅後，他便回到了他的參將府，他只想好好地洗一個澡，然後美美地睡上一覺。

喊楊家嫂子端來一盆洗腳水，將雙腳深深地悶在水中，李清舒服地嘆了聲，終於可以緩口氣了，這些天疲於奔命，自己心力交瘁，但總算天從人願，一切都按照自己的設想順利完成。下一步便是拿下宜陵鐵礦。

閉上眼，迷迷糊糊中，覺得有人進來，能自由進入他書房的只有少數幾個人，除了楊一刀和唐虎外，便只有尚海波和清風了。

一雙柔軟的手放在自己肩上，輕輕替自己按揉著，是清風。

李清伸個懶腰，清風的按摩技術很有一手，每每自己腰酸背痛之際，經她的妙手一按，立馬疼痛消失，李清有時也想，不知是自己的錯覺還是什麼，怎麼就一下子不疼了呢？

清風永遠是那麼一副微笑的樣子，對所有人。這讓李清很有些吃味，他承認，自己是越來越喜歡這個女人了，雖然她從來對自己沒有表現出任何的好感，

對自己屢次的暗示也恍然不覺，彷彿在感情上很遲鈍，但她越是這樣，李清便越是心癢難搔。

他反手去抓住正在肩上按揉的柔荑，很明顯地感到那嫩滑的手僵硬了一下，「清風！」

身後的清風不等李清說什麼便道：「將軍，定州來人了，是茗煙那裡派來的，事情很急，所以我趕緊過來找您。」

李清有些惱怒，每當自己想要說些什麼的時候，她總是能找到理由擺脫這個話題，「什麼急事一定要現在說嗎？」

「是的，這事很重要，必須馬上說。」清風堅持道，隨即將自己的手從李清的手掌中輕輕地抽了出來。

李清嘆口氣，這算是拒絕麼？

「什麼事，你說吧。」

看到走到自己面前的清風臉上那一閃而逝的紅暈，李清實在是不明白這個女人心裡到底在想些什麼，難怪都說女人心海底針。

「茗煙姑娘傳來急信，她埋在軍府和州府裡的釘子同時得到一個消息，**蕭遠山很可能要對將軍下手。**」

李清啊了一聲，「現在？」

清風點點頭，「我無法判斷這件事情的真偽，按理說蕭遠山不大可能在這個時節冒大不韙對將軍下手的，畢竟是將軍以一支孤軍吸引住了完顏不魯的全部軍力，這才有上林里大捷，這個軍功是誰也掩蓋不了的。」

李清陷入沉思，可能嗎？腦子中緩緩地轉過念頭，如果要對自己下手，他會採取什麼手段，當然不可能是正大光明的手段，如果自己是蕭遠山，這時節會想什麼？

當盆裡的水完全變涼的時候，李清終於想明白了。

「我知道了，蕭遠山真的要對我下手。」李清緩緩地道，將腳從盆裡提起來，清風馬上體貼地拿起毛巾，半蹲著替他擦乾水跡。

趿上鞋子，李清在屋裡踱了幾步。

「蕭遠山想對我下手，與完顏不魯一樣，是基於對我實力的錯誤判斷，他認為我即便守住了撫遠，下場與呂大兵也會差不了太多，即便我是滿營兵力，但在完顏不魯的瘋狂進攻下，一定是損失慘重，這個時候，他完全可以乘我虛弱之機，一舉拿下我！」

李清猛的捏起拳頭，「定州剛剛經歷大戰，我以一營困守孤城，獨抗完顏不

魯大軍，全軍覆滅也是說得過去的，他只要殺光我的部下，一封奏摺上去，說我英勇抗敵，不幸殉國，完全順理成章。」

清風打了一個寒戰，「將軍，撫遠這麼多人都知道的事情，悠悠之口，他能完全堵住嗎？」

李清冷笑一聲，「他用不著堵那麼多口，他只需要堵住朝中少數人的口就行了。」

目光透過窗戶，李清盯著窗外忙忙碌碌的人，道：「百姓或許會懷念我一段日子，但他們又能知道些什麼呢？老百姓是最容易糊弄的一群人了。」

「那將軍，我們該怎麼辦呢？」清風緊張地問道。

李清一笑，「怎麼辦，涼拌唄！」

清風嗔道：「將軍，我們在談正事呢！」

李清哈哈大笑，「清風，我還是喜歡你現在的模樣，嗯，比先前好看很多。」

清風臉一下子變得通紅，將臉扭向一邊，不再言語。

李清見她害羞，倒也不好意思再逗她，道：「將我們的兵隱蔽起來一部分，不要讓蕭遠山知道我們真正的實力。」

清風不解地道：「將軍，我們不是正應當向蕭遠山展示我們的實力嗎？好讓

他知難而退，為什麼還要故意示弱於他？」

李清冷笑道：「他想解決我，好吧，我也正好解決他！我想他解決我的主要實力便來自呂大臨部，哼哼，解決了呂大臨的問題，所有事情便可迎刃而解。清風，如我想得不錯，呂大臨部在掃清了周邊的小部落後，一定會在我撫遠附近就地駐紮。」

「將軍，呂大臨那裡怎麼解決，那可是一萬五千騎兵，是定州軍的精銳所在啊！」

李清神秘地一笑：「你去請尚先生來，我有事與他商量。」

「是！」清風正準備出門，楊一刀卻走了進來，「將軍，定州按察使林海濤大人派人送來一封信。」

清風的身體猛的一震，旋即快步離去。

「按察使林海濤，我和他沒什麼交情啊，他不是與蕭遠山交情不錯麼，這個時候送給我一封信是什麼意思，信呢？」李清詫異地道。

楊一刀也很奇怪，「大人，我也這麼覺得，那人神神秘秘的，將信交給我便走了，真是讓人摸不著頭腦。」將信遞給李清，一臉的不解之色。

李清打開信封，不由臉色大變，信上只寫了五個字：**小心蕭遠山**。

李清大惑不解，自己與這個按察使林海濤基本可算是不認識，只是在定州見過一面，怎麼巴巴的給自己送來這麼一封信向自己示警？結合茗煙那裡的情報，李清已確認蕭遠山的確會動手，但問題是**這個按察使有什麼道理向自己示好？**

莫非他是李氏的人？李清搖搖頭，如果是，茗煙沒有道理不知道，**如果不是，是為了什麼？**莫不是自己真有王八之氣，虎軀一振，小弟雲從？

想到這裡，李清自己也樂了，嗯，這個事還是交給清風去查查這個傢伙的底，什麼意思嘛，沒頭沒腦的。

正樂著，尚海波進來了，「喲將軍，怎麼這麼開心？」

李清笑著將信遞給尚海波，「尚先生，你足智多謀，看看這個按察使是什麼意思？」

尚海波掃了一眼，也是一臉的詫異，「這個林海濤是李家的人？」

李清搖頭，「我正想讓清風安排人去查查這傢伙，咦，清風呢，怎麼沒有回來？」

尚海波搖搖頭，「她去我那裡說了一聲，便急匆匆地走了，啊，將軍，該不是你對她……？」

尚海波嘿嘿笑著，伸手做了幾下不太高雅的動作，曖昧地說：「那個，那個

怎麼樣了吧？我看她神色挺不安的啊。」

李清一直對這個傢伙無可奈何，聽他如此開玩笑，不由惱道：「我倒真想對她怎樣，奈何沒機會啊！」

自上林里向東，呂大臨的一萬五千定州鐵騎便如同一道洪流，席捲而過，三百里內的各個小部落被清掃一空。

在這個過程中，呂大臨採納了沈明臣的計策，對於這些部落的戰士是能殺多少就殺多少，絕不放過，但對於其他普通牧民，則統統放過，不過卻搶光了他們的糧食，殺光了他們的牲畜，燒光了他們的帳篷，然後任由他們像草原的深處逃去。

數天來，逃往草原深處的部落牧民不下十萬，且大都為老弱婦孺。

這些小部落大都只有千帳上下的人口，多一點的也只有兩千帳，在呂大臨的大軍面前便如同草雞瓦狗一般不堪一擊。

由於事出突然，毫無準備的這些部落完全一觸即潰，落到了任由對方屠殺的境地；而且雙方在裝備上相差也太大，定州鐵騎清一色的鐵甲披身，武器鋒利，但這些部落戰士們大都只有簡陋的皮甲，手中的武器也不知用了多少年，要論起

草原上能與定州鐵騎在裝備一較上下的，也只有白族巴雅爾的親軍龍嘯和虎赫的狼奔兩軍，至於其他部落，大都只有酋長的親軍才有如此裝備。

草原畢竟在資源上太過於缺乏。這也是巴雅爾急於趁著大楚虛弱的時候東寇中原的最大原因，巴雅爾清楚，如果放過現在的好機會，一旦大楚覺醒，出現一位強力人物，聚攏了整個中原的力量，那草原將不堪一擊。

天可憐見的是，現在的大楚世家割據，**各個世家之間矛盾重重**，情勢一觸即發，**只要一點點的引子**，那麼**大楚的內戰勢不可免**，而大楚中央朝廷已形同虛設，空有名而無實力地壓制各大世家，也導致現在抵抗草原的力量竟然只有定州一地。

去年自己巧施妙計，將定州精銳斬殺泰半，為自己今年的大舉進攻埋下伏筆，奪下定州，草原便有了逐鹿中原的橋頭堡，而各大世家之間爭權奪利，必然也會為自己帶來更大的機會。

更可喜的是，世家之間的爭奪已波及到了定州，原先蕭方兩家同盟共治定州，蕭遠山、方文山兩人雖不是絕頂英明之才，但兩家聯合，守成倒也有餘，但現在加入了李家，自己的機會便大增，想必他們會有更大的內耗。

呂大臨和沈明臣都清楚，經此一役，巴雅爾進攻定州的計畫至少在今年已是

完全不可行了，沒有充足的物資，想要攻克定州這座經營多年的堅城是不可能的，呂大臨要重新來過，將這些難民趕入草原深處，巴雅爾身為草原大單于，又怎麼會放任不管，就算巴雅爾將這些人吞進肚子裡，讓白族更加壯大，但至少今年要消耗掉他大量的糧食牲畜，更是讓他無力東征。

「痛快！」呂大臨高踞戰馬之上，看著遠處狼奔鼠竄的牧民，心中說不出的高興。

多少年來，只見草原各部竄入中原，燒殺搶掠，擄奪人丁，將定州搞得亂七八糟，而自己只能躲在高牆堅城之後，無奈地看著對方鐵騎肆虐，今天自己終於也爽了一把。

他們前方一個部落的營地正燃著熊熊大火，黑煙遮天蔽日，而遍佈各地的屍體更是體現了這個部落曾進行過頑強的抵抗，呂大兵一身的血跡策馬奔到了兄長的跟前，疲憊卻又掩飾不住一臉的興奮。

「大哥，這是我們前進路上的最後一個部落了，前面百里處就是撫遠了。」

呂大臨瞪了他一眼，嚇得呂大兵脖子一縮，尷尬地道：「又忘了，呂副將，我軍已完成掃蕩任務，請示是否即刻開拔，今天我們還可以趕回撫遠，與李清參將的部隊勝利會師，這一次，我們打得真是太痛快了。」

呂大臨微微一笑，知道弟弟在撫遠吃了大虧，這一次總算是將場子找了回來，微笑著道：「好，傳令大軍，我們……」

沈明臣忽地在一邊笑著打斷了呂大臨的話：「呂副將，今天我們就在這裡紮營吧，將士們累了整整一天，好好歇歇，明天再走吧！」

呂大臨詫異地看了他一眼，一路行來，沈明臣從未干預過他的任何一條命令，只是默默地跟隨著自己，怎麼在這個時候突然來一手？

看著沈明臣那張微笑但很堅決的臉，呂大臨沉默了一下，點頭道：「便依沈先生，大兵，傳令大軍，紮營。」

呂大兵不解地看了兩人一眼，低聲道：「百多里路而已，大軍用不了兩個時辰即到，幹嘛在這個荒郊野外受苦，弟兄們還盼著到撫遠喝兩口酒，快活一下呢！」

呂大臨黑著一張臉，喝道：「你想幹什麼，違抗軍令麼？給我滾！」

呂大兵看到大哥發怒，一拉馬韁，一溜煙地跑了。片刻之後，在熊熊燃燒的部落營地旁，定州騎兵的營地立了起來。

過山風很不滿，他離開撫遠要塞有好幾天了，撫遠的血戰他沒有撈到邊，雖然跟著呂大臨也殺了不少蠻子，但總沒有跟著自己家將軍殺敵痛快，在這邊，如

果有人想黑他的功勞，他還真沒處找人說理去。

本來想著今天便可以回到撫遠，和王啟年他們幾個好好地鬥鬥酒，卻不想又要在這裡待上一晚。

他與王啟年是不打不相識，現在關係也挺不錯，至少王啟年不再拿他當仇人看，過山風決心要搞好跟這幾個傢伙的關係，他們可是將軍鐵打的班底，心腹中的心腹，自己這個後來者可比不上。

他不是呂大臨的直系下屬，便也沒那麼多顧忌，打馬直奔到呂大臨面前，請求率部先行離去。

「過校尉，你也辛苦了一天，何不休息一下，明天再走？」呂大臨出言挽留。

「不了，多謝呂副將關心，但過某歸心似箭，此次撫遠獨抗完顏不魯數萬大軍，只怕傷亡不小，過某還有許多好友在那裡，心中很是不安，想要先行回去看看，還望將軍恩准！」

呂大臨沉吟了一下，過山風畢竟不是自己的直系部屬，而是李清借給自己幫忙的，從這一點也可以看出李清的確是大公無私，否則這一員大將留在撫遠，會給他很多助力，而他卻毫不猶豫地借給了自己。

「如果是這樣的話，呂某也不便強留校尉了，這一次呂某得過校尉相助，才

會如此順利，這第一功，呂某一定會為校尉報上。」

過山風咧開大嘴呵呵一笑，「過某有啥功，是咱李將軍運籌帷幄，我只不過跑跑腿罷了，呂將軍在上報功勞的時候，別忘了咱家將軍便好。」

呂大臨哈哈一笑，「這次大捷，李將軍一定是第一功臣，這是誰也爭不得的，你這大漢，倒也忠心，罷了，快快回去見你的李將軍吧，要是真強留你下來，只怕日後李將軍要笑話我小氣了。」

過山風大喜，在馬上行了個軍禮，大聲道：「呂將軍，你也是條漢子，過某能和你一起打上這一仗，心裡也快活得很，這便走了。」

轉身招呼了自己的斥候隊，便離隊而去，正巧碰上呂大兵，抱拳道：「呂小將軍，你身手厲害，有機會咱們倆較量較量，怎麼樣，你不會嫌我是個小校尉而不屑與我動手吧？」

呂大兵這幾天對這個曾經的土匪也是刮目相看，聞言哈哈大笑：「好你這個土匪，恁地記仇，好，等明天我回到撫遠，咱們請我大哥和你家李將軍作公證，咱倆好好幹一場，不把你幹趴下，我呂字倒過來寫！」

過山風策馬離去，一邊打馬奔馳，一邊狂笑：「呂小將軍，你好不狡猾，呂字倒過來寫，也還是個呂字啊！只不過上頭重下頭輕罷了。」

呂大兵一愣，想想的確如此，不由也樂了。

呂大臨手腳冰涼，拿著密令的手微微發顫，饒是他久經陣仗，心神很難為外物所擾，但看到手裡這份蕭遠山親筆簽發的密令，仍是抑止不住的震驚不安，臉色不由大變。

沈明臣神態自若地看著心神不寧的呂大臨，靜靜地等待著呂大臨的決定。

他並不怕呂大臨不從命，因為他的懷中還揣著另外一份命令，那便是讓他暫代全軍指揮，一萬五千騎軍，五個營，有三個營的參將是蕭遠山的親信，如果呂大臨抗命，他將召集所有軍官，軟禁呂大臨，拿到全軍的指揮權，然後執行蕭遠山的命令。

當然，呂大臨能遵命是最好的，沈明臣知道自己的長處是出謀劃策，讓自己指揮作戰肯定不如呂大臨那樣如臂使指，由他指揮，李清將在劫難逃。

「沈先生，剛剛大敗蠻子，李清是最大的功臣，我們這麼做，是不是……？」呂大臨看向沈明臣，遲疑地道。

沈明臣微笑，呂大臨沒有明確拒絕，這是一個好的信號。

「完成作戰任務後，全軍赴撫遠，配合中軍圍剿李清常勝營，一個不留。」

蕭遠山的筆跡呂大臨當然認識，那黑色的字體在呂大臨看來是那麼的刺眼，大勝剛過便誅殺功臣，排除異己，這大楚到底是怎麼啦？呂大臨心中一陣刺痛。

「殺李清？這李清可是李氏子弟，蕭帥這麼做，不怕李蕭反目麼？」呂大臨問。

沈明臣搖頭，「定州此次大戰，有所損傷是不可避免的，李參將以一營之力獨抗完顏不魯的數萬大軍，雖然竭力完成作戰任務，但傷重不治，常勝營全軍覆滅，這是不可避免之事。想必朝中對此也不會有什麼大的異議，李家即使不滿，只要在其他方面做出補償，便可抵消此事帶來的影響。比起李清在定州所帶來的危害，這一點代價，蕭方兩家也願意付出。」

頓了一下，沈明臣接著道：「李清在李家並不怎麼被看重，只被當作一枚閒子，如果能在其他方面收穫足夠的利益，我肯定他們不會就此事做出太大的反彈，這也是蕭帥敢動手的原因。」

呂大兵心中凜然，自己畢竟是一介平民成長起來的將領，這些豪門世家之間的勾心鬥角，大大出乎他的想像之外，其冷血，其殘酷，讓他全身發冷。

「李參將是難得的將才，從這一次的戰鬥中已表現無遺，不論是從遠期戰略上的大局觀，還是戰術上的靈活性，都將是我們定州抗擊蠻寇的有力支持，今

年巴雅爾無力東叩，但明年呢，以後呢，我們這樣做，只會讓巴雅爾笑歪了嘴巴。」呂大兵無力地坐倒在椅子上，喃喃地道。

沈明臣冷冷一笑，「此人才幹越高，對定州的危險便愈大，呂將軍，**一山難容二虎**，你能想像到時候如果讓李清成長起來，將來的定州必首先陷入內戰，這時候只怕巴雅爾會更高興，為了把這種可能消除在萌芽時，再沒有比現在更好的機會了，呂將軍，你決定了麼？」

呂大臨閉上眼睛，他不是菜鳥，心中自然明白蕭遠山必然有著對付自己的後手，**倘若不答應，肯定第一個面臨清洗的便是自己。自己能怎樣做？**

「我明白了，沈先生，你讓我想一想怎麼做才能萬無一失，你先回去吧，我想靜一靜。」呂大臨有氣無力地道。

沈明臣笑著站起來，「好，那我就不打擾呂將軍了，還望呂將軍早一些開始佈置，畢竟我們還要跟那些將軍們講清形勢，讓大家同心協力，明天，蕭帥便帶著中軍兩翼開始向撫遠進發，在時機上，我們一定要配合好。」

呂大臨煩躁地在大帳裡走來走去，心中煩悶不已，恨不得仰天長嘷，宣洩心中的痛苦。

作為一個定州土生土長的將領，將蠻子擋在關外，確保定州百姓安居樂業

是他的理想，但無奈他只是一介平民出身，在現在的大楚，想要出頭難上加難，如果自己是一個世家子，那以自己的軍功，早就獨當一面，而不是現在一個區區副將，還是一個被架空的副將。

他不得不承認沈明臣所說，如果李清果真壯大起來，那李蕭兩家必然會在定州大動干戈，這兩家打起來，蠻族將是直接的得利者，定州百姓將是最終的受害者，也許，趁現在李清實力最為虛弱的時候，將他消滅是最好的時機，可以將定州可能遭受的危險降到最低。

呂大臨猛的站住腳步，心中怒氣仍是難抑，**為什麼你們不能同心協力?!**猛的拔出刀來，一刀劈下，將沈明臣剛剛坐過的椅子一刀兩斷，長出一口氣，心中的不平似乎隨著這一刀而鬆快了不少。

李參將，對不起，呂大臨在心中默默地道，為了定州，我只能這麼做了，雖然你對定州百姓有大功，對我呂家更是有恩，如果沒有你，呂大兵肯定已死於撫遠，但現在，**我只能恩將仇報了。**

回到自己的座位上，呂大臨閉上眼睛，開始考量明天怎麼做才能以最小的代價換取最大的成功。他不敢小瞧李清，他心中明白，李清即便只剩下殘兵敗將，也能將天戳出一個大洞，如果讓李清走脫，那危害更大，李蕭兩家必然開戰，那

自己將成為大楚的罪人。

「大哥，你睡了麼？」帳外傳來呂大兵輕輕的問候聲。

呂大臨心中煩躁，聽到弟弟此時來找自己，更是不快，怒喝道：「滾！不要來煩我。」

聽到滾，呂大兵非但沒有像往常那樣灰溜溜地跑路，反而一掀帳簾，大踏步走了進來，「哥，你怎麼了，大捷過後，應當高興啊，多少年了，我們可從沒有象現在這樣爽快過！」

呂大臨看著興奮得有些過頭的呂大兵，搖搖頭，這個弟弟打仗是好手，但要論起心機，當真是蠢夫一個。

心情沉重的他搖搖頭，「你不知道，唉，我現在都不知道怎麼辦才好了！」

看到哥哥一副心事重重的模樣，呂大兵輕聲道：「**還真讓他說中了**，你現在真是這副模樣。」

呂大兵的聲音很低，但呂大臨聽在耳中，卻如驚雷一般，一下子跳了起來。

「你說什麼？你剛剛說什麼？」呂大兵嚇了一跳，看著哥哥鬚髮皆張，一臉的緊張模樣，不由嚇了一跳。

「哥，你怎麼啦？」

呂大臨一把揪住呂大兵，「你剛剛說什麼，讓誰說中了？啊！」聲色俱厲。

呂大兵吶吶地道：「大哥，我那裡來了一個人，他說哥哥現在肯定坐臥不安，心神不寧，我不信，便與他打賭，帶他來見哥哥，想不到真是這樣。」

呂大臨死死地盯著呂大兵片刻，忽地鬆開手，「他人呢？」

帳簾再一次被掀開，一個清朗的聲音笑道：「呂將軍，你輸了！可不要忘了回到定州，要請我去『樂陶居』啊。」

呂大臨瞪圓了眼睛，來人赫然是李清營中的首席謀士，尚海波。

嗆啷一聲，呂大臨腰裡的刀已出鞘，高高舉起，呂大兵嚇了一跳，一把拉住大哥的手，「大哥，你瘋了，這是尚先生，是李清將軍的手下。」

尚海波哈哈一笑，施施然地走到呂大臨的身邊，輕聲道：「將軍稍安勿燥，尚某一介書生，手無縛雞之力，將軍要殺死尚某不費吹灰之力，不過尚某此來，可是為將軍解惑而來，將軍何不容尚某將話說完呢！」

呂大臨沉默半晌，刀霍地入鞘，對目瞪口呆的呂大兵道：「你出去，給我守在帳門口，任何人都不許靠近我的大帳。」

呂大兵看看大哥，又看看一臉輕鬆的尚海波，迷迷糊糊地轉身走了出去，嘴裡嘀咕道：「搞什麼呢？」看他二人倒似心有默契，可自己這個帶著尚海波來的

人卻蒙在鼓裡，不知他們在說些什麼。

事到臨頭，呂大臨反而鎮定下來，尚海波深夜到此說明了什麼，當然是蕭遠山的計畫已經洩露，被李清知曉，因而派他來策反自己。但**自己是能輕易動搖的人嗎？**為了定州的長治久安，自己肯定要支持蕭遠山，即便自己心不甘情不願。

呂大臨也知道，經此一事後，自己便算是與李氏結下死仇，除了踏上蕭家的船，再無路可走。否則自己活不了幾天便會被悄無聲息地做掉。

讓他惱火的是，蕭遠山既然早就打算在此役過後做掉李清，卻為什麼如此不小心，**竟然讓計畫洩露出去！**狗急了還跳牆呢，如果李清孤注一擲，以撫遠要塞之堅固，自己要付出多少代價才能拿下來？而且李清既已知道，想必此時已有快報報往李氏，自己算是被坑進去了。

「尚先生深夜來訪，不知所為何事？」雖然明知是廢話，但卻不得不說，總不能立馬撕破臉去。

尚海波卻神色嚴肅，「海波此番是為救呂將軍而來。」

呂大臨愕然而視，明明是有求自己，可以說現在蕭李二人都命懸於自己之手，而且比較起來，蕭遠山贏的機會要比李清大得多，這尚海波居然說是來救自

已，當真是辯士之舌毒於青蛇之口，忝不知恥如斯。

呂大臨放聲大笑，直視尚海波，「尚先生，我們便不必繞圈子了，李將軍想必早知曉大帥計畫，我們已沒什麼可談的了，這便請回吧，我雖不是像你們這樣的文人雅士，卻也不願做那焚琴煮鶴之舉，尚先生此去是回撫遠還是遠走高飛，都任由自便。」

「將軍觀我可是那種棄主而逃，只顧自身之人麼？」尚海波揶揄一笑。

「好，尚先生雖是文人，卻有我武人的豪氣，我呂大臨佩服，但話不投機半句多，尚先生還是請回，明日我們撫遠再見吧！」呂大臨豎起大拇指。

「走自是要走的。」尚海波道：「但我還是要說先前那句話，我是來救將軍的，將軍從一介小兵，靠著一刀一槍拼到如今地位，可謂不易，如此捨去，便是海波也惋惜不已，更何況將軍之才能，我家李將軍讚賞不已，不願將軍就此沉淪，這才有海波此行，當然，也不僅是救將軍，還是救這一萬五千定州精英，更是救我定州百萬百姓。」

呂大臨冷笑，「既知我是一介小兵升到如今高位，蕭大帥對我有提拔之恩，那又何必多言？」

尚海波不理會呂大臨，自顧道：「呂將軍既知消息已洩露，當知明日回定州，

將不再是美酒鮮花，而是弓弩石彈，還要去送死麼？李將軍已是枕戈待旦了。」

「千餘殘軍，能翻起多大浪花，當我是完顏不魯這個廢物麼？」呂大臨一聲冷笑，「我呂大臨是土生土長的定州人，在這定州的的威望豈是李清能比，說不定明日我一聲召喚，李將軍的那千餘殘軍臨陣倒戈也說不定。」

尚海波見呂大臨如此自傲，倒也來了脾氣，哼一聲道：

「威望，說到威望，將軍真自以為能比得了李將軍，李將軍入崇縣之時，百廢待舉，那裡的百姓都是餓死的邊緣，那時呂將軍在哪裡？李將軍使其居有其室，穿有其衣，食有米糧，少有所養，老有所依，戰士死戰不必擔心家人無所依靠，呂將軍以為你能與李將軍相比麼？」

呂大臨不由一噎，在崇縣雞鳴澤雖然沒有待幾天，他卻親眼看到了崇縣人對李清那發自肺腑的敬愛，而自己雖然在定州待的時間更長，但要論起在崇縣的威望，現在又有何人能與李清相比？但嘴裡卻是不肯認輸，揚著頭道：

「即便如此又如何？戰場上終究要靠實力說話，李清殘軍最多千餘，豈能擋我百戰雄師，只不過多費些力氣罷了。」

尚海波一哂，「將軍明日一戰，可不是打蠻子，而是同室操戈，卻不知將士們士氣如何？更何況，將軍當真以為李將軍只剩下千餘殘軍？」

呂大臨笑道：「莫不成李清還能掃豆成兵不成？」

「既然早就知道蕭遠山將對將軍不利，又豈會將自己置於如此險地？沒有十足的把握，又怎麼會獨立支撐對完顏不魯的作戰？蕭遠山想算計我們，又焉知我們不是將計就計，順勢坑他一把？」

尚海波一連串的反問將呂大臨問得呆住了，對啊，李清不是傻子，焉能不知今日之處境，那他又為何要如此做？莫非他們當真已算到今日之事早有伏筆？

看到呂大臨動搖，尚海波趁勢打鐵，「實話告訴將軍，此時的撫遠，有精銳之師八千，李將軍能以三千人面對完顏不魯六萬之師，呂將軍以為自己萬餘人馬能撼動撫遠分毫？若不計成敗，只要你們幾日攻不下撫遠，消息傳開，你們將如何自處？」

「你們哪裡來的八千人？」呂大臨喃喃地道。

尚海波大笑，「正是因為想不到，完顏不魯才傾師來攻，鎩羽而歸，身死城下，如今輪到蕭遠山了。」

呂大臨心頭巨震，李清如此老謀深算麼？他身體不由一陣發軟，如果真如尚海波所說，八千精銳守撫遠，自己一萬五千騎兵根本是自取死路。

他是在恐嚇自己嗎？

呂大臨精神一振，也許只是對方大言不慚，但**軍國大事，一言可決千萬人生死**，自己真能做到麼？如果兩家開戰，不論結果如何，定州都將元氣大傷，蠻族必定乘虛而入，那時，**自己將是定州的罪人**。

「李將軍欣賞將軍的才能，不願呂將軍萬劫不復，才讓我來說與將軍知道，如何取捨，將軍自知。」

「你們要我背叛蕭大帥？」呂大臨艱難地道。

「蕭遠山對將軍如何，將軍自知。」尚海波笑道：「將軍，你在蕭遠山手下，也僅只於此了，但在李將軍那裡，將軍您的前途不可限量。」

「此話怎講？」

「蕭遠山只看到定州，卻**不知放眼天下**，李將軍則不同，**定州只是他崛起的第一步**，李將軍曾為自己定下目標，三年之內拿下定州，三年之內平定草原，然後蓄勢以待，靜待時機，想必如今中原局勢呂將軍也是心知肚明，現在兩年不到，定州已是將軍掌中之物，呂將軍若有意，可看三年之後定州如何？」尚海波大笑道。

「當將軍走出定州之時，這定州還能放到誰的手中？自然是你呂將軍！也只有呂將軍這種熟知邊事，威望素著的將軍才能鎮得住到時的草原！若將軍有所

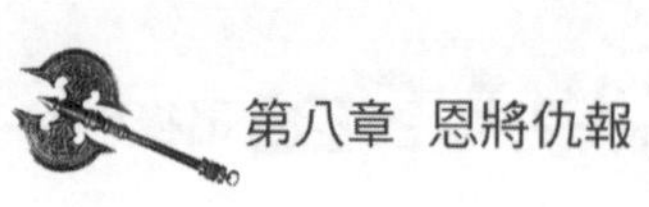

成，呂將軍你的前途將不可限量！」尚海波鼓動三寸不亂之舌，繼續施壓，同時為呂大臨描繪出一幅美妙前景。

「我不可能背叛大帥。」呂大臨臉色變幻不定，強自掙扎。

「不需將軍動手，只要將軍按兵不動觀望即可。」尚海波道。

「大帥那裡可有兩翼數千精兵。」呂大臨陡地抬起目光。

「中軍一營兵力，何足道哉？」尚海波嘿嘿一笑，道：「取之如屠雞殺狗一般，將軍請看吧，只是您這軍中蕭遠山的親信，卻需將軍動手拿下了。」

「李將軍要殺了他們嗎？」

呂大臨徹底崩潰，如果尚海波需要他出兵蕩平蕭遠山的中軍營的話，他會立即翻臉，但尚海波如此一說，那代表李清真的有八千精兵在等著蕭遠山，他最後的希望也落了空，既已如此，自己怎肯陪蕭遠山一起下地獄？

尚海波搖頭：「將軍多慮了，即便是蕭遠山，將軍也不會殺，只會禮送他出定州而已。至於這些將軍們，到時是走是留，都隨他們自己的意，畢竟都是戰友，一起殺過敵。將軍有言，**人生有四大事占其一者，便可稱為朋友**。」

呂大臨此時已完全放下心來，心裡對蕭遠山的愧疚也放了下來，畢竟蕭遠山是要殺李清的，但李清卻承諾不殺蕭遠山，心結一旦放下，人便也輕鬆下來，聽

尚海波如此說，不由好奇地問道：

「那四件事？」

「一起同過窗，一起扛過槍，一起坐過牢，一起嫖過娼！」

尚海波抑揚頓挫，一字一頓地吟道。

砰的一聲，呂大臨的腦袋重重地砸在面前的大案上。

第九章
玄妙命運

「命，真是一個玄妙的東西。」李清喃喃地道：「但是，我不信命，我只信自己，我命由我不由天，我要自己掌控自己的命運，這也是支撐我一路走來最大的動力。」

「將軍，您是天上星宿下凡，與我們自是不同。」楊一刀恭敬地道。

清晨，薄霧瀰漫，草原上朦朦朧朧，當一縷陽光刺破晨霧，掃向青青牧草的時候，定州呂大臨軍營裡已是號角齊鳴，所有士兵已著裝整齊，開始收拾營帳，準備拔營出發。

這些普通的士兵並不知道他們今天將經歷定州數年來最為驚心動魄的一次變故，顯得極為平靜，雖然繁忙，但井然有序，在果長們的要求下迅速而有效地做著出發前的準備。

所有振武校尉以上級別的軍官全部被召到了統帥呂大臨的中軍，聽說是有重大的軍事行動，士兵們興奮而又期待，附近的小部落已被一掃而空，難道呂將軍要帶領我們打向草原腹地？

一連串的勝利讓所有的士兵們盲目自信起來，以往聞之色變的草原鐵騎也不過如此嘛，在我們的手下還不是一樣的狼奔鼠竄，不堪一擊？

呂大臨中軍營帳，沈明臣面含微笑，立於呂大臨一側，看著一眾軍官一個個走來。

呂大臨給他的解釋是，這樣大的軍事行動，而且是向友軍動手，必須取得所有振武校尉以上級別軍官的支持，才能有效地整合全軍，在行動前，將所有的高級將官集合起來，一旦發現有不同意見者，立即拘押，可以將變故降到最低。

這個解釋讓沈明臣很滿意，甚至在心裡讚嘆呂大臨不愧是沙場老將，將所有的細節都考慮得很周到。

呂大臨心中也在冷笑，看著沈明臣一臉的從容，心道：真是死了都不知道怎麼死的！

雖然五個營有三個參將是蕭遠山的人，但蕭遠山忘記了，重整後的定州軍是以以前的右協為基礎組建的，百分之八十的振武校尉，百分之九十的果長，百分之百的哨長都來自他的右翼，可以說，在這支騎兵隊伍中，他呂大臨就可以做到一呼百應。蕭遠山以為換上三個營的參將就可以控制此營麼？那未免也太小看他呂大臨了，自己從一介小兵做到今天的位置，可不僅僅是因為作戰勇猛，屢立戰功而已。

呂大臨緩緩地掃視著凜然立於下首的各級將領，這些人中，絕大部分都是他熟悉的面孔，每個人他都能叫出名字。

「從湖平，李相如，鄭展榮！」呂大臨厲聲叫道。

「末將在！」三名參將應聲出列，他們的神色中興奮中透露著不安，呂大臨心裡冷笑，很明顯，沈明臣已經事先透氣給他們了，他們才會有如此的表情。

呂大臨微微俯下身子，凝視著他們，在他逼人的眼光之下，三人略微有些不

安，畢竟呂大臨是邊關聲名卓著的將領，而他們不久之前還只是一名振武校尉，是被蕭大帥在整合軍隊中才提拔起來的。

「你們三人在本次作戰中表現很勇敢，我很欣慰！」呂大臨緩緩地道。

「多謝將軍！」三人都有些激動，畢竟能得到這樣一位老將的讚揚是一個很不錯的榮譽，但接下呂大臨的話，讓三人猝不及防，甚至是驚恐萬狀了。

「但是，今天，本將要對不起你們了，來人，將他們三人拿下！」

隨著呂大臨的一聲斷喝，營帳外立即便湧進數名呂大臨的親衛，迅雷不及掩耳地將三人反扭雙臂，按在了地上。

「將軍，將軍，我們犯了什麼錯？請將軍明示！」從湖平被按著跪在地上，聲嘶力竭地大叫道。從剛才的讚揚驟然到現在被按倒在地，這之間的反差讓三人還沒有緩過勁來。

從湖平算是反應比較快的，心知不妙，嘴裡喊著，一雙眼睛卻看向沈明臣，沈明臣的臉刷地一下變得雪白。

「你沒有錯，是我們蕭大帥錯了！」呂大臨一字一頓地從嘴裡蹦出幾個字來。

剩餘的兩名參將，呂大兵和張明立挺立不動，他們都是呂大臨的鐵桿心腹，早已知道了事情的真相，但其餘的振武校尉們在看到三位參將被拿下，又聽到呂

大臨的這一句話後，帳裡頓時嗡地一聲炸開了。

沈明臣忽地跳了起來，從懷裡摸出一張紙，大聲叫道：「各位，我有蕭大帥的親筆密令，剝奪呂大臨在軍中一切職務，所有軍務由我暫代，各位，這是蕭大帥親筆簽發的命令！」

議論紛紛的振武校尉們在呂大臨的眼光一掃而過之後，立即便安靜下來，站得筆直，挺立不動，眼光甚至沒有看向被按倒在地的三名參將和在帳中跳腳大叫的沈明臣，他們只目光堅定地看著中央的呂大臨。

呂大臨看著歇斯底里的沈明臣，搖搖頭，「沈先生，沒用的，你叫得再響也沒有用，蕭帥雖然拆散了我的右協，但他忘了，現在的定州軍，幾乎所有的基層軍官都來自我右協，這是我呂大臨帶了很多年的兵，這些人隨著我出生入死，都有著過命的交情，我讓他們往東，他們絕不會向西，是嗎？各位！」

帳裡十五位振武校尉，及兩位參將同時半跪在地，高聲叫道：「惟將軍之命是從！」

沈明臣呆面而立，手裡蕭遠山親筆簽發的密令飄然落地，在跪了一地的參將校尉之間，顯得那麼孤單而脆弱。

「為什麼？**李清許給了你什麼好處，讓你背叛蕭大帥？**」

「這個問題，我來回答你！」帳後傳來一個清朗的聲音，尚海波飄然而出。

「是你！」沈明臣眼光收縮，他認出了這個飄逸的中年書生。

尚海波灑然一笑，朗聲道：「沈大人，你沒有理由怪責呂將軍，大戰之後，**第一功臣不但不獎，反而要設計除之，是問如此作為，呂將軍堂堂男兒漢豈肯為之？」**

沈明臣嘴角露出譏笑，這個理由簡直是放屁，心知尚海波必然還有後話，也懶得打斷他，此時他已一敗塗地，多說只是自取其辱，對方必然會讓他知道答案。

「這是其一！」尚海波走到沈明臣明前，「其二，此時在撫遠，不是千餘殘兵敗將，而是八千精銳，沈先生，蕭帥想除掉我家將軍，沒了呂將軍這一萬五千鐵騎，憑他中軍營數千人，只有一個結果，那就是肉包子打狗，有來無回！」

沈明臣長吁了口氣，心道：**這恐怕才是呂大臨反水的真正原因**，當下反問道：「李清從哪裡來這八千精銳，難不成他會撒豆成兵？你欺得了呂大臨，可欺不了我！」

尚海波放聲大笑，「欺你？錯了，在設計此次戰役之前，我們便已料到今天，你以為我來這裡，是怕了這一萬五千人麼？完顏不魯六萬大軍，在撫遠之前照樣碰得頭破血流，身死收場，否則你以為我家將軍是傻子癡兒不成，**這等為他**

人作嫁衣之舉，請問你會做麼？」

「我來此，只是我家將軍可惜定州健兒不應在內耗中消亡殆盡，才請呂將軍高舉義旗，也幸得呂將軍深明大義，不肯做這親者痛仇者快之舉，才將我定州健兒盡最大力量保存下來，以應付來年蠻族入侵。否則，撫遠城下，必然血流成河。沈大人，蕭遠山做此大逆不道之舉，可謂是人神共憤，天有道，豈可留之？」

沈明臣閉上雙眼：「一年時間，李清居然在崇縣如此窮漱之地聚集萬餘精兵，厲害，佩服。我認輸了，好吧，要殺要剮，悉聽尊便！」

聽到沈明臣如是說，下面被按跪在地上的從湖平等三員參將都是臉色慘變，偏又說不出任何話來，他們是蕭遠山的心腹，即便此時反水，也不會有人信任他們，只能低頭認命。

尚海波搖頭：「你又錯了，李將軍說，蕭遠山雖然做此無恥之事，但念在他這些年來抗擊蠻族，沒有功勞也有苦勞，會放他一條生路。蕭遠山都放過了，你們這些人殺之何益？你們且安心留在呂將軍營中，待此事了，是去是留，悉聽尊便！」

沈明臣神色複雜地看著尚海波，「好，果然好器量，李清，我會看著你能走到那一步。」

尚海波大笑：「沈先生有才，我家將軍深知，如有一日，沈先生想要到我家將軍帳下效力，想必將軍必會倒履相迎！」

沈明臣嘿地一笑，轉頭不理。

尚海波回過頭來，向呂大臨抱拳一揖，「此間事了，我心繫撫遠，要返回了，這就與將軍別過，等解決了蕭遠山，我家將軍再與呂將軍把酒盡歡。」

呂大臨抱拳回禮，「尚先生，舍弟大兵別的沒有，一身武力卻還可觀，與先生一道回去，助李將軍一臂之力吧！」

尚海波微怔，隨即反應過來，這呂大兵便是呂大臨送到李清那裡的人質，笑道：「好，呂將軍厚意，我家將軍受了，來日必有厚報！」

「厚報倒不必，我一生心願，便是馬踏草原。」

「定不負將軍心願！」

兩人相對一笑，拱手而別。

撫遠要塞城上，一片喜氣洋洋，張燈結綵，有些殘破的城樓和碉堡上，披紅掛綠。城牆上，一面面戰鼓掛上了彩綢，鼓手們也著紅衣，戴紅帽，這些猙獰的大漢們穿慣了戰袍，突然穿起這種衣服，都是左歪右扭，十分的不自在。

撫遠的鄉紳們都被請了來，準備歡迎定州軍大帥蕭遠山和定州知州方文山，慶祝對蠻族大捷的祝捷大會，將在主戰場撫遠要塞下進行，昨天，蕭遠山方文山帶著中軍營已向撫遠要塞進發，預計今天中午便會趕到。

宜陵的大富豪方文海和他的兒子方家豪也在被邀之列，此時，聚在他們身邊的鄉紳不少，都是壓低聲音在竊竊私語，也不知在說些什麼。

方文海側臉打量著主城樓上的李清，臉上露出冷笑，今天便有你的好看！他的四百礦丁被李清強徵，一仗下來，損失大半，剩餘的百多人到現在還被李清扣著，礦裡也連二接三的出亂子，短短時間裡死了好幾個人，撫遠知縣路一鳴趁機派了一批衙役進駐宜陵鐵礦，如果到現在還不明白李清想要幹什麼，那他方文海真是不用再混了。你想謀我方家的鐵礦，只怕你吞不下去反而噎死。

李清轉過頭來時，恰好迎上方文海那張冷笑著的臉，他立即回應了一張燦爛的笑臉，心中卻道：「笑吧，笑吧，等一會兒，你就笑不出來了。」

李清今天穿著一身簇新的官袍，清風特別為他梳洗打扮了一番，這讓賣相本就很不錯的李清更加的瀟灑出塵，獨立於高高的城樓上，頗有些一覽眾山小的滋味。

楊一刀、唐虎等一眾親衛站在李清身後數米遠的地方，警惕地打量著四周，

雖然是在自己的地盤上，但他們卻不願自己有一絲一毫的鬆懈，因為他們都清楚，今天這**看似一派歌舞昇平的太平世界下掩藏著怎樣的危機**。

李清目光眺向遠處，蕭遠山的中軍營正一撥接著一撥馳向撫遠要塞，哨探大聲向李清回稟現在中軍營所在的位置。

其實李清絲毫不關心這個，他正在盼望著尚海波回來。

李清的眼睛微微地瞇了起來，兩種方案都已準備妥當，只等尚海波那邊的消息，八千精銳如今已枕戈待旦，如果呂大臨反正，則他們將在城下圍殲蕭遠山的中軍營；反之，這八千精銳將死守撫遠要塞，同時將消息擴散出去，將蕭遠山排除異己、殺戮功臣的消息散佈到全國，引來外部壓力。

統計調查司的密探們都懷揣著一疊疊的文告，牽著馬集中在調查司中，只等一聲令下，便上馬飛奔而去，奔向各自的目標。

遠處，激起一路煙塵，李清眼力很好，一眼便看到那一群人正是由過山風陪伴的尚海波，懸著的心頓時放下一半來，不管與呂大臨談得怎麼樣，至少自己的人安全回來了。

等奔得近了，李清看見呂大兵也在騎兵隊伍中，這一下，心便完全放到了肚子裡，呂大兵會到這裡，自然表明了呂大臨的態度，大勢已定，李清長長地出了

口氣，這才發覺自己其實很緊張。

他看了眼正激動地與鄉紳們說著什麼的方文海，必想：「得瑟吧，等我收拾完蕭遠山便輪到你了，呵呵！」

回頭打量了一下城頭上戍守的士兵，不由失笑，這批人是從傷兵員中臨時抓出來的輕傷患，不是瘸著腿，就是吊著胳膊，要不是就腦袋包成了粽子一般，雖然換上了新的戰袍，這些人也竭力想要表現出英武之氣，奈何這賣相著實不佳，與場中喜氣的氛圍有些格格不入。

想必那一撥撥奔來的哨探已將這裡的實際情況報告給蕭遠山，讓他吃了最後一顆定心丸了吧。

尚海波一行人奔上城樓，李清以目光向尚海波微微示意，卻走到呂大兵面前，向他深深一揖。

呂大兵慌忙踏前一步，挽住李清，惶恐地說：「李將軍這是做什麼，這不是折煞我呂大兵麼？」

呂大兵雖然只是一個單純的武夫，但經過昨夜與今天凌晨一幕以後，也明白從今以後，自己兄弟就要跟著眼前這個年輕的參將混了，雖然現在對方只不過與自己一樣，都是一名參將，但用不了多久，定州就會屬於對方了。

「我這一揖是感謝令兄深明大義，為百萬定州百姓帶來安定，免去戰亂之災。」李清正色道，「如果不是令兄此舉，想必今日之撫遠必將血流成河，伏屍無數。」

呂大兵抱拳還禮：「蕭遠山此舉，天怒人怨，我呂家兄弟堂堂男兒，豈肯與之同流合污，且我兄弟乃是定州本地人，能讓百姓安居樂業，是我們一直以來的理想，以前將這希望放在蕭遠山身上，可惜得到的只是失望，望將軍以後能帶領我們走向勝利。」

李清在他的胸膛上重重地捶了一拳，道：「請拭目以待，呂兄，現在你不方便露面，還是先回參將府休息。」

看到呂大兵抱拳離去，在唐虎的陪同下走向參將府，李清轉向尚海波，「尚先生辛苦了！」

「分內之事罷了！」尚海波笑道：「呂副將的定州鐵騎將緩緩向撫遠靠近，在蕭遠山的中軍營到達後，他們將在周邊佈防，防止蕭遠山突圍而去，此戰，我們要一網打盡，一個也不能讓他們跑掉。」

「好極了！」李清撫掌讚道：「如此便可以完美地封鎖消息，拿住蕭遠山後，再誘來戴徹及其部將，如此，定州便徹底納入手中了。」

離撫遠五十里，蕭遠山的中軍營正向著撫遠急行，一撥撥的哨探不斷地將撫遠要塞的消息傳回，聽到撫遠果然如自己所料，只餘些殘兵敗將，連幾個完好無損的士兵也找不到，蕭遠山不禁撫鬚大笑。

此戰，不僅確保了巴雅爾至少在一年內無力進攻定州，而且也拔除了眼中的一顆釘子，一舉兩得；更為難得的是，自己的實力基本無損，再有一年的積累與發展，當有與巴雅爾一戰之力。

「李清好生無禮，大帥來撫遠，他應當離城來迎，沒想到他居然安坐撫遠。」一名親衛憤憤不平地道。

蕭遠山笑道：「無妨，李清參將立下如此大功，驕傲一點也是應該的。」

知州方文山的臉色不是很好看，他已經知道了李清正在對付宜陵方文海，宜陵鐵礦裡面的貓膩，蕭遠山不清楚，但他可是一清二楚，萬一李清從哪裡查出了什麼，那方家可就一頭掉坑裡了，即使爬起來，也得脫三層皮，這也是他為什麼一定要求跟著蕭遠山來的原因，打的旗幟自然是代表州裡來慰勞功臣了。

「蕭帥，有必要這麼大費周章嗎？你一道命令，將他召到軍府，三五力士便拿下了。」方文山不滿地道。

蕭遠山搖搖頭，「這事必須做得迅雷不及掩耳，要讓世人都認為李清是在抵禦蠻寇落敗身亡，而不是由我來下手，這時間上就必須要接得上，否則萬一拖得久了，想殺掉李清可就不是一件容易事了，你想想，他這一次又立下如此大功，加上去歲他奇襲安骨，那可是在我們定州萬馬齊瘖的時候啊，有了這些功勞，你以為他還會只是一個參將麼？

「他的官做得越大，危害越大，這次如此好的機會，我必須要抓住，**想殺他不難，難就難在掩人耳目啊**！李清又不是傻子，你以為我一封軍令他就會去麼，他會拖，大戰剛定，能拖的理由實在太多，而我們實在拖不得的。」

方文山點頭稱是，李清不是普通將領，在他的身後，還站著一個龐大的世家，擁有極大的能量，沒有一個說得出口的理由，實在是做不了這事。

「那大帥，你有十足的把握嗎？我想李清一定會防備我們吧？」方文山有些擔心。

「無妨！」蕭遠山得意地道：「只怕他萬萬想不到我會用如此雷霆手段，此時，呂大臨的一萬五千騎兵已在奔向這裡的途中，在我們到達撫遠的時候，他們也會趕到。以如此雄厚兵力，又是出其不意，李清的千餘殘軍個個帶傷，能翻起多少浪花？」他的捏緊拳頭，「一鼓而下而已！」

撫遠的城廓越來越清楚地出現在眾人的視野中，城上震天的鑼鼓聲也清晰的傳來，披紅掛綠的城牆上，站滿了衣著華麗的鄉紳，看來李清真的是沒有任何的防備。

方文山冷笑道：「如果李清此時知道，這些鑼鼓是在為他敲的喪鐘，不知會作何感想？」因為宜陵鐵礦的事情，他對李清厭惡到了骨子裡。

蕭遠山心裡充滿了愉悅，一年多來，這根扎在自己心頭上的刺終於要拔除了，以後的定州仍然是蕭家的鐵打江山，心裡又不免有了些惋惜的念頭。

這李清的確是難得的人才，能從完顏不魯的進攻中敏銳地發現了扼制巴雅爾東寇的機會，而且能以一營兵力對抗對方六萬大軍而力保撫遠不失，這可不是上一次呂大兵的抵擋，這回完顏不魯可是做足了準備，但仍然在撫遠之下碰得頭破血流，甚至落得了身殞當場的結局。

可惜了，他是李氏的人，否則該有多好啊！

這個念頭在腦子裡一晃而過，蕭遠山自失地一笑，**自己從來都不是理想家，而是實實在在的現實主義者**，他迅速將心情調整過來，打量著不遠處的撫遠。

歷經戰火洗禮的撫遠已不復當日的雄偉，殘破的城牆昭示著當日戰爭的殘酷，兩座碉堡幾被填平，現在仍然沒有來得及清理，那被蠻軍堆起來的土壘依然

聳立，城牆下明顯是被剛剛挖起來的泥土填平的，饒是如此，泥土中仍然依稀可見紫黑的血跡；即便是現在自己踏足之處的草原，被踩踏得稀亂的小草上也沾滿了血跡。

也不知李清付出多少代價才保住了撫遠，蕭遠山在心裡暗想，但此時此刻，**李清付出的代價越大，自己便越能輕鬆地解決他。**

回頭眺望身後，已可看到遠處的煙塵，那是呂大臨的萬人鐵騎，蕭遠山欣慰地笑了，呂大臨還是忠於自己的，時間拿捏得恰到好處，自己踏足撫遠城下的時候，呂大臨的鐵騎也能隨後趕到。

方文海看到了蕭遠山一行人，也看到了騎行在蕭遠山身旁的方文山，膽子立即便壯了起來，回頭看了眼高踞於城樓上不動聲色的李清，拔腳便向城下走去。

他這一走，立馬便有數十鄉紳跟著奔了下去，他們是要出城去迎接蕭方二人。

李清嘴角掛著冷笑，看著大部分的鄉紳離去，剩餘的一部分畏懼地看了眼李清，舉步欲行，想了想又留了下來。

這些日子以來，李清在撫遠一連串的雷霆萬鈞般的手段，著實讓他們有些怕了，他們可不像方文海有強硬的後台，看到李清鐵青的臉，猶豫半晌，仍是決定留下來。

在他們看來，李清是這裡的現管，而蕭大帥雖然官大，卻在這裡待不長，仍是要走的，如果他走了之後，李參將要秋後算帳，那可不是他們這些人能承受的。

又有兩排人踏上了城牆，兩人一組，扛著巨大的銅號，銅號架在前面一個人的身上，後面一人手執號嘴，將嘴湊到上面，隨時準備吹響銅號。

蕭遠山帶著他的親兵營走過了碉堡，走進了那個曾經讓完顏不魯流盡鮮血的死亡三角區，數十個鄉紳歡天喜地的迎了出來，但本來應當是迎接他們這一行人的主角李清，卻仍是高踞城樓，巍然不動。

蕭遠山不由感到有些異樣，心裡一陣不安，但隨後如雷的馬蹄聲打消了他的疑慮，呂大臨的鐵騎已到了離城兩千步的距離上紮住了陣腳，迎風招展的呂字大旗讓他安心不少。

蕭遠山的中軍護衛官看到李清仍自高踞在上，不禁大怒，打馬向前，直奔到城門口，怒道：「李大人，蕭帥和方大人已到，你還不出城迎接是什麼意思？」

李清站起來，雙手按在城牆上，扶住垛碟，嘴角帶著一絲譏諷的笑容，「迎接蕭帥，那自是應當的。吹號！」

數十柄銅號同時奏響，與此同時，戰鼓聲也擂了起來，與先前那充滿喜慶色

彩的鑼鼓不同，這時的鼓號聲中充滿了凜冽的殺伐氣息。

隨著號聲，撫遠的城門猛的閉緊，原本那些傷痕累累的士兵消失，取而代之的是一排排全副武裝的士兵手執弓箭，引弓開弦，瞄準的卻是城下的中軍營，城上城下一陣大亂，留在城上的鄉紳們驚叫著，四散逃避，他們哪裡能想得明白，轉眼間，**這喜慶的祝捷便變成了一場禍事**。

早有士兵迎上來，兩人一個，夾著這些鄉紳下了城牆。

一架架八牛弩被推了上來，粗如兒臂的弩箭閃著寒光，對準了城下。方文海呆若木雞，方文山也如廟裡的菩薩，睜大眼睛看著城上密密麻麻的弓箭和八牛弩。

蕭遠山畢竟是武將，短暫的震驚之後便反應過來，中軍營不愧是定州精銳，是蕭遠山苦心經營多年的精兵，在城門關閉，城上出現士兵的時候，他們已行動起來，大盾兵上前，一排排巨大的盾牌立了起來，護住了蕭遠山和方文山等人，連方文海等一眾迎出城去的鄉紳也保護了起來，後側的騎翼已打馬向後，準備撤退。

不過顯然他們沒有這個機會了，隨著號聲，兩側碉堡上出現了密密麻麻的士兵，更多的步兵從兩座碉堡裡湧出，推著一輛輛令人膽戰心驚的戰車，數息之

間，便已排成了密集的戰陣，戰車之後，一座槍林瞬間立起，直接封閉了三角區的出口，**蕭遠山的中軍營被包了餃子**。

蕭遠山這時才驚駭起來，李清哪裡只有千餘殘軍，現在圍住自己的便有數千人，而且還沒有看到他的騎翼，**這個天殺的李清，到底是有多少兵力**？

回頭看去，呂大臨的騎兵開始緩緩向這邊靠近，剛剛心膽欲裂的他膽氣又壯了起來。

「李清，你想要幹什麼，造反麼？」他戟指李清，大罵道。

李清大笑道：「大帥，**要想人不知，除非己莫為**，你要在今日除掉我，當我不知麼？李清可不是傻子癡兒，當初便已料到今日，豈有不防之理。」

「胡說八道！」蕭遠山罵道：「李清，你今日此舉，已與造反無異，我勸你一句，速速自縛雙手，出城請罪，我還可饒恕你的罪行，看在李家份上，放你一條生路，否則大軍發處，你與你的部眾皆成齏粉！」

李清冷笑：「大軍？你是指你這兩千兵馬麼？就憑他們也想拿住我？」

蕭遠山心裡隱隱不安，但仍回指著正逼上來的呂大臨部，厲聲道：「看到了麼，呂將軍的萬餘鐵騎之下，你可有一搏之力？」

似乎在映證著蕭遠山的話，他的話才剛剛落下，側翼便響起如雷的騎蹄，一

彪騎兵奔來，卻不是呂大臨的騎營，領頭一人，是李清的騎翼部將姜奎。

看到姜奎部旁若無人般地縱馬奔過呂大臨的軍陣之間，呂大臨部卻沒有任何動作，蕭遠山的心頓時沉了下來。

「給呂將軍發令，讓他進攻，剿滅這股騎兵。」蕭遠山的聲音帶著顫音，**他不敢想像那最壞的後果**，傳令兵顯然也知道事情的嚴重性，立於馬上，雙手揮舞令旗，發出一連串的旗語。

呂大臨的中軍左右一分，十數騎馬奔了過來，而姜奎部也很配合地讓開了一條道路，讓這幾匹馬直接奔進了三角區之內，蕭遠山的心徹底沉了下來，來人是沈明臣和他的幾名心腹將領，不過他們卻是被反翦雙手，捆在馬上。

呂大臨反了。

蕭遠山只覺得眼前發黑，人在馬上一陣搖晃，噗通一聲摔下馬來。

蕭遠山醒來時，人已經在撫遠城內。

他的中軍營在他昏倒之後，戰意全無，呂大臨的出現更是讓他們絕望，**在絕對的實力面前，沒有人會不珍惜自己的性命**，更何況，這並不是與塞外蠻族的不死不休的戰鬥，而是自家內訌。

每一個士兵都相信，只要自己放下武器，對面曾經的袍澤就不會再向自己舉起刀槍，蕭遠山的心腹軍官們在此刻也毫無辦法可想，除了跟隨士兵們一齊投降，沒有第二條路可走。

李清預想中的局部戰鬥並沒有爆發，事情解決的順利程度更是出乎了他的意料之外，但這是一種更好的局面，**不死一人便解決這場定州軍內部的爭鬥，是李清夢想但不抱希望的盼望**，當結果出現在李清面前時，讓他簡直不敢置信。

蕭遠山是在李清的參將府中議事廳內醒來的，看到左右那一張張曾經熟悉的面孔，呂大臨，呂大兵，李清，很意外的，他並沒有咆哮呂大臨的臨陣背叛，沒有怒罵李清處心積慮，而是很鎮定地在眾人臉上一一掃過，這裡有他認識的，也有很多身著校尉服飾但他不認識的，想必是李清的心腹手下。

他慢慢地從長椅上站起來，摸了摸腰裡的刀，李清身後的楊一刀和唐虎立即向前一步，但李清伸手擋住了兩人。兩人對視片刻，蕭遠山忽地笑了起來，將腰刀解下，拋在地上。

「**你贏了，我小看了你**。很感謝你沒有讓我做一個糊塗鬼，讓我能在清醒中死去，這是對一個武將最大的尊重了，我得承認，如果我們兩人易地而處，我肯定做不到這一點。我會立即將你一刀兩斷，永絕後患。」

李清搖頭，「蕭帥，你錯了，你不會死，包括你的部將，你們都不會死，我不會殺你們，雖然現在你我是死敵，但畢竟你們曾在邊關作戰多年，對定州沒有功勞也有苦勞，所以，我會禮送你們出定州，回京師。」

「你說什麼？」

蕭遠山有些不相信自己的耳朵，**他居然不殺自己，這是什麼道理？**他不敢置信地看著李清，確定對方不是在開玩笑，或是在用這種方法羞辱自己。

半晌，他的目光轉向呂大臨。

呂大臨走上前來，道：「蕭帥請放心，李將軍的確沒有傷害你的意思，只是這定州只能有一個主人，所以你必須離開，李將軍的奏章已寫好，我已聯名上奏，蕭帥為了這場戰役，殫精竭慮，傷神過度，過去的舊傷復發，請求回京師養病。」

蕭遠山目光閃爍，看了這個在最後一刻讓他功敗垂成的將軍，終於將壓在心裡的那個問題問了出來：

「告訴我，大臨，我自問待你不薄，為何你要背叛我？」

呂大臨毫不退讓地直視著蕭遠山噴著火的目光，「蕭帥，你完全做錯了，不說其他，單是李將軍手下尚有八千精銳，就足以讓我們定州的精銳在撫遠城下流

盡鮮血，**那最後得利的將是誰？會是我們的敵人，是草原上的巴雅爾**！果真如此的話，我敢斷言，巴雅爾將立起大兵直撲定州，試問那時我們還守得住嗎？」

「你可以告訴我真相，我完全可以取消這一次行動！」蕭遠山吼道。

呂大臨搖頭，「蕭帥，你還是沒有想通，我不願意我們一次又一次在這種勾心鬥角中過日子，想要打敗巴雅爾，**一個團結的定州是必須的**，你可以取消這一次的行動，但你一定會謀劃下一次、第三次，直到你們某一方勝出。」

「那你為什麼選擇了他而不是我，我們曾在一起戰鬥過這麼多年，難道我們之間的交情還比不過他嗎？」

「這不是交情與否的問題，而是為了以後的勝利，蕭帥，恕我直言，你若主政定州，我們守成有餘，進取不足；李將軍雖然年輕，卻讓我**看到了定州崛起，直搗黃龍的希望**，所以，我選擇李將軍。」

蕭遠山長嘆了一口氣，慢慢地坐倒在身後椅子上，雙手抱頭，廳內眾人都沉默地看著他，不說話，也沒有人去打擾他。

終於，蕭遠山抬起頭，決然地說道：「我知道，你們還需要我的一封請辭奏章，拿紙筆來！」

「還需要您給威遠的戴徹將軍一封命令，召喚他率他屬下各營參將一起來撫

遠參與本次大捷慶典。」尚海波冷冷地道。

蕭遠山慘然一笑，「果然是覆巢之下焉有完卵，戴徹雖是我的心腹，但他卻是一員猛將，你會用得著他的。」

李清緩緩搖頭：「我沒有時間來慢慢調教感化他，蕭帥，我曾與呂將軍說過，**三年之內，我必須解決草原問題**，所以，我不想在我率軍出征的時候，還得時時擔心有人背後給我一刀，所以戴徹將軍也必須離去，相信蕭帥也用得著他。」

「三年解決草原問題？李清，你好大的口氣，我由衷地說聲佩服你，難怪呂大臨會選擇你，鼎定草原是他一生的夢想。」蕭遠山哼了聲，提起筆，片刻間，便已書就請辭奏章以及給戴徹的命令，啪的一聲將筆甩在地上，道：「好吧，你們要我做的，我已做了，現在便任由你們處置了。」

李清微笑著對楊一刀道：「請大帥去休息，除了不允許大帥踏出居所一步之外，其餘不許待慢於他。」

楊一刀躬身領命，向蕭遠山一伸手：「蕭帥，請！」

蕭遠山昂首挺胸而去。

看著他離去的背景，李清不禁嘆道：「拿得起，放得下，不愧曾是定州的主人。」

王啟年不滿地道：「將軍，我真不明白，他明明落在我們手裡做了俘虜，還這般趾高氣揚，真是讓人氣悶，為什麼不一刀殺了他永絕後患？他在將軍手裡吃了這麼大一個虧，讓他活著回去，他豈肯干休？日後肯定會與我們為難。」

「以後的事以後再說吧，即便日後我們再一次兵戈相見，廝殺疆場，我也不會後悔今天的做法。」李清笑道。

殺蕭遠山當然容易，但**現在還不是徹底激化兩家矛盾的時候，李清需要時間來穩定定州，需要時間來解決草原問題**，中原的事能拖一時便拖一時，如果殺了蕭遠山，那便徹底撕破了臉皮。

蕭遠山與自己不一樣，自己只是李氏一個還沒有進入族譜的小人物，即便失敗被殺，李家也不會覺得有多大的損失，但蕭遠山可是蕭家舉足輕重的人物，殺了他，事情可就鬧大了。是以李清明知蕭遠山是個厲害的角色，而且以後肯定會為自己帶來麻煩，仍不得不放了他。

「那將軍，方文山那傢伙呢？是不是也要放了他？」王啟年嗡聲嗡氣地道，抓了兩個大佬，既然放了一個，那另一個肯定也要放了，真是不甘心！

「他？」李清冷笑道：「他就沒有那麼好的事了，方家偷賣生鐵等戰略物資給巴雅爾，已是犯了重罪，他身為定州知州，方文海又是他的族弟，這一次，不

讓他死也要讓他脫一層皮去。」

李清著實有些惱恨方家，除了想要拿到宜陵鐵礦外，這種幾乎等於資敵的行為更是讓他厭惡，因為他們，不知多死了多少大楚軍人，這等眼裡只有錢的人渣，豈能輕輕放過?!

王啟年咧開大嘴笑了，「就是嘛，將軍，這等人便要狠狠修理，奶奶的，等會兒我便去揍他一頓。」

「打住吧你！」李清又好氣又好笑，看著這個腦袋缺根筋的傢伙，「鬍子，不許你去找他，雖然我們要收拾他，也犯不著去揍他，你那個拳頭，只怕一拳便要了他的命去。」

「我輕輕打還不行麼？」王啟年壓低聲音，隨即看到李清惡狠狠地目光，立馬腳底抹油，「我去兵營了！」他邊跑邊喊，身後傳來一陣笑聲。

一連幾天，李清忙得腳不點地，當然，這是勝利者的煩惱。

忙了一天的李清頭昏腦脹，回到休息的地方，楊周氏已經打來洗澡水，裝在一個大木桶中，熱氣騰騰，李清只覺得全身的骨頭都舒暢了起來！

李清舒服地伸個懶腰，滿意地呻吟了一聲，身後的楊一刀拿起水瓢，舀起熱

水，替李清澆在厚實的背上。

自草原上與完顏不花一仗之後，李清刻意地抽出時間來鍛煉自己的武技和力氣，他現在身上的肌肉賁張有力。

「一刀，跟你老婆說，以後這些事她就不要做了，換個人吧，找個丫環便可以了，她現在可是鷹揚校尉夫人，過不了多久，她就是參將夫人了，再做這些事不合適，讓外人知道，會罵死我的。」李清閉著眼，手搭在澡桶邊，對楊一刀說。

換個人聽到李清封官許願，只怕歡喜得緊，但楊一刀神色絲毫不變，「將軍，對我來說，小兵也好，參將也好，都是大人的親衛。至於我老婆，農家婆娘一個，不懂什麼禮儀，也只能做做這些粗活，您要真讓她閒下來去當太太夫人，只怕沒幾天便會悶出病來。」

李清語重心長地說：「話是這麼說，但你要清楚，我們都在改變，我不再是當初那個小小的校尉，你也不是當年那個小兵了，地位不同，很多原先的東西就要改變。**不懂，就去學**，就像你，難道一直在我身邊當親衛嗎？你遲早會出去領兵，所以一刀，你不要安於現狀，要多學習，學兵法，去學如何做一個合格的將軍；你的老婆，也要學著去做一個太太夫人。」

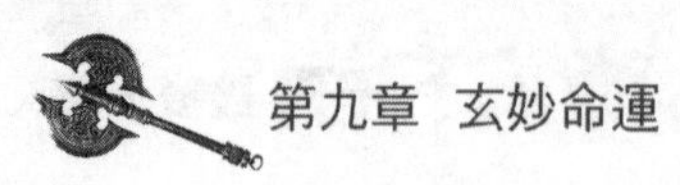

楊一刀沉默片刻，道：「將軍，領兵打仗，只怕我不是那塊料，將軍還是將我留在你身邊做親衛吧。」

李清佯怒道：「胡鬧，我的話你都不聽了麼？誰天生便會領兵打仗，王啟年以前會麼，馮國呢，姜奎呢，可現在他們一個個都能獨當一面了。一刀，不要妄自菲薄，你性子沉穩，做事實在，領兵打仗或許不夠靈活機變，但勝在扎實穩當。倒是唐虎，看來只能在我身邊當親衛了。」

「是，將軍，我會努力去學習。」

「嗯，這才對，人要有向上的欲望，**這個世界是一個人吃人的世界**，一刀，如果我們不努力，**那蕭遠山的今日說不定就是我們的明天**，你不想你家將軍也落到他的地步吧？」李清道。

兩人聊著閒話，談到當年李清剛接收他們這批人時的情景，都不由大笑起來。

「我記得你當年抱著我的大腿，大喊大人不要殺我們，我的傷不重，很快便會好的，其實當時你的傷真的挺重，我沒想到你們兩個竟然都活了過來，變成如今威風凜凜的傢伙。」

楊一刀難得的臉紅起來，「也是我和虎子命好，要不是碰上大人，換一個人來，只怕我們的骨頭都快要爛了。」

「這是你們的命，也是我的運！」李清低聲道：「一刀，你信命麼？」

「我信！」楊一刀毫不猶豫地道：「以前有個算命先生曾給我算過命，說我是當將軍的料，當初還讓鄉鄰們好一頓笑話，說我一個殺豬的，居然也想當將軍，當真是白日做夢，可我後來真的從了軍。在我快要死的時候，我不信命了，認為那個算命先生真是胡說，沒有他那番話，我也不會從軍。但當我碰上將軍，跟在將軍身邊一步步走到現在，我又信命了，將軍，您剛剛也說，我快要當將軍了。」

「是啊，命，**真是一個玄妙的東西**。」李清喃喃地道：「但是，**我不信命，我只信自己，我命由我不由天，我要自己掌控自己的命運**，這也是支撐我一路走來最大的動力。」

「將軍，您是天上星宿下凡，與我們自是不同，你可以掌握自己的命運，但我們卻要依靠您。」楊一刀恭敬地道。

李清哧的一聲笑，星宿下凡，要是自己真把自己的身分告訴楊一刀，這個沉穩的漢子會認為自己瘋了在說胡話呢，還是馬上拔腳飛奔？

腦子裡反覆臆想著楊一刀可能的種種反應，李清樂不可支。也罷，讓下屬對自己存有一份敬畏不是一件壞事。

耳邊突然傳來悠悠的簫聲，李清大奇，「一刀，我們參將府還有人會吹簫？」

楊一刀側耳聽了聽，笑道：「大人，不是我們參將府，是隔壁統計調查司的司長清風大人在吹簫。清風大人的簫吹得極好，怎麼，大人不知道麼？」

李清搖搖頭，「從未聽她吹過啊！」

兩人靜靜地聽著清風的簫音，楊一刀卻不忘不時舀起熱水，幫李清加溫。

「一刀，假如一個男人喜歡上一個女人，會怎麼做呢？」李清忽然問。

楊一刀一愣，不知道將軍怎麼忽然問這麼一個問題，想了半天才道：「那要看這是一個什麼樣的男人？」

「這有什麼區別麼？」李清好奇地道。

「當然有區別，如果是文人騷客，說不定寫篇文章，賦一首詩來表達情意；但像我們這樣的大老粗就簡單了，直接找人上門提親，答應就娶過來，不答應便拉倒。」

李清噗哧一聲笑了出來，「你老婆就是這麼找過來的？」

楊一刀不好意思地道：「我可不是這樣的，我是爹媽給說好的。」

李清幽幽地道：「一刀，要是我喜歡上了一個女人，怎麼辦？」

楊一刀很是奇怪地道：「大人，以您今天的地位，您的年齡，您的才能，您

的相貌，看上了哪位姑娘還不是那女子天大的福分，這還用多說嗎？你要是自己不好意思親自去說，隨便找個媒人上門，那對那女子來說，還不是喜從天降嗎？大人，是不是您看上哪位姑娘了，可以找尚先生作媒，尚先生那張嘴好生了得。」

李清苦笑道：「要是這個女人不喜歡我，或者因為某種原因不答應我呢？」

楊一刀愣了半晌，才道：「將軍，這可能嗎？」

李清忽地惱了起來，道：「為什麼不可能，一刀，你就說我該怎麼辦，你老婆也娶了，女兒也生了，對付女人總不會沒有辦法吧？」

楊一刀伸伸舌頭，「將軍，我還真沒想過這事，不過照我說，咱是武人，那有那麼多的彎彎繞繞，直截了當，你喜不喜歡我，肯不肯嫁我，為什麼不喜歡我，為什麼不嫁我，問個清楚明白不行嗎？」

李清霍地一下從水裡站了起來，帶起的水花濺了楊一刀一身，「你說得太對了，就是要問個明白才行。」

他跨出澡盆，匆匆套上衣衫，趿上鞋子，便向外跑去。

楊一刀趕緊跟上來，「將軍，您去哪裡？」

李清令道：「你不許跟著，還有，你的手下也不許跟著。」

警告完楊一刀，李清轉身便向外跑去。

看著李清的背影，楊一刀不解地道：「不跟著怎麼行，要不然尚先生又要打我的板子了。」扔了手裡的瓢，緊緊地跟了上去。

統計調查司的辦公地點與李清的參將府只是一牆之隔，李清在這裡安定下來後，為了保全上的方便，也更為了清風往來這邊方便，李清便命人將院牆上開了個門，當時潛意識中是不是還有什麼別的意思，此時的李清著實想不起來了。

一身便服的李清來到這個小小的半圓形的門邊，把守候在門邊的兩名親衛嚇了一跳。

雖然隔壁便是統計調查司，但這個衙門裡魚龍混雜，什麼人都有，不僅有李清原先的親衛，也有從軍隊裡、地方上招募來的人，最近清風更是大力招收一些江湖人物，楊一刀不放心，便在這裡也放上了幾名親衛，沒有這些親衛的同意，這邊衙門裡的人休想踏進參將府。

「將軍！」幾名親衛躬身施禮，李清擺擺手，豎起食指在嘴邊輕輕地噓了一聲，便邁步向對面走去，幾名親衛正待跟隨，卻見李清回過頭來，瞪了他們一眼，做了一個原地不動的手勢，只得乖乖地停了下來。

看到李清輕手輕腳地走了過去，幾名親衛無奈地看著隨後趕來的楊一刀，楊

一刀搖搖頭，幾人便靜靜地守候在那裡。

楊一刀並不遲鈍，在李清莫名其妙地問了這麼一通話之後，便向清風這便奔來，他哪裡還不明白這其中的玄妙！

這時的小院，是只屬於那兩個人的，畢竟這是在衙門中，安全方面並不需要有太多的考慮，楊一刀不信有什麼人敢來虎口拔牙。

「義務兵役制。」「軍功授田制！」……」路一鳴用了足足數個時辰才將所有的新政宣讀完畢。

看著下面一個個面有難色的知縣，李清朗聲道：「各位大人，這些新政必須無條件徹底執行，州裡對新政決心推行到底。

李清放輕腳步，沿著那條碎石小道向著不遠處的清風走去，清風坐在院子裡的一株合歡樹下，背對著李清，單薄的背影被月光拉得細長，淺淺的映在地上，正在幽幽地吹著簫，簫聲嗚嗚咽咽，帶著一股不可名狀的悲傷氣息。

李清停下腳步，打量著清風，從他這裡可以看到清風的側臉是那麼的雪白，削瘦的身體隨著簫聲輕輕搖晃，肩頭微微有些抖動，她是在哭泣麼？李清心中不由一緊。

自己想用一些工作來分散清風對於往昔的痛苦回憶，現在看來似乎效果不大，除了讓清風沒日沒夜地投入到那些繁雜的情治工作中，讓身體更加瘦弱之外，她的心依舊沒有從昔日走出來。

一陣風吹過，粉紅的花朵紛紛落下，灑在清風的頭上，肩頭，清風似無所覺，依舊沉浸在自己的簫音之中。

一枚花朵隨風飄到李清的面前，他伸手抓住那朵花，慢慢向前走去。

「清風！」他低低地叫了一聲。

「啊！」好像受到驚嚇一般，清風觸電般地跳了起來，半轉身子，看見李清正站在她身後不到數步處。眼神裡包含的疼惜，讓她身體微微有些戰慄。

「你的簫音裡有太多的悲傷，讓人聞之淚下，你還是不能忘記過去麼？」李

清走到她的面前，盯著她的眼睛問道。

「將軍！」清風低下頭，臉上的淚水猶自掛在腮邊，隨著她的低頭，帶著晶瑩的月光掉落下來。

「不要叫我什麼將軍！」李清忽地煩燥起來，大聲道：「清風，人生如夢似幻，轉眼數十年便過去，你如果一直活在過去，那你永遠都不會獲得新生。人應當向前看，你應當看到有更美好的生活在等著你。」

「將軍，我……」淚水在清風的眼眶裡打著轉。

「我說了，不要叫我什麼將軍！」李清壓低聲音吼道。

他將手裡拿著的花舉到清風的面前，「看到了嗎，這朵花開在樹上，很美麗，讓人讚嘆，即便它掉落下來，失去了滋養的源泉，但此刻依舊是美麗的，值得讓人去珍惜。物尚如此，何況是人？合歡花只有數天的生命，但它仍然努力讓自己璀璨。清風，我們有數十年甚至上百年的壽命，為什麼不能讓自己活得更輕鬆，活得更愉快呢？」

清風眼眶裡的淚水終於滾滾而下，由於竭力地抑制自己不要讓自己哭出聲來，喉嚨裡發出陣陣悶聲。

「將軍，我不是花，人也不能同花比，花不用在乎別人的看法，它可以由著

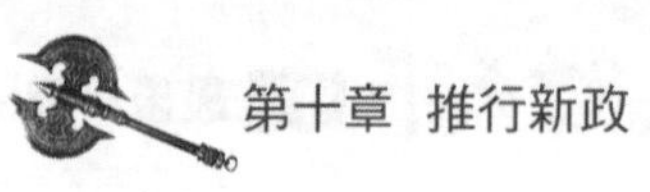

自己的喜好去自由自在的生活，但人不行，特別是女人，有些東西失去了，就再也回不來了。我，不再是過去的我，而您手裡的花，卻還是當初那朵在樹上美麗綻放的花啊！」

李清用力握起拳頭，「我知道你想說的是什麼，你想說你曾被蠻人擄去，失去了女人最重要的貞操，這將成為你一生的污點，永遠洗脫不去，你無法面對，所以你將自己像駝鳥一樣深深地埋起來，不願面對任何新的生活，你用無休止的工作麻醉自己，讓疲勞累垮你，以免想到過去，但夜深人靜時，你還是會想起，會痛苦，是不是？」

清風終於放聲大哭，壓抑已久的情感在這一刻猛的爆發，長久的苦痛隨著淚水狂泄而出，被一個男人當面揭穿自己的傷疤，她覺得無比的屈辱，委屈。

清風的痛哭聲驚動了許多人，不僅楊一刀從圓形門那裡探過一個腦袋，統計調查司這邊還亮著燈仍在工作的情報人員，也從窗戶或門邊向這裡張望著。

「都給我滾！」李清怒喝。

嚇得所有人哧溜一聲都縮了回去，楊一刀衝著部下伸伸舌頭。

李清大步走到清風的面前，將她擁進懷裡，手輕輕撫著她披散在肩上的長髮，道：「清風，我不在乎你的過去，因為**我喜歡你！我要娶你**。」

懷裡的清風身體震驚的抖動一下，哭聲戛然而止，抬起頭，淚眼迷濛中閃過驚色，旋即雙手一撐，試圖離開李清寬厚的胸膛，李清堅持不放，僵持片刻，感受到清風的堅決，李清無奈地鬆開手。

清風迅速後退幾步，轉過身體背對李清，片刻再回過身時，臉色已是平靜許多。李清仍是目不轉睛地看著清風。

「將軍！」清風受不住李清如此的逼視，低下頭，「這是不可能的！」

李清似乎胸口被重擊般，一口氣悶在胸裡，半晌才道：「沒有什麼是不可能的。」

清風慘笑一聲，「如果將軍是一個小小的校尉，或是一個參將也好，那清風聽到這番話，會很高興，很高興，但現在，將軍馬上會成為定州之主，以將軍世家貴胄的身分，你的妻子哪能是我這樣不乾淨的女人？她應當來自世門豪族，應當對將軍的大業有幫助。」

李清愕然道：「就是因為這個原因？」

「這個原因還不夠嗎？」

「去他媽的世家貴胄，」李清不由爆了句粗口，胸中壓抑的怒火被拒絕的悶氣瞬間爆發開來，「清風，我就是一個丫頭生的，沒名沒份，真要論起來，說不

定你本來的身分比我高貴得多，我娶你還是高攀了呢！你難道不喜歡我嗎，**我感覺得到，你是喜歡我的。**」

清風臉上不知是喜是悲，十分複雜，待李清稍微冷靜下來後，才幽幽道：「也許以前是，但現在，將軍你馬上會成為李家最為重要的成員之一，如果將軍堅持你的意見，李家第一個便不會答應。」

「讓李家見鬼去吧！」李清一揮手，怒道：「我只要你告訴我，**你願不願意嫁給我？**」

清風堅定地緩緩搖頭，「將軍，你現在的堅持，以後會發現是錯的，與其到時後悔，不如現在……」

李清揮手打斷清風的話，「好吧，那便**讓時間來證明**，清風，我會讓時間來證明的。」轉身便走。

走了幾步，他又回過頭來道：「我想用不了多久，皇帝便會召我回京，這是任命一州主將時要走的程序，你準備一下，和我一起回京。」

說完，不等清風回答，大步離去。

走過楊一刀身邊時，下令道：「去查，給我挖地三尺去查，**我要知道清風到底是誰，她的家在哪裡？**給我找到，我要在赴京前得到答案。」

李清的身後，清風緩緩坐倒在那正自怒放的合歡樹下，屈起膝頭，雙手緊緊抱住兩腿，將頭埋進懷裡，肩頭不住地聳動著。

清晨，當一眾官員踏進參將府的時候，都互相交換著有些奇怪的目光，眾人都知道了昨夜所發生的一幕，有人好奇，有人興奮，有人憂心。

尚海波眉頭緊皺，作為李清手下最重要的官員和謀士，他想的更多，更遠。

李清年紀輕，在某些方面是劣勢，但在婚姻上卻是一大優勢，如何好好地利用這一點，尚海波在心中盤算了很久，但眼下發生的一幕顯然超出了他的計畫。

他不反對李清對清風有好感，更不在乎李清有多少個女人，但關鍵是，**李清結婚的對象必須對現在已經形成的這個小集團有利**，李清作為這個集團的首腦，**這是他必須負起的責任，不容推脫的義務。**

清風出現在門口，她的出現讓眾人發出驚訝聲，今天的清風與往日相比有了很大的改變，雖然仍是一襲雪白的長裙，但從來不施脂粉的她，臉上居然畫上了淡妝，原本的少女髮型梳成了少婦的妝容，挽起的髮髻上插著一根極為普通的木杈。

淡淡的胭脂讓她雪白的臉龐有了些許血色，眼影稍稍掩飾著她的黑眼圈，一

雙好看的丹鳳眼看到廳中的各位將領官員，不由露出些許慌亂。低下頭，抱著卷宗，走向路一鳴身後的第二排座位的第一個位子，一直以來，這種正式的議事場合，那裡都是她的位子。

眾人的目光隨著她的移動而轉動，直到她坐下，眾人才一一坐到自己的位子上，只有坐在清風身前的路一鳴有些不安的扭動著身子。

尚海波冷眼旁觀，將眾人的反應都看在眼裡，看來眾將和官員們都默認了清風特殊的地位。

尚海波對清風的反應頗為讚賞，**這是一個識大體的女子，她今天的這副打扮是想暗示什麼嗎？**

後堂傳來重重的腳步聲，李清在楊一刀和唐虎的陪伴下，大步走了出來。

眼光首先落在路一鳴身後的清風身上，那高高挽起的髮髻刺痛了他的雙眼，眼瞳略微收縮，垂下的雙手猛的握緊，腳步稍稍一頓，便大踏步走了過來，坐在虎案之後。

大廳內，左首第一人坐著尚海波，第二個便是呂大臨。

雖然呂大臨現在無論是品級還是職位，都遠高於李清，但呂大臨是個極為聰明和明智的人，雖然還沒有明確的公文，但李清實際上已是定州的老大了，至於

朝廷的任命，那只不過是一個形式而已。

自他而下便是呂大兵，王啟年等一眾將領。

右首坐著的是以路一鳴為首的文官系統，連許雲峰也被從崇縣召了過來，其他定州下屬十幾個縣的知縣，李清還大都不認識，但今天都齊聚在這裡。

李清昨夜幾乎一夜沒睡，只是在凌晨稍微瞇了一下眼，頂著兩個黑眼圈高坐於上，掃視著下面畢恭畢敬，坐得筆直的文武官員，心中驀地生出一種大權在握，生殺予奪的感覺，**難怪人人都追逐權力，這種感覺真的讓男人為之沉醉。**

醉臥美人膝，醒掌殺人權！大丈夫生於世，莫過於斯。

隨著戴徹被蕭遠山一封命令召來，落入李清掌握之中後，定州算是完全掌握在李清的手中，現在整個定州計有李清常勝營約一萬人，呂大臨麾下一萬五千人，原戴徹手下五個營約一萬五千人，蕭遠山中軍營三千人，整個定州軍已形成戰力的共有近五萬人。

這些兵力一旦整合，雖然暫時無力對巴雅爾形成大規模的進攻，但足以保證定州在短期內不受侵犯，更何況，現在李清的手中還握有一張王牌，巴雅爾的愛女納芙與大將諾其阿。

在報捷奏章中，李清刻意將這一消息隱瞞下來，在他的計畫中，這兩人還有

大用處，要是讓朝廷知道，命令自己獻俘的話，那自己不僅弄不到一點好處，甚至會讓巴雅爾惱羞成怒，孤注一擲地立刻發動對定州的進攻，這可不是李清想要的。

現在他一心想要穩定定州，直到將定州完全握在自己手中，所有人擰成一股繩後，才是對草原作戰的時刻。李清想要的是永久解決草原問題，而不僅僅是擊敗，否則當自己走出定州時，巴雅爾在自己的後院搗起亂來，那可受不了。

今天的會議主要便是人事上的安排，既是一場分贓大會，也是一次酬功大會，同時，還有一連串原先在崇縣行之有效的民生政策的公布和實施。

「本次我們能挽狂瀾於不倒，保證定州不出現大的波動，首功當屬呂大臨將軍！」李清環顧四周，緩緩地道。

呂大臨站起來抱拳道：「不敢，末將只是做了自己應當做的事，讓定州免遭受戰火是我一直以來的心願。」

李清示意呂大臨坐下，接著道：「蠻族遭此大敗，定不會善罷干休，可以預見在不久的將來，蠻族必定會捲土重來，我們會接受更大的考驗，但他們失去了前進基地上林里，對他們而言，是難以承受的打擊，想要進攻定州，首先必會奪取上林里。呂將軍！」

呂大林再次站起來：「末將在！」

「你部一萬五千騎兵仍歸你統轄，另外我再撥兩營步卒與你，共兩萬軍隊，進駐上林里。」李清道。

呂大臨啊了一聲，自己並不是李清的嫡系將領和心腹，原本以為自己統率的軍隊會被李清想辦法拿走一批，他已經做好心理準備了，但現在事實居然與自己所想截然相反，李清不但沒剝奪自己兵權，還調派了更多的軍隊給自己，令他頗為意外。

「這兩個營，一個是馮國部，馮國部經過此次大戰，戰鬥力極強，我已授權馮國以原常勝營右翼為基礎，組建**磐石營**，編制五千人；另一個營便由呂大兵將軍負責，重組**選鋒營**，編制五千人。」

「末將領命！」馮國與呂大兵都興奮地站了起來。

馮國是因為升了參將，而呂大兵則是因為又可重組選鋒營，手裡有了實實在在的兵，而不是像現在這樣，在哥哥手下當一個空頭參將。

「另外，我將調派民夫在上林里築城，只要上林里有了堅固的城池，再加上呂將軍豐富的經驗，守住上林里將不會有任何問題。」

「呂將軍？」看到呂大臨發著愣，李清小聲喊道。

「末將明白了，末將領命！」

呂大臨這才反應過來，心中一陣激動，沒想到李清如此信任自己，這份情意和信任讓他覺得有些承受不起，士為知己者死，這次自己臨陣倒戈做得太對了。

看到呂大臨的反應，尚海波撫著鬍子默默微笑，將軍這一招可真是高明，上林里孤懸草原，離撫遠還有幾百里路，呂大臨雖然統重兵在外，但一應後勤供應，糧秣輜重全都靠定州供給，倘若呂大臨有甚麼想法，這邊只要斷了補給，不怕他作怪，可謂**一舉兩得，既收了他的心，又將危險降到最低**。

呂大臨是定州老將，只要他歸心，定州五萬大軍將盡收將軍囊中，再經過一到兩年的調整，呂大臨在軍中的影響將會降到最低。

「本人起於微末，能有今日成就，實在離不開尚海波尚先生的謀劃，今日想請尚先生出任參軍一職，不知尚先生可願？」李清笑問尚海波。

「固所願也，不敢請爾！」尚海波一揖到地，兩人相視而笑。

「王啟年以常勝營左翼為基礎，組建**天雷營**，馮國以原常勝營騎翼為基礎，組建**旋風營**。」

「末將領命！」兩人同時站起。

這二人都是跟著李清自一介微末而起，受到重賞當然無可厚非，眾人也毫不

意外。

「楊一刀，以原親衛隊為基礎，組建**親衛營**。」

「一刀領命！」楊一刀側跨一步，向李清躬身，一向沉穩的臉上也露出笑容，他終於也是一名將軍了。

「上林里建城後，那裡將成為蠻族攻擊的重點，撫遠四堡將成為內線，壓力大減，所以，除了撫遠將保留一個營隨時支援上林里外，威遠三堡將逐次削減兵力。各位，從現在起，我們定州要**反守為攻**了，我們將組建機動部隊，隨時出擊草原，讓他們食不知味，睡不安枕！」李清大笑道：「我們可不像草原軍隊，每年要等到秋天才有能力出擊，我們常勝軍一年四季隨時都可以打到草原上去。」

李清豪氣干雲，隨口將以前的定州軍更名為了「**常勝軍**」。

眾將不由個個氣沖雲天，霍地站起，揮舞著手臂，隨著呂大臨大喊：「願跟隨將軍，**馬踏草原**！」

軍事上的重組完成以後，今天的重頭戲便已結束，在座的各位將軍各得其所，可謂是皆大歡喜，都在喜滋滋的盤算著會議結束後要好好地慶賀一番。

在座的文官仍是如坐針氈，忐忑不安，只有路一鳴和許雲峰等老人安如泰山，兩人都早得知了自己的安排，此時只是坐等李清宣布而已。

李清笑眯眯地看了一眼右側的文官，道：「原定州知州方文山夥同其族弟方文海，盜賣戰略物資予以資敵，給我定州造成重大損失，現已將其下獄，清風，將證據拿出給各位大人們過目。」

清風從隨身攜帶的文卷中抽出一疊，一一交到各人手中，不管是文臣武將，都站了起來，雙手從清風手裡接過卷宗。

看到這一點，尚海波的眉頭不由又皺了起來，清風也顯得有些不安，只有李清安之若素。他便是要讓手下的大將重臣們都在心裡默認清風是自己的女人這一事實。**清風，你跑不出我的手掌心！**

方家偷偷將生鐵販賣到草原上的事情證據確鑿，不僅有出入帳目、運送路線、交接人員，更有大批從方家抄出來的與草原上的往來信件，這些東西由於李清猝然發難，方家來不及銷毀，那些涉案人員更是一個也沒有走脫，全部被抓，下到獄中。

看著手裡的鐵證，武將們不由破口大罵，這些生鐵到了草原，不知可打造多少殺人利器，本來生鐵是大楚控制草原武裝集團的有力武器，但因方家的盜賣，這個優勢形同虛設。

十幾位知縣看到這些，除了震驚外，更多了憤怒。

由於定州位屬邊州，一般外地人都不願意來這兵凶戰危之地，因而官員多半都是定州本地人，對蠻族天生便帶著痛恨，看到方家如此，眼裡不由都冒出火來。

「此等國賊，該殺！」一位縣令大聲道。

有人帶了頭，其餘的人紛紛大聲附和。

李清擺擺手，「各位，方文山是一州知州，我可沒有權力對他喊打喊殺，所以，這些證據以及他本人，將擇日押運至洛陽，交由皇上親自處置；至於方文海等人，則在定州關押，一旦朝中定案，則一體處置。」

眾人皆稱善。

「方文山下獄，定州沒了知州，在朝廷沒有任命之前，便由我兼任，路一鳴任定州同知，協助我處理相關政務。」

「許雲峰，調任撫遠知縣。」李清微笑轉向許雲峰。

從崇縣調到撫遠，所轄區域大了數倍，也算是左遷了，而且撫遠的戰略地位更不是崇縣能比，不但有宜興這等糧食產地，更有宜陵鐵礦這樣的金雞，是一個大大的肥缺，眾人都是豔羨不已，許雲峰真是好運氣，以前不過是小小崇縣的縣尉，只因為李清的發跡地是崇縣，便一人得道，雞犬升天了。

李清將許雲峰調到撫遠自有他的道理，崇縣新制已初具規模，各項事宜都已上了軌道，無需費多大的力氣便可以運轉，但撫遠才剛剛開始，正需要一位熟悉新政的人來管理，而且許雲峰頗為強項，做事寧折不彎，不達目的誓不甘休，正好用來在撫遠推廣新政。

其餘的縣令基本沒有動，都是各安本位，接下來，新出爐的定州同知便站了起來，開始宣布即將在定州實施的新政，每項新政的公布，都讓其他的縣令們一陣譁然。

「義務兵役制。」

「軍功授田制！」

「田畝納稅制！」

「商稅制！」

路一鳴足足用了數個時辰才將所有的新政宣讀完畢，又耐心地為有疑問的縣令解釋。

看著下面一個個面有難色的知縣，李清敲敲桌子，朗聲道：

「各位大人，這些新政必須無條件徹底執行，州裡對新政決心推行到底，崇縣在這方面已做出了很好的榜樣，是以崇縣以僻縣之地，十萬民眾，卻撐起了我

常勝營萬餘將士；如果新政在定州全部推行開，大家可以想想，定州百萬百姓可以養多少士卒，多少戰馬，我想便是十萬二十萬也沒有問題。有了這些強兵，我們掃平巴雅爾，馬踏草原又有何難？」

十萬二十萬士卒？各將軍馬上被李清這幾句話給吸引了過去，一個個目不轉睛地盯著李清。

「有條件要上，沒有條件，創造條件也要上。」李清一拍桌子，發狠道：「如何創造條件，大家可以在會後諮詢同知路大人，他在撫遠的時間不長，卻做得很好。」

路一鳴不由苦笑一下，何謂創造條件？純粹是霸王硬上弓，殺雞儆猴罷了。

「不錯，將軍說得對，一定要施行！」一群將軍七嘴八舌，大聲議論道。十萬二十萬兵啊，如果真有這些人，那他們得統率多少人，手裡兵多了，這官不也就大了麼，打仗不也就更順手了麼？真有了這些兵，巴雅爾算個屁啊！

這次會議從清晨一直開到午後才算告一段落，路一鳴還沒有來得及走出大廳，已被十幾個知縣團團圍住，紛紛向他打聽如何才能創造條件，弄得新任同知尷尬不已，不知說什麼才好，幸好此時李清的一句話將他救了出來。

李清看著正收拾東西準備出去的清風，道：「清風，楊家嫂子準備好了飯

菜，你便在這裡用飯吧。」

廳裡數十人的目光又齊刷刷地轉向了清風，清風的臉色紅了又白，白了又紅，半晌才道：「謝謝將軍，我那邊還約了一位極其重要的人要見，便不打擾將軍了。」說完這話，便逃也似地在眾人的目光注視中跑出廳去。

有了這一插曲，路一鳴得以擺脫各位知縣，等這些知縣反應過來，再尋找同知大人討教的時候，哪裡還找得著他的影子。

李清便像一個惡作劇得逞的小孩子一般，得意地哼著小曲，在楊一刀和唐虎的伴護下，揚長而去。

定州進行轟轟烈烈的改革的時候，有關定州的情報也已源源不斷地彙集到其他各州世家，彙集到了京城洛陽，不僅是各大世家，連同天啟皇帝都目瞪口呆，簡直不敢相信自己的眼睛和耳朵。

安國公府。安國公李懷遠和壽寧候李退之兩人相對而坐，面面相覷，眼裡都透出不敢置信的目光，定州剛剛傳來的情報讓他們震驚不已，第一個反應就是是不是搞錯了？急急趕來的李退之臉上的汗漬還沒有乾。

「父親，如果此事屬實，那必然會在朝廷上引起極大的動盪，我們必須早做

準備了。」李退之道。

李懷遠默默地站了起來，在書房裡來回踱了幾步，忽地放聲大笑，道：

「哈哈哈，好個李清，牧之生的兒子了不起啊，兩年內便替我李家奪得定州，妙！退之，有什麼好準備的，難道吃進去的東西還要吐出來麼？想也別想，蕭家也別想從我這裡得到任何補償，蕭遠山是與李清在較力中敗下陣來，他們有何話可說?!」

李退之臉上也現出興奮之色，一直以來，李家最為擔心之事便是翼州雖然富裕，卻是四戰之地，兵勢雖強，但四周卻強敵環伺，一旦出事，隨時都有可能朝不保夕，現在有了定州作為外援呼應便大為不同，任何人想要動翼州，便要先想想定州那足以抵抗草原蠻族的強大兵力。

「但是父親，有一件事讓我很是憂心。」李退之想了想道。

李懷遠端起茶杯，「嗯，說下去。」

「是，去年遵從父親指示，將定州暗影劃歸李清，但李清卻另起灶爐，設置了一個叫做『統計調查司』的情報部門。」

李懷遠若有所思，「你是說李清對我李家尚沒有歸屬感，所以對暗影有戒備，寧願從零做起，也不願起用現成的暗影情報系統？」

「父親明鑒，李清自小在家中便飽受欺淩，雖然名為貴胄子弟，但實際上連奴僕也不如，其母親處境更糟，這才讓他十五歲時便憤而離家出走。雖說現在看來，他的出走為我李家打開了另外一條道路，但說不準他也對李家懷有恨意，能不能全心為我李家做事還很難說啊！」

李懷遠慢慢地品著茶，抬頭紋深深擠在一齊，顯然將李退之的話聽了進去，「這的確是個問題。嗯，對了，現在李清的母親怎麼樣？你可有關注？」

「三弟不在家中，兒子悄悄打聽過，三弟離開時，給李清母親單獨分了一戶院子，撥了幾個僕人，但三弟走後，弟媳她，她……」

李懷遠抬頭看了李退之一眼，「怎麼樣？」

「三弟媳找了個藉口，將那院子又收了回去……」似乎有些難以起齒，但一看李懷遠瞪起的眼睛，只好都說了出來，「又將她罰到了浣洗房，專事洗刷全侯府的馬桶。」

砰的一聲，李懷遠將手裡的茶碗狠狠地砸在地上，上好的青花瓷只怕不下百金，這一下立時變成了碎片，「混帳！」

李退之擦擦臉上的汗，又道：「父親息怒，李清母親只是個丫環，弟媳如此做，我也不好多說什麼。再說，她的父親蘭亭侯只有這一個女兒，極其護短，我

也不敢多說啊！」

李懷遠吐了口長氣，罵道：「沒用的東西！」也不知是在罵李退之，還是在罵老三李牧之。

「你去老三府裡，跟老三媳婦說，就說是我的意思，從現在起，對了，李清母親叫什麼名字？」

「叫環兒，大名叫什麼不知道，只是從前叫環兒！」

「好了，叫什麼我不管，你去跟老三媳婦說，從今天起，環兒就是老三的側室，一應供應待遇不得怠慢，否則，哼！」李懷遠重重地哼了聲。

李退之知道老爺子的脾氣，連連點頭，「是，我馬上去辦！」

李懷遠嘆了口氣，「我李家二代中，你和老大都能撐起一片天，你們守成至少還是不錯的；但**人無遠慮，必有近憂，我要為李家考慮長遠啊。但是你們之後呢？又有誰能撐起李家？**世家豪門，說起來很是光鮮，但你想想，有多少豪門能長盛不衰的？像我們這樣的，一旦敗亡，便是九族皆滅，煙消雲散的下場。

「想想當年的霍家、雷家，他們得勢之時，權傾朝野，比之現在的我們要強盛許多，但現在他們在哪裡呢？民間有云，富不過三代，實是金玉良言，不好好地考慮接班人，那我們的家族必會衰落。退之，你要明白，處在我們這個位置

上，首先要考慮的便是家族的興亡盛衰，為了家族，即便要我去死，我也會毫不猶豫地去做，而不是站在自己的利益考慮問題。大家不存，小家焉在？覆巢之下，焉有完卵？」

說到最後，李懷遠已是聲色俱厲。

李退之汗流浹背，同時心中也夾著欣喜，老爺子這是在告訴他家族的接班問題將會在他和老大之間考慮了，接下來，明顯就是在說李清了。

「退之明白。」

李懷遠有些疲憊地揮揮手，「你去吧，好好想想我的話。」

皇宮。

天啟皇帝手握著剛剛到達的捷報與蕭遠山的請辭奏章，也是不敢相信的一副神態。首輔陳西言坐於下方，神色激動。

「首輔，你敢相信這是真的麼？」天啟皇帝搖頭。

陳西言笑道：「奏章都到了皇上您的手中，當然是真的了。」

「你說說，這個李清到底是怎麼辦到的？」

「陛下，看了定州的奏章，臣已對此事有了一些瞭解和想法，其中有一些卻

是揣測，陛下以後可詳問李清。」陳西言道。

「嗯，你說說！」

「這一次定州之戰的策劃奏章上，寫是蕭遠山殫精竭慮，甚至為此而病倒，但以臣看來，這一切全都出自李清之手，他一邊給完顏不魯設計了一個圈套，另一邊又給蕭遠山挖好了坑，一箭雙鵰，著實高明。」

「我就是想不明白，蕭遠山也不是三歲小兒，為什麼就毫無防備地跳了下去？」天啟皇帝搖頭。

「這也是我想搞明白的問題，陛下，職方司有沒有搞清楚李清在戰前到底有多少士兵？」

「他是營參將，最多三千餘人，首輔問這個幹什麼？」

「不可能！」陳西言搖頭，「如果只有這點人，那面對著完顏不魯的六萬大軍，抵抗數天之後，他還有多少人？又豈能再對付蕭遠山？」

天啟皇帝聞言，立刻對左右道：「去，馬上傳召職方司指揮使袁方。」

很快袁方趕到，天啟問道：「袁方，你對定州之事知道多少？」

袁方叩頭道：「回陛下，定州之事傳回後，臣立即便讓下屬儘量收集定州李清的相關情報，現已整理成冊，請陛下閱覽！」雙手捧起一本冊子奉上。

接過那厚厚的一本冊子，天啟略略翻了翻，驚訝地道：「首輔，被你言中了，李清出兵撫遠之前，可用之兵已達萬餘人。」

「難怪，難怪完顏不魯與蕭遠山相繼墜於他彀中還自以為得計，只是他如何以崇縣那窮燉之地撐起如此之多的兵來，難不成李家給了他這麼多的支持麼？李懷遠倒捨得下本錢，也不怕一旦輸了，便會竹籃打水一場空。」

天啟皇帝卻搖搖頭，臉上神色越來越鄭重，「首輔，你看看李清在崇縣所施行的一連串民生之策！」

陳西言有些奇怪地接過案卷，只翻看了數頁，臉上便浮出震驚之色，「軍功授田制，義務兵役制，田畝計稅制，商稅法？陛下，這李清大才啊！」

天啟皇帝臉上神色複雜，「首輔，你怎麼看？」

「治世之能臣，亂世之……」說到這裡，陳西言戛然而止。

「那將定州交到他的手裡，豈不是使李家如虎添翼？」天啟皇帝有些不甘。

「陛下！」陳西言很能理解皇帝的痛苦，身為名義上的一國最高統治者，實則手中權力小得可憐，那些豪門世族把持朝政，合意則大力推行，不合意，輕則陽奉陰違，重者甚至當廷便給皇帝駁回來，卻說得頭頭是道，大義凜然。

「李家雖然勢大，但尚不會亂及朝綱，頂多為自己掙些利益罷了，定州實際

上已握在李清手中，朝廷這裡只不過是走個過場，給他一個合法的程序而已，難道我們此時將定州給另外一個人嗎？只怕這人剛入定州，便會成為一具屍體。」

天啟皇帝臉色難看之極，雖然知道陳西言說的都是實情，但仍覺十分刺耳。更何況陳西言剛才似乎話裡有話，**李家不會亂及朝綱，那是誰會亂及朝綱？**

「陛下，此次李清虎口奪食，硬生生從蕭方兩家手中奪走定州，還將方文山送進了大牢，憑著李清送來的證據，這方文山再也別想立足於朝堂，這三家死仇是結定了，這對於陛下是一個好消息啊！」陳西言笑道。

天啟皇帝點點頭，「這倒是，朕正可以從中取利。」

「不錯，陛下。**不怕臣子鬥，就怕臣子抱成團**，他們鬥得越激烈，就越需要得到陛下的支持，陛下便能更多地獲得利益。」

「那李清？」天啟皇帝遲疑了一下，「此子年紀輕輕，就有如此城府計謀，更能施行這些匪夷所思之策，只怕以後尾大難掉啊。」

陳西言遲疑了片刻，道：「陛下，得知李清得定州的消息後，臣便苦思冥想，倒也有些計較，稟於陛下，請陛下聖裁。」

「你說說看！」

「李清年少時含恨出走，母親至今尚在威遠侯府中受苦，對於李家，只怕殊

無好感和什麼忠心，如果陛下能讓他忠心的話，那陛下……」

天啟皇帝呵呵一笑，頗為陳西言的荒唐之言可笑，「不管怎麼說，李清總是李家血脈，血濃於水，這一點無論無何也不會改變，想要他棄李而保皇，只怕根本就無可能。」

陳西言也自知自己所說有些荒唐，當世之人，宗族觀念極重，相反國家觀念倒淡薄得多，但他曾反覆考量，認為這是不可行中的唯一可行之策，李清既是個不世出的人才，如果能得他相助，皇權可以期待在不久的將來必會大漲。

請續看《馬踏天下》3 傾城計畫

馬踏天下 卷2 最後一擊

作者：槍手一號
發行人：陳曉林
出版所：風雲時代出版股份有限公司
地址：10576台北市民生東路五段178號7樓之3
電話：(02) 2756-0949
傳真：(02) 2765-3799
執行主編：朱墨菲
美術設計：吳宗潔
行銷企劃：林安莉
業務總監：張瑋鳳

初版日期：2020年8月
版權授權：閱文集團
ISBN：978-986-352-853-1

風雲書網：http://www.eastbooks.com.tw
官方部落格：http://eastbooks.pixnet.net/blog
Facebook：http://www.facebook.com/h7560949
E-mail：h7560949@ms15.hinet.net
劃撥帳號：12043291
戶名：風雲時代出版股份有限公司

風雲發行所：33373桃園市龜山區公西村2鄰復興街304巷96號
電話：(03) 318-1378
傳真：(03) 318-1378
法律顧問：永然法律事務所 李永然律師
北辰著作權事務所 蕭雄淋律師

行政院新聞局局版台業字第3595號 營利事業統一編號22759935

定價：270元

國家圖書館出版品預行編目資料

馬踏天下 / 槍手一號著. -- 初版. -- 臺北市：風雲時代, 2020.07-2020.08 冊； 公分

ISBN 978-986-352-853-1（第2冊：平裝）--

857.7 109007434